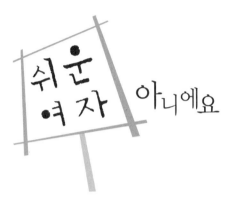

초판 1쇄 인쇄일 2015년 4월 25일
초판 1쇄 발행일 2015년 4월 29일

지은이 | 조민정
펴낸이 | 김기선
편집장 | 김은지

펴낸곳 | 와이엠북스(YMBOOKS)
출판등록 | 2012년 7월 17일 (제382-2012-000021호)
주소 | 서울시 도봉구 노해로 379, 1005호(창동, 대성빌딩)
전화 | 02)906-7768 / **팩스** | 02)906-7769
E-mail | ymbooks@nate.com

ISBN 979-11-322-1696-4 03810

값 7,000원

쉬운 여자 아니에요

YMBOOKS ROMANCE STORY

조민정 중편소설

ym
BOOKS

목차

프롤로그.
유괴범이 떴다

톡! 또르르.

공이 굴러왔다.

5살쯤 됐을까. 양 갈래로 머리를 묶은 귀여운 여자아이가 공을 주우러 뛰어왔다. 놀이터 그네 위에 몸을 맡긴 채 이리저리 흔들리고 있던 여자와 아이의 두 눈이 마주쳤다. 그 순간 아이는 얼굴이 새파랗게 질리더니, 이내 바닥에 털썩 주저앉았다. 겁에 잔뜩 질린 꼬마는 뒤로 엉덩이걸음을 하며 그네에서 황급히 물러났고, 급기야 울음을 터트렸다.

"엄마, 으앙! 무서워, 엄마, 으앙!"

아이의 엄마로 보이는 여자가 뛰어와 얼른 아이를 옆구리에 끼고선 뒤돌아 뛰기 시작했다. 주위에 있던 엄마들도 제 아이를 옆구리에 끼고서 그녀를 피해 놀이터를 벗어나기 시작했다. 어느새 주

쉬운
여자아니에요

위에 놀던 아이들은 모두 사라지고, 고요한 정적만이 감돌았다.

휘이잉! 바람이 불어왔다.

아파트 단지 내에 만개해 있던 벚꽃이 눈송이가 날리듯 우수수 떨어졌다. 놀이터 바닥 여기저기 굴러다니는 꽃잎들이 발끝에 차였다. 여자는 어둑어둑 지는 하늘을 바라보며 깊은 한숨을 내쉬었다. 아련한 눈빛으로 붉게 내려앉는 노을을 바라보는 여자의 두 눈에는 눈물이 그렁그렁 맺혔다. 그녀가 입고 있는 선명한 파란색의 옷은 조금 얇아서 찬 기운이 뼛속까지 파고드는 듯했다.

여자는 뭔가 괴로운 듯 머리카락을 쥐어뜯고서는 짙은 한숨을 내쉬었다. 여자의 긴 머리카락은 엉망으로 헝클어진 채 바람에 이리저리 나부꼈다.

서울 서초구 반포동에 위치한 관할 경찰서에서는 갑작스럽게 밀려드는 신고 전화에 북새통을 이루었다. 하나같이 아파트 놀이터에 수상한 사람이 나타났다는 내용이었다.

제보자의 말에 따르면 허름한 파란색 추리닝을 입고, 머리는 산발을 한 채 여자인지 남자인지 알 수 없는 정체불명의 사람이 놀이터에서 아이들을 노리고 있다는 것이었다. 1시간도 넘게 그러고 있는 바람에 놀이터에서 놀던 주민들은 모두 아이들을 데리고 빠져나왔다며 얼른 가서 그 사람을 잡아들이라는 것이었다.

불과 1달 전에 유괴 사건이 발생한 그곳에 수상한 사람의 등장은 주민뿐만 아니라 경찰들을 긴장시키기에 충분했다. 주민 치안을 제일로 생각하는 경찰서에는 신속히 관할 파출소로 연락을 넣었다. 연락을 받은 파출소장은 재빨리 경관 2명을 해당 장소로 파견했고, 이들은 만일을 대비해서 가스총을 준비했다.

"으아악! 미치겠네. 왜! 왜에에!"

그네에 앉아 있던 아진은 해가 지고 나서도 자리를 뜰 생각을 않고 계속 앉아 있었다. 아진은 갑자기 미친 듯이 머리카락을 쥐어뜯으며 괴성을 질러댔다. 그러다가 씩씩거리며 거친 숨을 내뱉었다.

때마침 놀이터에 도착한 경찰은 아진의 그런 모습을 보며 기겁했다. 경직된 경관의 얼굴에는 둘이 나온 것을 후회하는 기색이 역력했다.

둘은 긴밀히 눈빛을 교환하며 고개를 끄덕였다. 그들의 눈빛은 허리춤에 차고 있는 가스총으로 향했다. 결국, 아진을 힘으로 제압할 수 없으면 가스총을 발사하기로 한 것이다. 둘 중 나이가 어린 경관이 총대를 메기로 한 듯, 허리춤에서 가스총을 뽑아 들고 아진이 있는 곳으로 천천히 다가갔다.

"꼬, 꼼짝 마!"

어린 경관이 말을 더듬으며 소릴 질렀다. 그네에 앉아서 몸을 흔들고 있던 아진은 소리 나는 쪽으로 고개를 천천히 돌렸다. 경관은 아진의 강렬한 눈빛에 몸을 움찔하며 바짝 긴장했다. 그의 눈에 비친 아진은 살기를 내뿜으며 째려보는 것으로 보였다. 길게 내려온 앞머리 사이로 번뜩이는 눈빛이 교묘하게 빛났다.

"우, 움직이면 쏘겠다. 빨리 손들어!"

바짝 졸은 경관은 말을 더듬거리며 아진을 향해 총을 겨눴다. 아진에게 향한 총구가 덜덜 떨리고 있었다.

안경을 벗으면 가까이 있는 것조차 잘 보이지 않는 아진은 추리닝 안주머니에 있는 안경을 꺼내기 위해 손을 안주머니 쪽으로 집어넣었다.

젠장, 뭐가 보여야 말이지.

주머니에서 안경을 꺼내 드는 순간, 뒤에서 천천히 다가오던 경찰 1명이 잽싸게 달려와서 아진을 포박했다. 그들의 눈에는 아진이 뭔가 위험한 물건을 꺼내려는 것처럼 보였던 것이다.

"으악! 뭐, 뭐야!"

"꼼짝 마. 유괴범으로 널 체포한다."

"뭐? 유괴범?"

"너는 묵비권을 행사할 수 있고, 변호인을 선임할 수 있으며……."

경관이 미란다의 원칙을 줄줄 대고 있었다.

"저, 잠시만요. 안경 좀 주울게요."

아진은 어깨를 비틀며 남자의 손아귀에서 빠져나오려 했지만 남자의 강경한 태도에 아진은 결국 바닥에 떨어진 안경을 주울 수가 없었다.

"허튼수작 부리지 마."

"아이 씨, 아니라니까. 당신 때문에 안경이 떨어졌잖아요."

아진이 몸을 비틀며 소릴 지르자 가스총을 들고 있던 경관이 다가와서 바닥에 떨어진 안경을 주워 올리며 말했다.

"어이, 이 안경 말하나?"

"빨리 내놔요."

아진이 고함을 빽 질렀다. 마른하늘에 날벼락도 아니고, 무슨 유괴범이야. 아진은 기가 막힌 나머지 울음이 쏙 들어갔다.

"뭐야, 여자잖아. 도대체 이게……."

경관은 아진을 유심히 바라보며 다시 한 번 더 살폈다. 자세히 보니 정말 여자였다. 하지만 그렇다고 그녀가 유괴범이 아니라고 장담하기에는 무리가 있어 보였다. 그들은 의심의 눈초리를 풀지 않고 아진을 일으켜 세웠다. 여자는 살벌한 기세로 노려보며 추리닝 소매를 들어 콧물을 닦아냈다. 남들 시선 따위는 개의치 않은지 태연스럽게 콧물을 닦은 그녀는 옷에 묻은 먼지를 털어내기 시작했다.

아직 그녀가 유괴범일 거라는 의심을 풀지 않은 경관은 그녀를 단단히 포박한 뒤, 차로 향했다.

"일단 서로 데리고 가자고."

"아니, 내가 왜 서로 가냐고요. 아저씨들 왜 그러세요?"

"신고를 받았습니다. 일단 서로 가시죠."

"가보나 마나 난 아니라고요. 아저씨들 지금 실수하는 거예요."

아진은 끝까지 아니라고 소릴 지르며 버텼지만 남자 둘을 당해낼 순 없었다. 결국, 끌려가다시피 경찰차에 태워졌다.

어차피 별 볼 일 없는 인생, 그다지 애착도 없었다. 아진은 어떻게든 되겠지란 생각으로 마음을 편안하게 먹었다. 그러자 차 안에 신기한 것들이 보이기 시작했다. 백차는 처음 타보는데 정말 안에

쉬운 여자 아니에요

서 문이 열리지 않는지 궁금했다. 옆에 그녀를 지키는 경관이 1명 앉아 있었지만, 아진은 그를 투명인간 취급하며 차 안을 두리번거리고, 이것저것을 만져댔다.

그 모습이 경관에게 이상하게 보인다는 것을 알 리 없는 아진은 더욱더 의심만 키워가고 있었다.

"이거, 이 사람 진짜 수상하구먼. 웬만하면 그냥 보내려고 했더니. 얌전히 좀 있어."

경관이 인상을 험악하게 구기며 위협하자 그제야 아진은 얌전히 앞만 바라보았다.

아진은 파출소 안의 취조실 같은 곳으로 끌려갔다. 그녀는 난생 처음으로 취조실에 들어가게 되자 더럭 겁이 났다. 3평 남짓한 회색빛의 취조실은 가운데 테이블이 놓여 있고, 테이블 위에는 노트북이 놓여 있었다. 경관은 아진과 마주 보고 앉아 조사를 시작했다. 분위기는 아주 살벌했고, 경관은 아진을 마치 전과자 다루듯 했다. 경찰 특유의 사나움과 거만함을 뿜어대며 아진을 쳐다봤다. 하지만 아진은 아랑곳하지 않고 떳떳하게 앉아 있었다.

"이름."

"최아진."

경관은 독수리 타법으로 자판을 타닥타닥 두드렸다. 아진은 그 모습이 신기해서 손가락을 뚫어지게 쳐다봤다. 보통 저 나이 정도면 제대로 된 타자는 칠 줄 아는데, 생각보다 나이가 많은 모양이었다. 하긴 머리가 휑한 것이 대머리 조짐이 보이긴 했다.

"나이."

"26세."

"주소."

"서울시 서초구⋯⋯."

기본적인 인적 사항에 대한 진술이 끝나자 본격적인 심문이 이어졌다.

"왜 놀이터에서 그러고 있었어? 누굴 데려가려고 그랬지?"

아예 유괴범이라고 단정을 짓고 말하고 있었다. 아진은 발끈했지만 솔직한 심정을 말하기로 했다.

"오늘 취업 합격자 발표가 있는 날이었는데, 또 떨어진 거예요. 이런 내가 너무 한심해서 그냥 놀이터에 앉아 있었어요. 사실 아저씨 같으면 살고 싶겠어요? 전 정말 죽고 싶어요."아진은 하소연하며 제 진심을 전했다. 그게 어느 정도 먹혔는지 경관의 거만한 표정이 조금은 누그러졌다.

"허, 참. 이봐, 아가씨 같은데, 머리 하며 복장 상태가 왜 그런 거야? 그러고 다니니 사람들이 오해하지."

경관은 보기와는 달리 마음이 아주 여린 사람 같았다. 아진의 말을 쉽게 믿어주었다. 사실 아진은 시험에 떨어졌단 소리에 제정신이 아니었다.

"백수가 무슨 재미로 꾸미고 다니겠어요."

"아무튼, 심정은 충분히 이해가 가지만 일단 보호자를 불러야 하는데, 누구 부를 사람이라도 있어?"

"네."

"어서 전화해."

경관이 전화기를 내밀었다. 아진은 하는 수 없이 언니 아라에게 전화를 걸었다. 지금 이 시각에 여길 올 수 있는 사람은 언니밖에 없었다.

몇 번의 신호가 가고 아라가 전화를 받았다.

-여보세요?

"나야, 아진."

-모르는 번호네? 거기 어디니?

"어디긴, 파출소지."

-뭐? 파출소? 무슨 사고를 쳐서 거기 있는 거야? 집에 가만히 있지, 왜 나돌아 다녀!

아라의 고함에 수화기를 저만치 떼어놓고 있던 아진은 빨리 오라는 말을 한 뒤 전화를 끊어버렸다.

취조실에서 나온 아진은 파출소 의자에 앉아서 아라를 기다렸다.

"이봐, 당신 보호자는 왜 이렇게 안 오는 거야?"

경관이 시계를 흘깃 보고서는 아진에게 물었다.

"연락했으니까 오겠죠."

꽤 오랜 시간이 지난 후, 파출소 유리문이 딸랑 소리를 내며 열리더니 쭉쭉 빵빵 늘씬한 미녀가 도도하게 다가오고 있었다.

"최아진! 정말 못 살아."

언니, 최아라였다.

그녀는 아진을 보자마자 버럭 소리를 질러대다가 주위 경찰들의 시선을 느끼고 얼른 목소리를 낮추며 애교 있는 미소를 지었다.

"저, 죄송해요. 얘가 취업에 실패하는 바람에 충격이 커서 그런 거예요."

아라는 경찰관을 향해 가증스러운 미소를 보이며 애교 섞인 목소리로 말했다. 아진은 그 모습을 보며 콧방귀를 뀌었다.

아라는 아진의 옆구리를 꼬집으며 복화술을 하듯 조용히 속삭였다.

"너, 집에 가서 보자. 증말."

경찰은 아진의 보호자가 나타나자 간단한 조사를 마친 후, 그녀를 풀어줬다.

"그럼, 앞으로 조심하십시오. 요즘 워낙 유괴범이나 성폭행범이 판을 쳐서 놀이터에 그렇게 계시면 안 됩니다."

경관이 아라를 대하는 태도는, 아진을 대할 때의 태도와 180도 달랐다. 자신을 유괴범 취급했던 경관이 지금은 사람 좋은 웃음을 지으며 아주 예의 바른 모범 경관처럼 말했다.

"네, 제가 주의시킬게요. 죄송해요. 그럼 수고하세요."

아주 깍듯하게 인사를 한 아라는 아진의 팔을 힘껏 움켜잡고서는 파출소를 나왔다.

하지만 그 성질머리가 어디 가겠는가, 파출소 문을 나서자마자 시작된 구박은 집에 들어설 때까지 계속됐다. 그 잘나신 말발로 사람의 기를 완전히 눌러놓았다. 아진은 정말 지긋지긋했다.

아진은 집에서 미운 오리 새끼였다. 아이큐 140 이하는 인간으로도 안 보는 집안의 브레인들은 아이큐 100을 간신히 넘긴 아진을 무슨 짐승처럼 대우했다. 큰오빠, 작은오빠는 모두 의학박사였고, 바로 위 언니는 잘나가는 변호사였다. 그런데 반해 아진은 취업삼수생이었다. 대학을 졸업한 뒤 취업이 되질 않아서 3년째 놀고 있었다.

"이번에 진짜 독립한다. 내가 더러워서 못 살겠다."

"말 나온 김에 제발 독립해라. 너 때문에 집안이 조용할 날이 없다."

"돈 줘, 방이라도 얻어야 할 거 아냐. 그럼 나갈게."

"좋아, 오빠들 오면 의논하고 너 내보낼 테니까, 그렇게 알아. 그리고 제발 머리 좀 어떻게 해봐, 그게 뭐야. 또, 오빠 추리닝은 네가 왜 입고 나갔어? 정말 못 말린다."

"흥!"

아진은 제 방으로 들어와서 침대에 털썩 누웠다. 정말 일진이 사나웠다. 파출소 일도 그렇지만 왜 자신이 면접에서 떨어졌는지 도저히 이해할 수가 없었다.

"으악! 도대체 왜! 왜 내가 떨어지느냐고요!"

아진은 머리를 쥐어뜯으며 침대에서 발을 구르고 뒹굴었다. 산발한 모습의 아진은 흡사 헐크와 비슷했다. 이런 자신의 모습은 생각지도 않고 왜 떨어졌는지 의문을 가지니, 참. 그것도 매번 그러니 주위 식구들이 아진을 보면 아예 고개를 설레설레 저었다. 한편 아진으로서도 잘난 식구들의 멸시 어린 시선이 눈앞에서 왔다 갔다 하니 정말 미쳐버릴 것만 같았다.

대학을 졸업한 뒤 취업을 하겠다고 당당하게 소리를 쳤지만, 아직도 집에서 용돈을 받아 쓰는 입장이었다. 비서학과를 졸업하고 나름 대기업의 임원을 모시는 유능한 비서가 되고자 꿈을 가졌건만, 매번 낙방이었다. 그러니 어쩔 수 없이 집에서 쥐꼬리만큼의 용돈을 받으며 식순이 노릇을 해야 했다. 하지만 더는 이런 비참한 생활을 하고 싶지 않았다.

최아진, 내 인생에 좌절이란 없다 이거야.

아진의 두 눈은 뭔가를 찾기 위해 희번덕거리고 있었다. 벌떡 침대에서 일어난 아진은 책상 위에 놓인 노트북에 전원을 넣었다.

그래, 찾아보면 또 있겠지. 이젠 수준을 조금 낮추는 거야.

인터넷 창을 열고 구인사이트를 검색해, 눈에 불을 켜고 일자리가 있는지 살펴보기 시작했다.

뭔가 있을 것이다. 나의 전공을 살릴 만한 뭔가가.

아, 역시나, 있다. 뭔가 희망이 보였다. 오늘 저녁에 새로 올라온 구인정보였다. 아진의 두 눈은 반짝이며 기대에 부풀었다.

다음 날 아침.

아진은 거울을 보며 이번이 마지막이라고 다짐을 했다. 평소 머리카락 정리정돈을 전혀 하지 않았지만, 오늘은 기다란 앞머리를 얌전하게 빗어서 뒤로 넘겼다. 흡사 가을 여자 같은 분위기였다. 순전히 본인 생각이지만 말이다.

베이지색 정장을 입고 베이지색 구두를 꺼내 신었다. 물론 언니 옷과 신발이다. 뭔가 포인트를 줄 만한 게 없을까 찾다가 갈색 스카프를 목에 둘렀다.

됐다. 완벽한 코디다. 아진은 만족스러운 미소를 지으며 현관을 나섰다. 베이지색과 브라운색의 완벽한 조화는 아진의 언니처럼 세련된 여성에게서나 느낄 수 있지, 아진처럼 제대로 화장도 안 하고 두꺼운 안경을 낀 상태에서는 촌스럽기 그지없었다. 분명 아라가 봤다면 입에 거품을 물었을 것이다.

제1화.
그 여자, 헬퍼가 되다

우아한 손놀림으로 재킷 안에 들어 있는 벼룩시장 종이 쪼가리를 꺼내 들고, 검지로 안경을 추어올리며 주소를 재차 확인했다. 비전헬퍼. 제대로 찾았다. 역삼동에 위치한 사무실은 지하철역에서 가까운 곳에 자리를 추가 있었다. 마음은 급하게 어서 들어가라 하는데, 뭔가 뒤에서 잡아당기는 느낌에 막상 들어가기가 망설여졌다.

잘난 가족들의 얼굴이 스쳐 지나가고, 헬퍼라는 직업 때문에 혹시라도 비난받지 않을까 하는 걱정이 밀려왔다.

삼수해서 들어간 곳이 고작 그런 곳이니?

주둥이 언니의 목소리가 이명처럼 들려왔다.

아니다. 직업에 귀천이 어디 있겠는가. 만사여의, 마음먹기에 달린 것이다.

생각해보니 자신이 비록 비서학과를 나왔지만, 꼭 비서만 하라는 법은 없다. 비서가 아니라도 좋다. 유사 직종이니 과와 전혀 상관없는 것도 아니었고, 전공의 특성을 살릴 수 있으니 다행이 아닌가. 게다가 전문 직종으로 상당한 보수를 보장하기까지!

집에서 식구들의 무시를 받는 것보다 낫다. 가자! 우리나라 여성들의 유망 직종!

아진은 나름 자기합리화를 하며 혼자서 건물 입구를 왔다 갔다하다가 결심이 선 듯 이내 계단에 올라섰다.

게다가 전문 직종으로 상당한 보수를 보장한다지 않는가.

지저분한 계단을 올라가니 2층 복도 맨 끝에 사무실 간판이 보였다. 역세권에 있는 건물치고는 매우 낡았다. 어두컴컴한 복도를 지나서 사무실 입구에 닿았다.

똑. 똑.

사무실 안으로 조심스럽게 들어섰다. 사무실이라고 해봤자 소파와 테이블, 정수기 한 대, 책상에 놓여 있는 낡은 컴퓨터가 다였다.

그녀가 사무실에 들어서자 의자에서 천천히 일어선 남자는 배가 불룩하게 나왔고, 대머리에, 무언가 기분 나쁜 분위기를 풍기고 있었다. 그는 뱁새 같은 작은 눈으로 날카롭게 아진을 훑어보기 시작했다.

"뭘 도와드릴까요?"

외모와는 다르게 목소리는 참기름을 바른 듯 반지르르했다.

"저, 구인광고 보고 왔는데요."

"상당히 젊으시군요. 일단 이리로 앉으세요. 그리고 이력서는 써왔습니까?"

"네."

아진은 벌레가 나올 것 같은 지저분한 소파에 엉덩이를 반쯤 걸친 채 앉았다. 사무실 내부를 보니, 차마 정성스럽게 쓴 이력서를 내밀기가 꺼려져 손이 떨렸다.

남자는 이력서를 낚아채듯 뺏어가서 혼자 중얼중얼하면서 꼼꼼히 살펴보기 시작했다.

"흐음, 비서학과를 나왔군. 일본어도 잘하고. 마침 잘됐어, 딱 알맞은 자리가 있는데…… 우리 비전헬퍼가 뭐 하는 곳인 줄은 알고 있죠? 우리는 독신자들에게 전문적인 헬퍼를 보내주는 곳입니다. 즉, 맞춤형 서비스를 제공함으로써 고용주와 피고용주 모두가 만족할 수 있도록 하죠. 또한, 고소득이 보장되니 이보다 좋은 직장은 없다고 볼 수 있어요. 그러면 내일부터라도 일하실 수 있습니까?"

"네, 당연하죠."

"씩씩해서 좋군요. 따로 교육은 필요 없을 것 같고, 외모도 뭐, 그만하면, 크흠. 외모로 일하진 않으니까. 그럼 여기 주소로 지금 바로 찾아가 보세요. 고용주가 기다리고 있을 겁니다."

"특별히 준비해야 할 건 없나요?"

"아, 혹시 입주해서 일할 수 있나요? 고객이 입주 헬퍼를 찾고 있는데, 가능한지 모르겠군."

"네에, 가능합니다."

입주라……. 오히려 바라던 바였다. 집에서 독립하려면 집을 구해야 하는데 이건 뭐 땡이었다.

"잘됐네요. 그럼, 수고해요."

"네."

좀 신뢰성이 떨어지긴 했지만, 밑져봐야 본전이란 생각으로 그가 준 주소를 손에 꼭 쥐고서 사무실을 나왔다. 음침한 빌딩을 벗어나서 환한 거리로 나오자 숨이 탁 트였다.

"하아, 살 것 같다."

양팔을 뻗어 하늘을 향해 고함이라도 지르고 싶었다. 대한민국 취업의 문이 이렇게 쉽게 열려 있을 줄이야. 최아진! 너 지금까지 뭐 했니. 조금만 눈높이를 낮추면 이리도 쉽게 열리는 것을.

아진은 소개소에서 적어준 주소를 들고 찾아갔다. 딱 보기에도 부자들만 사는 동네처럼 보였다. 한 동으로 된 건물은 들어가는 입구부터 경비가 삼엄했다. 그때, 제복을 입은 경비아저씨가 아진에게 다가왔다. 경비의 눈에는 다단계 잡상인이 얼쩡거리는 걸로 보였다.

"거기, 아줌마. 여기 함부로 들어오면 안 돼요. 저리 가요."

"아, 아줌마? 아니, 이 아저씨가 지금 사람을 뭐로 보고. 아저씨, 저 여기 2001호에 헬퍼로 출근하는 사람이거든요."

"뭐요? 헬퍼? 뭐 팔러 온 거 아니야? 여기 잡상인 출입금지야."

뭐 이런 아저씨가 다 있어, 진짜.

"아저씨, 저 여기 가정부로 일하러 왔다고요. 2001호."

"아, 가정부? 그럼 진작 그렇게 말해야지. 혹시 모르니 신분증 맡겨놓고 가요."

아진은 도끼눈을 뜨며 신분증을 맡겼다.

"아저씨, 앞으로 종종 볼 텐데. 잘 부탁해요."

안경 속의 날카로운 눈빛이 번쩍했다. 경비는 흠칫 놀라며 몸을 뒤로 물렸다. 그것은 살고자 하는 본능에 가까운 몸짓이었다.

아진은 금장으로 화려하게 장식된 자동문을 통과해서 승강기 앞에 도착했다. 대리석 바닥이 깔린 현관 입구는 웬만한 호텔보다 잘 꾸며져 있었다. 승강기를 기다리는 동안 앉을 수 있도록 화려한 앤티크 소파도 놓여 있었다.

의자에 앉은 지 얼마 되지 않아 승강기가 도착했다. 승강기에 올라탄 아진은 20층 버튼을 눌러 자신이 일을 하게 될 집으로 향했다. 문 앞에 도착한 아진은 떨리는 가슴을 진정시키기 위해 크게 심호흡을 한번 하고는 벨을 눌렀다.

띠리링. 달그락.

어머, 왕자님? 이 남자, 무슨 모델이야? 2001호의 문이 열리자 깔끔한 정장 차림의 핸섬한 남자가 나왔다.

"누구시죠?"

"최아진이라고 합니다. 비젼헬퍼에서 왔습니다."

"아, 연락받았습니다. 들어오세요."

'와, 집 정말 넓구나.'

아진은 족히 60평은 넘을 것 같은 집 안 내부를 보며 속으로 기겁했다. 이렇게 넓은 집은 청소하기도 힘들 뿐만 아니라 온종일 쓸고 닦아도 시간이 모자랄 듯했다.

"누구지?"

거실 쪽에서 바리톤의 나직한 음성이 흘러나왔다. 뭔가 가슴을 울렁이게 하는 목소리였다. 아진은 고개를 빼꼼히 내밀어 소리가 나는 쪽으로 시선을 돌렸다.

아니, 저건 웬 포르노 배우? 민망하게 웃통을 벗은 남자가 바지만 걸친 채로 소파에 앉아서 커피를 마시고 있었다. 아진은 남자의 탄탄한 복근에 저절로 시선이 가는 것을 억지로 떼어내며 어깨 너머로 시선을 뒀다.

"네, 마스터. 이번에 새로 모집한 헬퍼입니다."

이런, 저놈이 주인인 모양인데. 그럼 이 모델은 비서? 젠장, 그럼 나랑 동류잖아.

아진은 비서를 향해 눈을 반짝이며 쳐다봤다.

"저, 인사하시지요. 최아진 씨, 여기 계시는 분은……."

"조폭 우두머리?"

아진의 입에서 불쑥 튀어나온 소리에 주위 공기가 쩅하고 얼어 버렸지만, 아진은 아랑곳하지 않고 할 말을 다했다.

"마스터면 조폭 우두머리 아닌가. 맞죠? 비서님."

"헉!"

"켁, 콜록."

도도하게 커피를 마시던 태수는 사레에 들려버렸다.

"저런, 다 큰 사람이 커피도 제대로 못 마시고. 어머, 여기 커피다 튀었네, 시트 빨려면 고생하겠네. 저기, 일어나보세요, 얼른!"

하얀색 리넨은 커피 얼룩이 묻으면 웬만해서는 지워지지가 않는다. 워낙 깔끔을 떠는 언니 덕분에 침대 시트며, 거실 소파 시트를 빠느라고 개고생을 하고 있는데, 젠장. 아진은 본능적으로 태수를 잡아 일으켜 세웠다. 얼른 시트를 벗겨야 했다.

얼떨결에 일어난 태수는 아무 말도 못 하고 잔뜩 인상을 구기며 아진을 노려보았다. 살벌한 눈초리는 당장 누구 하나를 죽인다고 해도 전혀 이상할 게 없을 정도로 흉흉했다. 하지만 워낙에 그런 쪽으로는 면역력이 탁월한 아진은 눈 하나 까딱하지 않았다.

"아니, 뭘 잘했다고 그렇게 멀뚱멀뚱 서 있으세요. 전 이 집의 헬퍼로 온 사람이에요, 그러니 이러는 건 당연한 거죠. 안 그래요, 비서님?"

"뭐, 그, 그렇죠."

"뭐야, 이 물건은."

태수는 이 비서를 향해 나직이 내뱉었다. 그 목소리만으로도 주변 공기가 서늘해질 정도였다. 이 비서는 바짝 얼어붙은 자세로 벌벌 떨어댔다.

"당장 처리해."

죽고 싶지 않다면.

그 뒤에 생략된 말을 알아들은 이 비서는 하얗게 질린 얼굴로 태수의 뒷모습을 바라보았다.

그런데 갑자기 여자의 찢어질 듯한 목소리가 거실을 울렸다.

"까악!"

돌아서 가던 태수는 재빨리 방어 자세를 취하며 돌아보았고, 이 비서도 자세를 잡고 주위를 둘러보았다.

"이봐요, 최아진 씨. 뭡니까!"

이 비서는 주위에 아무도 없는 것을 확인한 뒤, 아진에게 물었다.

"뭐야, 이 여자."

태수도 기분이 착 가라앉은 표정으로 여자를 노려보며 물었다.

아진은 한 손을 들어 태수를 가리키며 벌벌 떨어댔다. 태수는 여자의 손가락이 그를 가리키자 엄지로 자신을 가리키며 눈으로 물었다.

나? 나 말이야?

"그런 듯합니다."

이 비서는 고개를 끄덕이며 대답했다.

"요, 용이 세상에!"

아진이 태수의 등에 새겨진 문신을 보고서는 비명을 질러댔던 것이다. 이 비서는 터지는 웃음을 참기 위해 혀를 깨물고 온몸을 부들부들 떨어댔고, 태수는 얼굴이 시뻘겋게 달아올라 잡아먹을 듯이 그녀를 노려봤다.

태수는 얕게 한숨을 내쉰 뒤, 이 비서를 향해 말했다.

"당장 치워!"

하마터면 30 평생, 철석같이 지켜온 신조 하나를 깨트릴 뻔했다. 그것은 바로 여자와 아이한테는 절대로 폭력을 쓰지 않는다는 것이다. 태수는 주먹을 움켜쥔 채 이 비서를 노려보았다.

"저, 마스터, 이번 한 번만 참으시지요. 이젠 정말 헬퍼를 구할 수가 없습니다. 이쪽 업계에서는 이미 소문이 쫙 퍼졌습니다. 더 이상은 아무도 안 옵니다."

"젠장! 그러면 제대로 교육해서 사람으로 만들어놔."

"알겠습니다, 마스터."

태수는 가까스로 성질을 누르고 방으로 들어가 버렸다. 눈치가 9단인 아진은 이 비서가 자신을 살려줬다는 것을 알 수 있었다.

"죄송합니다, 앞으로는 조심하겠습니다."

"네, 마스터 앞에서는 조금 조심해주시기 바랍니다."

"네, 그렇긴 한데, 전 정말 놀랐거든요. 등판에 그림을 그려놨으니, 그것도 흉측한 용으로. 처음 봤어요."

"흠, 그럼 최아진 씨, 내일부터 근무하시려면 오늘은 일찍 들어가세요. 내일 아침 9시까지 오시면 됩니다. 그리고 입주 가능하시다고요?"

"네, 가능해요."

"일주일에 하루만 자유시간이 주어집니다. 그래도 괜찮겠습니까?"

"그게 문제가 아니라 저, 보수는……."

"네, 일반 대기업 회사원 수준은 될 겁니다. 물론 보수가……."

"아, 아니에요. 그 정도면 충분해요. 그럼 내일 뵙겠습니다."

급화색이 도는 얼굴로 아진은 인사를 하고 뛰쳐나갔다. 이게, 꿈이야 생시야. 대기업 사원 월급을……. 꺄아! 그녀는 제 감정을 주체하지 못하고 기쁨의 환호성을 마구마구 질러댔다. 드디어 집에

쉬운 여자 아니에요

있는 원수들에게 큰소리를 칠 수 있게 됐다.

이 비서는 갑자기 밖으로 뛰쳐나가면서 소리를 질러대는 아진을 심각하게 바라보았다. 마스터를 대하는 걸 보니 한 달 정도 버틸 가능성은 보이는데, 아무래도 정신상태가 특이한 것이 조금 걱정스러웠다.

태수는 서재로 들어가서 책장 앞에 섰다. 한쪽 벽면을 다 차지하고 있는 책장에는 여러 종류의 책들이 빽빽이 꽂혀 있었다. 경영학 서적과 일반잡지, 고전 등 각종 책이 마구 뒤섞여 있었지만, 그는 익숙하게 책을 찾아내어 책상 쪽으로 걸어갔다. 앉아서 책을 펼치는 순간, 갑자기 여자가 그의 문신을 보며 비명을 지르던 모습이 떠올랐다. 그래도 나름 장인에게서 받은 문신으로 누가 보더라도 아름답다는 감탄사를 터트렸는데, 여자 눈에는 흉측하게 보이는 모양이었다.

드래건 파의 상징인 용 문신은 대대로 패권을 물려받은 보스만이 새길 수 있는 문신이었다. 태수는 이 문신을 볼 때마다 자신의 지난 과거를 떠올리며 이를 악물었다. 용 문신은 그를 지금까지 버티게 해준 하나의 상징이나 다름없었다. 그런데 결국, 다른 사람 눈에 조폭 우두머리에 지나지 않는 걸까.

어쩌면 그 여자가 솔직한 것일 수도 있었다. 그 여자, 참 당돌하다.

그가 드래건 파의 보스 자리에 오른 뒤부터는 그 누구도 그를 똑바로 바라보며 말대꾸를 해온 자가 없었다. 그런데 쥐방울만 한 여자가 마치 그를 유치원생 다루듯 하는 것을 보니 기가 막혔지만, 낯선 경험에 피식 웃음이 새어 나왔다. 태수는 쓸쓸한 미소를 머금고 책에 시선을 뒀다.

이제는 평범한 것을 오히려 낯설어하는 자신의 모습을 보자 자꾸 옛날 생각이 떠올랐다. 태수는 자리에서 일어나 거울 앞으로 다가가 등을 비추며 고개를 돌렸다.

형형색색으로 그려놓은 용은 금방이라도 하늘로 승천할 것처럼 선명했다. 지금의 자신은 결코 평범할 수 없는 사람이었다.

한때, 그도 단란한 집에서 행복하게 살았었다. 유복한 환경에서 자란 그는 부모님의 사랑을 듬뿍 받으며 컸었다.

그러던 어느 날, 갑자기 아버지 회사에 부도가 나기 시작하고, 조직폭력배 같은 사람들이 집 안에 들이닥쳐 기물을 부수고 난동을 부렸었다. 어머니와 그는 매일 두려움에 떨며 숨어 지냈다. 결국, 조직폭력배에 의해 아버지가 돌아가시고, 그 충격으로 어머니도 시름시름 앓다가 돌아가셨다.

당시 고등학교 1학년이었던 그는 혼자 남게 되었지만, 이대로 주저앉을 수 없단 생각에 눈물을 흘릴 수도 없었다. 그는 이를 악물고 이 모든 사건의 주범을 찾아 돌아다녔고, 결국 이 모든 것이 타이거 파와 드래건 파의 이권 다툼 때문이라는 것을 알게 되었다. 아버지의 뒤를 봐주던 드래건 파가 타이거 파에게 밀리면서 아버지는 희생양이 되었던 것이다.

태수는 사건의 진상을 알았지만 당장 그가 할 수 있는 게 아무것도 없다는 사실에 절망했다. 아버지의 회사는 타이거 파에서 접수했고, 드래건 파도 세력이 많이 위축된 상태였다. 결국 태수는 드래건 파의 수장인 김수룡을 찾아갔다. 아버지와 친분이 두터운 사이였던 그는, 혼자 남은 태수를 거둬들여 양자로 삼았다. 태수는 타이거 파에게 복수하기 위해 그 사람 밑에서 조직생활을 배우며 서서히 실력을 쌓기 시작했다.

태수는 고등학교를 검정고시로 졸업한 뒤 낮에는 대학을 다니고, 밤에는 조직생활을 했다. 영민했던 그는 받아들이는 것 또한 남달랐다. 그는 타고난 싸움꾼처럼 골격이나 체격이 격투술에 아주 적합했고, 성격 또한 진중해서 조직원들의 신뢰를 받기 시작했다.

그는 경영학과를 졸업한 뒤, 드래건 파가 운영하는 사업체를 하나하나씩 늘려가기 시작했다. 그 후 파이낸스를 통해 부를 축적해 경제적으로 탄탄해진 드래건 파는 타이거 파가 장악하고 있던 사업체를 하나씩 뺏기 시작했고, 결국 그의 아버지가 운영했던 건설업체를 뺏어올 수 있었다.

그는 김수룡의 양자였지만 사업 수완이 좋아, 드래건 파의 차기 보스임을 모두가 인정했다. 태수는 김수룡이 암으로 사망한 뒤, 그의 뒤를 이어 보스 자리에 올랐다. 그는 조직생활을 시작하면서 평범한 생활 속에서 누리는 행복 따위는 진즉에 포기했었다. 오로지 복수를 위해, 그리고 조직을 위해 살았다.

피도 눈물도 없는 냉혈한이란 소린 그의 이름 뒤에 늘 따라붙었고, 그는 어느새 그 소리에 익숙해져 있었다. 그동안 그의 주변에 모여드는 사람들이라고는 조직원들과 사업상 이해관계에 놓인 사람들뿐이었기에 그 누구에게도 인간적인 면을 느껴볼 수가 없었다.

그런데 오늘 온 헬퍼는 그의 옛날 시절을 떠올릴 만큼 인간적인 냄새가 솔솔 풍기는 여자였다. 그래서 이 비서의 말에 흔들려 쳐내지 못했는지도 모른다.

어디 얼마나 버틸지 두고 보는 수밖에.

태수는 이내 차갑게 표정을 굳히며 옛 생각에서 벗어났다. 감성이란 것은 늘 사람을 약하게 만든다. 그렇기에 처음부터 원천 봉쇄를 해야 한다. 그래야 이 자리에서 오래도록 버틸 수 있다.

쓸데없는 감정에 묻혀 자칫 빠트릴 뻔한 것이 떠오른 태수는 인터폰으로 이 비서를 불렀다.

"이 비서, 지금 당장 서재로 와."

똑. 똑.

노크 소리가 들리고 이 비서가 서재로 들어섰다.

"가까이 와."

"넵, 마스터."

이 비서는 빛의 속도로 다가왔다.

"신상 조사는 확실히 했나? 헬퍼 말이야."

날카로운 칼날처럼 눈빛이 살벌했다. 이 비서는 잔뜩 움츠러드는 어깨를 간신히 펴며 더듬거렸다.

"아, 네. 벼, 별다른 이상은 없어 보입니다. 최, 최대한 빨리 자세히 알아보도록 하겠습니다."

"사람을 제대로 알아보지도 않고 들이는 건 적진에 무기 없이 뛰어드는 것과 다를 바 없다. 목숨은 하나뿐이니 조심해야지."

"저, 무엇을 우려하시는지……."

"요즘 지나치게 타이거 파가 조용해. 혹시 타이거 파에서 보낸 첩자일 수도 있으니 제대로 조사를 해야 할 거야."

"흐음, 그 부분은 미처 생각해보지 못했습니다. 서둘러 조사를 하도록 하겠습니다."

"담력도 남다르고, 하고 다니는 모습도 수상해. 요즘 세상에 그렇게 입고 다니는 사람이 있나?"

"그건 그렇지만."

"잘 지켜봐."

"네, 마스터."

"지금 나갈 준비해. 당장 조직 간부급들 소집하고."

"알겠습니다."

이 비서는 뒷걸음질로 자리에서 물러났다. 문을 열고 나가려는데 그가 다급히 불렀다.

"이 비서, 그런데 말이야……."

"네, 마스터."

"내 문신은 일본의 유명한 장인, 야마모토 상을 불러서 하라고 했는데, 누군가가 중국이 훨씬 잘한다며 중국 놈을 추천했었거든? 누가 그 중국 놈을 추천했지?"

"네?"

"아까 그 여자가 비웃는 거 봤나? 아무래도 문신에 위엄이 부족한 모양이야. 중국 놈 추천한 간부 반드시 오라고 해."

이 비서가 황당한 표정으로 그를 바라보자 태수는 씩 웃으며 한 마디 뱉어냈다.

"반쯤 죽여놔야겠어."

"헉."

이 비서가 속으로 비명을 삼켰다.

"감히 내 의견에 토를 달더니, 나를 우스운 꼴로 만들었어."

이 비서는 태수의 난폭함과 비정함을 누구보다 잘 알고 있었다. 누군지 모르지만 안타까운 마음이 절로 들었다.

쉬운 여자 아니에요

제2화.

그 여자는 스파이?

　화려한 바로크 문양의 수가 놓인 소파에 우아한 차림의 중년 여성이 앉아 있었다. 그녀를 중심으로 남자 3명과 여자 2명이 마주보고 앉아 있었다. 아진의 가족은 회의 때마다 이 포지션을 유지했다. 오늘 회의 소집은 아진의 폭탄선언으로 긴급소집령이 발동됐고, 1시간 만에 다 모였다.

　아진은 소파에 모인 가족의 얼굴을 쭉 훑어보았다. 이들 중에서 그녀에게 우호적인 사람은 없었다. 그나마 큰오빠가 그녀와 마음이 통하는 편이었다. 아진은 제발 큰오빠가 그녀를 밀어주기를 간절히 바라며 양손을 꼭 모았다.

　유명한 대학의 교수로 재직 중인 부모님과 의학박사 오라버니들, 잘나신 변호사 언니까지. 게다가 워낙 다들 알아주는 외모 때문에 이들이 모여 있으면 연예인 가족단이 모인 것처럼 사방이 휜

해졌다. 그 속에 찌그러져 있던 아진은 오늘만큼은 굴하지 않고 의기양양하게 고개를 쳐들고 거만한 표정으로 앉아 있었다. 오랜 침묵을 깨고 서 여사가 입을 열었다.

"그 비전헬퍼라는 곳이 도우미 보내주는 곳 아니니?"

교양이 넘쳐흐르는 목소리였지만, 그 말속에 담긴 경멸은 숨길 수가 없었다.

"엄마, 거긴 헬퍼라고 부르거든요. 도우미하곤 달라요. 전문적으로 교육받은 사람들만 채용한단 말이에요."

아진이 바르르하며 대꾸했다. 그러자 아버지의 시선이 얼굴에 꽂혔다.

"그래서, 지금 집을 나가겠다는 거냐?"

점잖으신 아버지가 말문을 여셨다. 평소에는 워낙 기세등등한 엄마 때문에 말씀도 잘 안 하시던 분이시기에, 분명 최 여사의 언성이 높아질 것을 막고자 먼저 입을 떼신 것이리라. 아진은 아버지를 보며 애원하는 눈빛으로 말을 하기 시작했다.

"아버지, 집을 나가겠다는 게 아니라 취업을 하는 거예요, 취업. 1주일에 1번씩 집에 올게요. 그리고 대기업 사원 연봉을 주겠다는데 뭘 망설이겠어요. 제가 비서학과 출신이라서 월급도 그만큼 주는 거라고요."

아진의 말이 끝나기가 무섭게 언니 아라가 나섰다.

"아빠, 아진이 내보내요. 이참에 잘됐네. 나, 쟤 때문에 동네 창피해서 못 살겠어."

"그래도 여자가 어떻게 집을 나가, 그것도 시집도 안 간 여자가.

그게 말이나 되니?"

결국 최 여사의 언성이 높아졌다.

"엄마! 아진이는 정말 걱정할 필요가 없다니까. 오죽하면 동네 사람들이 신고했겠어?"

아라는 파출소에 보호자로 불려온 것을 두고두고 우려먹을 생각인 모양이었다. 발끈한 아진이 소리를 질렀다.

"언니, 진짜 그러기야!"

도저히 참을 수 없다는 듯 아진이 아라와 싸울 듯 덤벼들자 큰 오빠가 무거운 입을 열었다.

"아버지, 어머니. 언제까지 아진이를 이렇게 집에만 둘 순 없잖아요. 한번 믿어보죠."

"그래도 될까? 아무래도 걱정이다."

집안 장남의 말발은 역시 위력이 대단했다. 장남 최아석의 말 한마디에 모든 것이 평정되었다. 묵묵하게 자리를 지키고 있던 작은오빠 최아술은 아진을 향해 한마디를 날렸다.

"어이, 막내. 너를 헬퍼로 쓰겠다는 곳이 어디야? 거기 사람들은 네 실체를 알고 있어?"

남의 일처럼 말을 던지는 작은오빠를 노려보며 아진이 속으로 구시렁댔다.

입 닥치시죠, 네? 하지만 아랑곳하지 않고 제 할 말을 하고서는 자리에서 일어났다.

"아무래도, 전 막내보다 그쪽 사람들이 더 걱정입니다. 두 분은 뭘 걱정하세요. 아진이를 봐요, 어디 내놔도 잘 살 애라니까요.

진짜 오빠만 아니면 뒤통수를 한 대 날리고 싶은 마음이 굴뚝같 았다.

아진은 방으로 들어가서 간단하게 짐을 싸기 시작했다. 드디어 집을 벗어난다.

오늘 가본 곳은 솔직히 두려운 마음이 드는 것도 사실이었다. 60평이 넘는 넓은 집도 문제였지만, 마스터라 불리는 그 남자의 인상이 만만찮았다. 아진은 앞으로 그곳에서 버텨낼 수 있을지 장 담할 수 없었지만, 최선을 다해보기로 했다.

어디를 가더라도 여기보다 낫다는 생각이 들었다. 늘 가족의 냉 대와 무시 속에서 자존감은 찾으려야 찾을 수도 없을 만큼 가루가 되어 사라진 지 오래였고, 하루하루 시간이 가는 게 무서울 만큼 도태되고 있었다. 집에서 하는 일도 사실 헬퍼의 일과 마찬가지였 다. 오라버니들 와이셔츠를 빨고 다려놓는다든지, 집 안 구석구석 청소를 하고 매 끼니 식사를 챙기는 것도 그녀의 몫이었다. 차라리 돈을 벌면서 당당하게 일하고 싶었다.

그래, 잘 생각했어. 이젠 나가서 돈도 벌고 독립하는 거야.

아진은 씩씩하게 짐을 싼 뒤, 침대에 누웠다. 너무 들뜬 나머지 잠도 오지 않았다. 그나저나 낮에 봤던 이 비서란 남자의 얼굴이 떠올랐다. 우두머리와는 달리 이 비서란 남자는 샤프하면서도 지 적이게 보이는 외모에 자상하기까지 했다. 그녀의 취향에 완벽하 게 부합되는 남자였다. 아진은 그 남자 때문에 헬퍼 생활이 더욱 즐거워질 것 같은 예감이 들었다.

거실에서는 아버지와 어머니가 싸우는 모양인지 두 분의 언성이 점점 높아지고 있었다. 모두 그녀를 걱정하는 척하면서도 앞으로 집안일은 누가 하는지에 대해서 의견이 분분할 것이다. 아진은 내 알 바 아니라는 생각으로 눈을 감았다.

다음 날 아침, 아진은 일찍 출근한 언니 방으로 들어가서 필요한 옷들을 다 수거했다. 전문 직종답게 정장 스타일을 고수하고 싶었다. 비록 헬퍼이지만 일에 대한 자부심을 가지고 싶었다. 자신을 스스로 높여야 남도 그녀를 높이 봐준다는 것을 일찍 깨달은 아진은 주로 정장을 챙겨 들었다. 검은색 원피스와 거기에 어울리는 하얀색 재킷을 걸쳤다. 치마 길이가 조금 긴 것이 흠이었지만, 그건 언니보다 키가 작으니 어쩔 수 없었다. 거울에 비춰 보니 제법 봐줄 만했다. 아진은 머리를 올백으로 해서 하나로 묶었다. 이젠 완벽했다.

캐리어를 끌고서 집을 나선 아진은 도도하게 고개를 쳐들고 걸었다. 자신도 이젠 떳떳한 직장인이다.

아진은 무사히 직장을 찾아갔다. 바로 눈앞에 직장이 있었다. 그녀의 평생직장이 될지도 모르는 그곳을 바라보는 아진의 두 눈에 의욕이 불타올랐다. 아파트 입구에 놓인 경비초소에서 아저씨를 향해 한 손을 들어 인사를 건넸다.

"저기, 아줌마. 어딜 함부로 들어가요?"

아저씨가 사람 보는 눈이 좀 떨어지는 모양이었다.

"네? 아줌마? 아니, 이 아저씨가 또 이러네. 진짜 사람을 뭐로 보고. 저 모르세요?"

아진이 당당하게 다가가서 큰소리치자 경비아저씨는 혹시 자신이 실수라도 한 건 아닌지 얼굴을 굳히며 자세히 쳐다봤다. 하지만 아무리 봐도 모르겠는지 고개를 갸웃거렸다.

"혹시 원불교에서 나온 거요?"

"네에?"

아니, 어딜 봐서 원불교란 말인가. 거기 종교인들은 그녀가 알기에는 긴 치마에 한복 같은 것을 입고 다녔다. 기분이 나빠진 아진이 쏘아붙였다.

"2001호, 헬퍼라고 말씀드렸잖아요."

"엥? 파출부 말이지? 어제 온."

그제야 안 모양인지 경비가 고개를 끄덕였다.

"헬퍼라니까 자꾸 그러세요. 암튼 잘 부탁해요."

아진이 그를 지나쳐 앞으로 걸어가자 경비는 아진에게서 눈을 떼지 못하며 혼잣말로 중얼거렸다.

"분명 원불곤데."

승강기에서 내린 아진은 현관 입구에서 심호흡하며 마음을 가다듬었다. 그리고 검지를 우아하게 들어 올려 초인종을 눌렀다.

딩동, 딩동.

얼마 있지 않아 안에서 문이 열렸다.

디리릭, 달칵.

어제 봤던 이 비서란 남자가 얼굴을 내밀었다. 그는 화사한 미소를 터트리며 아진에게 인사를 건넸다.

"최아진 씨, 일찍 오셨네요. 어서 들어와요."

"네, 안녕하세요."

"우선 소파에 앉아서 기다리세요. 특별히 주의해야 할 사항도 있고, 앞으로 아진 씨가 사용할 방도 알려드릴게요."

"네."

"그럼 잠시만 기다리세요."

"네, 얼른 일 보세요."

아진은 그가 가리키는 곳으로 가서 얌전히 앉았다.

한편, 이 비서는 아진이 소파에 앉는 것을 보고 재빨리 안으로 들어가 조직에 긴급전화를 넣었다.

"어떻게 됐어, 어제 알아보라고 시킨 건. 아무래도 사태가 극으로 치달을 것 같아, 오늘 여자 상태를 보니 조금 심각해. 어서 알아봐."

전화를 끊은 이 비서는 심각한 표정을 지었다. 손으로 턱 밑을 어루만지며 곰곰이 생각에 잠겼다. 정말 마스터의 말대로 타이거 파에서 보낸 공작원일 경우 자칫 잘못하면 마스터의 신변이 위험할 수도 있다. 섣불리 움직였다간 마스터의 목숨뿐만 아니라 드래건 파의 위상이 땅에 떨어질 것이다. 오늘 여자가 입고 온 복장으로 봐서는 그럴 가능성이 농후했다. 지금까지 조직의 여자들 대부분은 쇼트커트를 하거나 긴 머리일 경우 올백으로 묶는 경우가 대부분이었다. 그리고 검은색과 흰색의 옷을 주로 입었다. 이 여자는 전형적인 조직의 여자처럼 하고 온 것이다. 이 비서는 초조한 마음을 간신히 감추며 거실로 나갔다.

"아진 씨, 이리로 따라오세요. 앞으로 이 방을 사용하시면 됩니다."

"어머, 방이 매우 좋네요."

아진이 만족스럽다는 듯 이 비서를 향해 미소를 보였다. 이 비서는 시선을 제대로 맞추지 못하고 고개를 돌렸다.

"그럼, 짐을 정리하시고, 안에 계십시오. 잠시 후에 부르겠습니다."

"네."

이 비서는 아진을 일단 방 안으로 유인해서 넣은 뒤, 다시 거실로 향했다. 마침 태수가 샤워를 마치고 거실로 오고 있었다. 평상시처럼 가운만 걸친 채로 거실을 돌아다니는 모습에 깜짝 놀란 이 비서는 태수에게 다가갔다.

"저, 마스터. 드릴 말씀이 있습니다."

"뭐야, 말해."

촉촉이 젖은 새까만 머리카락에서 물이 뚝뚝 떨어졌다. 그 모습이 아주 남자다워 이 비서는 저절로 위축되는 기분이었다.

"어제 온 헬퍼가 지금 도착했습니다. 아무래도 복장을 제대로 갖춰 입으심이 어떠실지."

"귀찮아, 여잔지 남잔지 성별도 불분명해 보이던데. 그냥 놔둬."

태수는 머리를 털며 건성으로 대꾸했다.

"알겠습니다."

일단 보스를 위해서 그가 주의 깊게 살펴보는 수밖에 없겠단 생각을 하며 물러났다. 그런데 막 거실로 나오는 여자를 보고서는 태수와 이 비서는 동시에 숨을 훅 들이켰다.

아진은 프로답게 보이기 위해 옷을 갈아입고 나왔다. 검은색 짧은 원피스에 레이스가 오글거리는 하얀 앞치마를 입고, 거기다가 커다란 리본으로 머리를 묶고 나타난 것이다. 엽기적인 의상을 입고 나타난 그녀는 태연하게 미소를 지으며 태수 앞으로 천천히 다가왔다.

이 비서는 그 모습을 유심히 보며 마른침을 삼켰다.

앞치마 안에 양손을 넣고 있는 것이 눈에 띄었다.

혹시, 사시미 칼이라도 꺼내려 하는 건 아닐까!

이 비서의 머릿속에는 그 모든 시뮬레이션이 그려졌다.

젠장!

이 비서는 마스터를 위해 한 몸 바치겠다는 각오로 아진을 향해 몸을 날렸다.

아무리 이 비서가 호리호리하더라도 남자였다. 그런 그가 작은 아진을 덮치자 아진은 그대로 뒤로 나자빠졌다. 대리석 바닥을 울리는 소리가 요란하게 울렸다.

쿵!

"으윽!"

이 비서 아래에 깔린 아진은 얼굴이 발갛게 상기된 채로 드러누워 있었다. 놀란 아진은 눈을 커다랗게 뜨고 이 비서를 쳐다보다가 이내 얼굴을 붉히며 고개를 돌렸다. 아진의 얼굴에는 기분 나쁜 기색보다는 오히려 웃음이 걸린 것이 이 비서가 덮친 것을 좋아하고 있는 것처럼 보였다.

아니나 다를까 아진은 양손을 들어 얼굴을 감싸며 배시시 웃기까지 했다.

이 비서는 아진의 행동을 오해했다는 걸 시인하며 급히 몸을 일으켰다. 그리고 이건 전부 다 마스터의 안위를 위한 행동이었다며, 자기합리화를 했다.

태수는 그런 둘의 모습을 가만히 바라보며 서 있었다. 짙은 눈썹을 꿈틀거리며 입꼬리를 비딱하게 올리는 모습이 여간 거만해 보이지 않았다.

"이 비서, 취향 한번 독특하군."

그 말만을 남기고 서재로 들어가 버렸다.

황당한 이 비서는 일단 아진에게 사과를 건넸다.

"흠, 미안합니다. 어디 다치시진 않았습니까."

"아, 네. 괜찮아요."

아진은 수줍은 미소를 지으며 대답했다. 쥐구멍에라도 숨고 싶은 이 비서는 얼른 잽싸게 사라졌다. 혼자 남은 아진은 이 비서의 뒷모습을 의미심장하게 바라보며 웃었다.

제3화.
이 남자, 혹시 변태?

아진이 맡은 일은 간단했다.

식사 준비와 청소, 빨래 등의 업무를 할 줄 알았는데, 그것보다는 훨씬 프로페셔널 한 능력을 요구하는 일이 맡겨졌다. 두목이 입을 일주일 치의 셔츠와 양복을 세트로 준비하고, 속옷과 양말까지도 풀 세트로 챙겨놔야 한다. 한마디로 스타일리스트? 뭐, 그런 일이었다.

그다음 업무는 두목의 침대 시트 정리정돈이었다. 정리를 마쳤을 때, 먼지 한 톨 없도록 해야 한다는 엄명이었다. 그 외는 두목의 소소한 심부름이었다. 커피 뽑아서 대령하기, 목욕물 받아놓기 등등. 식사나 청소를 맡아서 하는 사람은 따로 있는 모양이었다. 집에서 하던 일보다 훨씬 적은 일이었다.

아진은 이 비서와 함께 거실 소파에 앉아서 이야기를 나누었다.

아진은 열심히 노트에 받아 적고 이 비서는 뭐라 말을 하고 있었다.

아진은 이 비서가 불러주는 대로 일일이 받아 적었다. 두목의 취향, 비위 맞추는 일 등에 대한 것들을 알려주었다. 사실 그녀의 일 중에서 가장 큰 몫을 차지하는 것은 바로 두목의 비위를 맞추는 것이었다. 하지만 그녀가 누구인가, 그 까다로운 최 씨 집안의 별종들과 장작 25년을 살아온 사람이었다. 한 사람 비위를 맞추는 것은 일도 아니었다.

이 비서는 아진이 아무런 군소리도 하지 않고 기꺼이 하겠다고 하자 불안하기 시작했다. 자신감이 넘치는 아진을 보며 정말 특수요원일지도 모른다는 심증을 굳혀갔다. 일반인들은 자신과 같은 조폭을 보면 위축되거나 겁을 먹고 도망가는 것이 보통인데, 그녀는 전혀 아무렇지도 않으니 그런 의심을 할 수밖에.

마스터가 누구인가. 이 업계에서는 전설로 통하는 아시아의 용이었다. 드래건 파는 대만과 일본, 홍콩, 마카오 등에서도 알아주는 조직이었다. 특히 현 마스터 이태수가 조직을 장악하게 되면서 그 위용을 유럽에까지 떨치고 있었다. 드래건 파의 자존심이자 우상인 이 태수를 만만하게 볼 자가 과연 이 지구 상에 있을까. 더군다나 마스터는 역대 마스터 중에서 가장 외모가 우수했다. 남자다운 외모에 잘빠진 몸매와 골격을 한 태수는 같은 남자에게도 부러움의 대상이었다. 상식이 있다면 누구나가 알 수 있는 드래건 파의 마스터를 저리도 만만하게 보는 이 여자의 정체는 과연 뭘까. 이 비서의 의구심은 더욱 깊어져만 갔다.

일단 이 비서는 아진을 데리고 집 안 곳곳을 둘러보았다. 아진이 들어갈 수 있는 곳과 절대로 들어가지 말아야 할 곳을 일러뒀다.

"비서님, 저쪽에 있는 방은 무슨 방이에요?"

그렇게 안내가 끝나갈 때쯤, 복도 끝에 붙어 있는 방을 가리키며 아진이 물어왔다. 안경 속에 감추어진 두 눈이 유난히 반짝거렸다. 사물을 볼 때 주의 깊게 유심히 바라보는 습관은 보통 조직원들의 행동습관이다. 역시 뭔가가 있었다. 이 비서는 경계를 풀지 않고 조심스럽게 대답했다.

"아, 저쪽 방은 절대로 들어가선 안 됩니다. 마스터만이 들어가실 수 있습니다. 보안장치도 완벽하게 설치했기 때문에 들어가면 낭패를 당하십니다."

"흐음, 그렇구나. 잘 알겠습니다."

마침 이 비서의 휴대폰이 울렸다. 긴급연락망이었다.

"저, 잠시 실례하겠습니다."

이 비서는 아진을 혼자 두고 멀찍이 떨어져서 전화를 받았다. 일단 베란다로 나와서 전화를 귀 가까이 대고 속삭였다.

"말해라."

-저, 아무래도 뭔가 이상합니다. 그쪽 집안사람들이 최아진 씨를 제외하고는 무슨 조직인 것 같은데, 멘사 클럽이라는 곳에 정회원으로 되어 있습니다.

"멘사? 흠, 그렇단 말이지. 그런데 그 멘사가 뭔가? 신흥 조직인가."

쉬운 여자 아니에요

-거기까진 아직 파악을 못 했습니다.

"계속 알아봐."

-네.

이 비서는 전화를 끊고 돌아섰다. 그런데 바로 눈앞에 여자가 나와 있었다.

"멘사요? 혹시 비서님도 멘사 회원이세요?"

언제 나왔을까, 분명 아무런 기척을 느낄 수 없었는데. 그녀는 통화 내용까지 들은 모양이었다. 이 비서는 가슴이 서늘해졌다.

"아, 아닙니다. 혹시 멘사에 대해서 잘 알고 계시나요?"

"전 그쪽과는 아무런 상관이 없어요. 정말 재수 없는 집단이죠. 제 적이라고 봐도 무방해요."

아진에게서 갑자기 날카로운 기운이 뿜어져 나왔다. 지금까지 숨기고 있던 그 광폭한 기운이 폭발하는 듯했다. 살갗을 베어버릴 듯 날카로운 눈빛으로 그를 올려다보는 아진이었다.

"그, 그래요? 적이라고요?"

"네, 전 그쪽과는 완전히 담을 쌓은 사람이에요. 절 그런 집단에 연결하지 마세요. 생각만으로도 끔찍하니까."

"알겠습니다."

집안의 왕 싸가지 언니와 오빠들이 그 멘사 클럽의 정회원이었다. 물론 부모님도 마찬가지다. 아이큐가 150은 넘어야지 일단 회원 가입이 가능했고, 정회원은 그보다 조건이 더 까다로웠다. 한집안에 아진을 제외하고 5명이나 멘사 정회원이니, 아진으로서는 이를 갈 수밖에 없었다.

이 비서는 아진의 극렬한 반응에 의구심이 쌓여갔다. 역시 극구 부인하는 것이 수상쩍었다. 다혈질 마스터에게 이 사실을 바로 알렸다간 여럿 피곤해질 수 있으니 일단은 혼자 알기로 했다. 만약을 대비해서 멘사 클럽과 적대관계에 놓여 있는 단체에 대해서도 알아봐야 할 것 같았다. 한시가 시급했다.

"저, 그럼 대충 다 설명을 했으니 이제 저는 가보겠습니다. 그럼 수고하십시오."

이 비서는 인사를 하고 재빨리 현관문을 나섰고, 문을 닫자마자 휴대폰 통화 버튼을 누른 뒤 말했다.

"나야, 멘사 클럽과 적대관계에 있는 단체가 어딘지 알아봐."

-알겠습니다.

그제야 한숨 돌린 이 비서는 조직 사무실로 향했다.

아진은 이 비서가 가고 나자 무척 심심했다. 집이 넓은 것에 비해 할 일이 그다지 없었다. 그나마 날씨도 흐릿한 것이 곧 비가 올 듯했다. 아진은 소파에 앉아서 신문을 들여다보며 시간을 보냈다. 그러자 잠이 슬슬 오는 것이 아무래도 컴퓨터와 놀아야겠다는 생각에 시간 죽이기에 딱인 스도쿠를 내려받았다. 사실, 스도쿠 게임을 시작하게 된 계기는 이걸 하면 머리가 좋아진다는 소릴 듣고 나서부터였다. 나름 알게 모르게 노력도 많이 했었다. 그 결과 스도쿠의 레벨이 지존 단계까지 올라갔지만, 아이큐를 올리는 것에는 아무런 도움도 되지 않았다.

"젠장, 프린트기가 없네. 메모지가 어디 있더라……."

아진은 신문지 귀퉁이에 칸을 만들고 문제를 적었다.

슬슬 시작해볼까.

한참을 풀고 있는데, 집 전화가 울렸다. 아진은 아무 생각 없이 테이블에 놓인 전화기를 받았다.

"네, 최아진입니다."

-나다.

낮게 깔린 목소리, 잔뜩 무게를 잡고 말하는 꼴이 딱 그거였다. 변태. 특히 비가 오거나 흐린 날에 자주 출몰하는 바바리맨과 비슷한 종자들 말이다.

"나? 나가 누군데. 야, 할 짓 없으면 발이나 닦고 자라. 응?"

-후우……. 이봐!

수화기로 들려오는 짙은 한숨 소리. 분명했다.

"이 변태가 재수 없게 진짜!"

이런 변태들은 상대를 해주면 더 설치기 때문에 그냥 무시하고 전화를 끊는 게 상책이었다. 아진은 수화기를 탕 내려놓고 다시 문제 풀기에 집중했다.

태수는 아침 일찍 일어나서 옷을 챙겨 입고 회사로 향했다. 아침마다 러닝 머신에서 1시간가량 뛰고, 벤치 프레스도 꾸준히 했다. 하지만 오늘은 오전에 드래건 파 간부급 회의가 있기 때문에 운동은 생략하고 회사로 바로 출발했다.

그는 드래건 파의 수장이기도 했지만, 대형 건설회사를 이끄는 사장이기도 했다. 그는 아버지의 회사를 타이거 파로부터 되찾은 뒤, 그 회사를 직접 경영했다. 그의 건설회사에서 지은 아파트는 국민들 사이에서도 아주 인기가 높았다. 분양 때마다 매번 매진 신화를 기록하며 불경기 속에서도 잘 살아남았다. 매년 흑자를 창출해내는 그는 사업에서도 귀재로 통했다.

그는 회사에 출근하여 서류를 결재하고 간략한 미팅을 마친 뒤, 곧바로 조직원들이 모이는 회합 장소로 향했다.

회합 장소는 드래건 파의 본부가 있는 강남의 한정식집에서 이루어졌다. 이곳의 실제 주인은 드래건 파였다. 그래서 그들의 회합이 있는 날에는 가게 문을 닫고 오로지 그들만 받았다.

태수가 은색 세단에서 내리자 한정식 입구에는 양쪽으로 줄을 서서 그를 맞이하기 위해 조직원들이 나와 있었다. 태수는 시끄럽게 떠드는 것을 극도로 싫어했기 때문에 그들은 조용히 묵례하며 인사를 건넸다.

태수는 단호한 걸음으로 솟을대문을 지나 넓은 마당으로 들어섰다. 마당에는 이름 모를 꽃들이 장관을 이루고 있었다. 평소 아름다운 것을 좋아하는 태수는 보랏빛의 영롱한 꽃을 보며 슬쩍 미소를 지었다.

그가 안으로 들어서서 제일 상석에 앉았다. 그 뒤로 줄줄이 검정 양복들이 들어섰다. 모두 좌정하고 태수가 입을 열기를 기다렸다.

태수는 이 비서를 향해 눈짓하며 말했다.

"이 비서, 시작하도록 하지."

"네, 그럼 오월 회합을 시작하도록 하겠습니다. 먼저 강남 지역의 사업 보고가 있겠습니다."

회의는 평소와 다름없이 진행되었다. 그렇게 각 사업장 보고가 끝난 뒤, 태수는 조금 편안한 분위기로 간부들과 대화를 나누기 위해 집으로 갈 생각이었다. 사실 그의 집보다 보안이 잘된 곳은 없었다. 핵심 멤버를 데리고 갈 생각인 태수는 먼저 헬퍼에게 연락을 취할 생각으로 이 비서를 불렀다.

"전화기, 집에 전화 넣어."

태수가 말하자 이 비서는 얼른 휴대폰으로 전화를 걸었다. 보통 태수가 전화할 경우 특별한 내용이 아니고서는 이 비서가 스피커폰으로 전화를 걸었다.

-네, 최아진입니다.

여자의 또랑또랑한 목소리가 스피커를 타고 흘렀다.

"나다."

태수는 평소 하던 대로 말했다.

-나? 나가 누군데. 야, 할 짓 없으면 발이나 닦고 자라. 응?

순간 검정 양복이 술렁였다. 태수는 난데없는 여자의 말에 미간을 찌푸리며 깊은 한숨을 내쉬었다. 좀처럼 흥분하지 않는 태수였지만, 여자의 말은 그의 허파를 뒤집기에 충분했다.

"후우……. 이봐!"

-이 변태가 재수 없게 진짜!

그러고는 전화가 끊겨버렸다.

태수 옆에 서 있던 이 비서는 오금이 떨려왔다. 정말 이 간 큰 여자가 미치지 않고서야 어떻게 그런 심한 말을 할 수 있단 말인가.

마스터의 얼굴은 아예 무표정으로 갈무리하고 있었다. 저 표정은 조직 간에 대전쟁이 일어나기 직전에나 볼 수 있는 그런 것이었다.

일단 마스터를 진정시켜야 했다. 아직 멘사 클럽의 존재를 파악하지 못했는데, 이렇게 대책 없이 흥분해서는 곤란했다. 그렇지만 조직원들의 분위기도 심상찮았다. 이럴수록 그가 먼저 나서서 설쳐야 했다. 아니면 조직 간의 대전쟁이 발발할지도 모를 상황이었다. 그건 저 여자가 타이거 파에서 보내온 첩자라는 전제하에서지만 말이다.

"마스터, 죄송합니다. 제가 가서 단단히 교육하고 오겠습니다."

이 비서는 떨리는 목소리를 누르며 말했다.

"내가 직접 간다."

태수의 얼굴은 북풍한설이 내리는 것처럼 싸늘했다.

"저희도 따라갈 수 있도록 허락해주십시오, 마스터!"

우렁찬 함성이 울려 퍼졌다. 감히 드래건 파 보스를 희롱한 년을 처단하러 지구 끝까지라도 따라갈 기세였다.

태수는 한 손을 치켜들었다. 그러자 거짓말처럼 주변이 조용해졌다.

"만약, 내가 하는 일에 나서는 놈이 있으면 가만두지 않겠어."

지옥의 사자처럼 냉기를 펄펄 날리며 모두에게 경고 메시지를 남겼다.

"충! 마스터!"

조직원들은 한목소리로 대답했다. 태수는 자리를 털고 일어났다. 이 비서는 태수 곁으로 다가가서 함께 차에 오르려고 하자 태수는 그의 오른팔, 이 비서를 내쳤다.

"혼자 간다, 회의 마무리해. 만약에 따라오면 죽는다."

"충! 마스터."

태수는 혼자 차에 올랐다. 그의 운전기사가 조용히 차를 몰았다.

"집으로."

"알겠습니다."

태수의 차가 출발하자 양옆으로 늘어선 조직원들이 90도로 허리를 숙여 인사를 했다. 이들에게 태수는 신과 같은 존재였다. 아진이 그 전설을 일순간 변태로 만들었으니, 과연 무사히 살아남을 수 있을까. 이 비서의 미간이 잔뜩 찌푸려졌다. 아무래도 이번 헬퍼는 핵폭탄이 분명했다.

"도대체 비번이 뭘까. 왜 이렇게 안 열리는 거야, 진짜."

아진은 현관문 앞에서 땀을 삘삘 흘리고 있었다. 경비아저씨의 연락을 받고 택배를 찾으러 잠깐 경비실에 내려갔다 왔는데, 그새 자동으로 문이 잠긴 것이다.

이제 마지막 1번이 남았다. 3번 안에 못 맞히면 10분을 다시 기다려야 한다. 아진이 도어록을 노려보며 씩씩대고 있었다.

태수는 엘리베이터에서 내린 뒤 아진이 도어록에 매달려서 뭔가 수상쩍은 행동을 하는 것을 보며 눈을 가늘게 떴다. 뒤를 따라온 운전기사가 그것을 보고 앞으로 뛰어가서 아진을 잡으려 하자 태수는 한 손을 뻗어 그를 제지했다.

태수는 팔짱을 낀 채 비딱하게 기대서서 아진을 쳐다봤다. 모델

못지않은 늘씬한 키에 탄탄한 근육으로 둘러싸인 몸매의 태수는 당장 도약할 것처럼 온몸의 근육에 힘을 주며 시기를 기다렸다. 태수는 먹이를 노리는 맹수처럼 살며시 다가갔다. 순식간에 먹이를 낚아채듯 뒤에서 덮칠 태세였다. 태수가 가까이 다가가서 손을 뻗으려는 순간 아진은 그동안 도어록을 풀기 위해 구부리고 있던 허리를 펴기 위해 상체를 일으켰다.

퍽!

"악!"

"윽!"

"마스터!"

이 모든 소리가 동시에 터져 나왔다. 아진의 돌같이 단단한 뒤통수에 태수의 코가 정통으로 부딪친 것이다. 놀라서 뒤돌아본 아진은 손으로 입을 가렸다. 갑작스러운 태수의 등장에 놀라긴 아진도 마찬가지였다.

"제 뒤에서 무슨 짓을 하고 있었던 거예요!"

아진이 허리에 손을 올리고 따지는 찰나 태수의 양쪽 콧구멍에서는 쌍코피가 주르르 흘러내렸다.

"어! 피!"

태수는 얼른 손등으로 코를 훔쳤다. 정말 시뻘건 피가 묻어났다. 태수는 맞아서 아프기보다는 태어나서 가장 수치스러운 꼴을 당한 것에 얼굴을 들 수가 없었다.

"뭘 멍하니 보고 있어요, 어서 문 열어요. 어머, 이 피 좀 봐. 어떡해."

아진의 나무라는 소리에 놀란 운전기사가 재빨리 도어록을 해제시켰다. 태수는 손으로 얼굴을 가리고 성큼 안으로 들어갔다.

태수는 정신을 차릴 수가 없었다. 코뼈에 금이 간 건 둘째 치고, 그의 자존심에 금이 쩍 하니 가버렸다. 드래건 파의 보스가 여자 뒤통수에 정통으로 가격당해서 쌍코피가 났다는 사실 자체를 받아들일 수가 없었다.

변태 소리 때문에 달려왔던 태수는 그 사실은 까맣게 잊어버리고 침대에 드러누워 버렸다. 자존심에 금이 가버린 태수는 누웠다 일어나기를 반복하며 한참을 방 안에 박혀 있었다.

하아……. 생각할수록 기가 막혔다.

지금까지 무수한 싸움을 치러왔지만, 쌍코피를 흘려보긴 처음이었다. 제대로 가격을 당했다. 일단 운전기사의 입을 단단히 막아놓았지만, 분명히 이 비서의 귀에 들어갈 것이다.

그나저나 저 여자는 어쩌지?

그의 몸에 상해를 입힌 것을 알게 되면 조직원들에게 무사하지 못할지도 모른다. 태수는 그것이 더 신경 쓰였다. 자리에서 일어난 태수는 거울을 들여다보았다. 콧등이 부풀어 올랐다. 다행히 멍은 들지 않을 듯했다. 여자 머리는 괜찮은 걸까? 태수는 생각을 떨치려는 듯 고개를 저었다.

똑. 똑.

노크 소리가 들렸다. 태수는 곤두선 신경을 누르며 대답했다.

"네."

아진은 밖에서 그의 목소리가 착 가라앉은 것을 듣고 한숨을 내쉬었다.

　아무래도 쉽게 용서를 받지 못할 것 같은데, 어떻게 해야 할지 참 난감했다. 집에 큰소리를 치고 나왔는데, 이번 일로 그만두게 되면 정말 낯이 서질 않았다. 바짓가랑이라도 잡고 늘어져야 할 판이었다. 아진이 조심스럽게 문을 열고 안으로 들어섰다.

　"무슨 일이지?"

　"잠시만 이야기를 했으면 합니다."

　아진이 그를 바라보며 대답했다. 하지만 태수는 창밖을 향해 바라보며 서 있을 뿐 그녀의 얼굴을 쳐다보질 않았다.

　"저…… 오야붕……."

　아진은 나름대로 아부해야겠단 생각으로 오야붕이란 말을 꺼냈다.

　돌아선 그가 날카로운 눈빛으로 그녀를 응시해왔다. 아진은 그대로 굳어진 채 입을 다물었다. 남자의 눈빛은 날카롭고 차디찼다.

　"누가 오야붕이라는 거지? 사장님이라고 불러."

　"아, 넵. 사장님."

　아진은 얼른 그의 말에 대답하며 고개를 끄덕였다. 최대한 공손한 자세를 취했다. 어떻게 해서든지 그의 마음을 돌려야 했다. 일하러 온 지 하루 만에 잘리는 것은 있을 수 없는 일이었다. 아진은 그 자리에서 무릎을 꿇고 석고대죄를 해서라도 두목의 용서를 받아내리라 다짐했다. 태수는 비딱하게 그녀를 노려보며 물었다.

　"솔직히 말해, 누가 보내서 왔지?"

　"네? 전 직업소개소에서 가라고 해서 왔는데요."

절망적이었다. 기어이 직업소개소까지 그 이야기가 들어갈 모양이었다. 그렇게 되면 그 소개소에서는 다른 곳을 알선해주지 않을 것이다.

하아.

아진은 주먹을 꽉 움켜쥔 채 그를 쳐다봤다. 창밖으로 어느새 빗물이 투둑 떨어지고 있었다. 정말 슬픈 날이다. 이렇게 비가 오는 날 처량하게 잘린단 말인가.

"누구에게 배웠지? 기술 말이야."

굳이 대답을 원하는 것 같진 않았다. 하지만 그의 눈에는 얄팍한 호기심이 어렸다.

갑자기 무슨 기술을 말하는 걸까. 헬퍼 기술이야 집에서 실전을 통해 배운 것이었다. 누가 가르치고 말고 할 것도 없이 자연스럽게 익힌 것이고, 이론적인 것인 학교에서 배웠다지만 가정부 일을 가르치진 않았다.

"굳이 배워야 아는 건 아닙니다."

결국, 적당한 대답을 찾지 못해 나오는 대로 대답했다. 아진은 콧잔등으로 흘러내리는 도수 높은 안경을 손끝으로 밀어 올렸다.

태수는 그런 그녀를 쳐다보며 헛웃음을 켰다. 여자는 적당히 노련하면서도 적당히 숨일 줄도 아는 베테랑 중의 베테랑이었다. 조금 전 상황을 되짚어보자면 그녀는 절대 평범한 여자가 아니었다. 그가 기척을 죽이고 다가갔는데, 어떻게 그 기척을 알아채고 포박하려는 순간 뒤통수로 가격할 수 있느냐 말이다. 그 공격법은 조직원 중에서도 상위 10% 안에 드는 자들만 가능한 기술이었다.

그런데 그런 기술을 혼자 익혔단다. 가느다란 체구에 맞지 않는 격투술이라.

여자는 도수 높은 안경으로 위장하고 있을 가능성이 커 보였다. 태수는 천천히 다가갔다. 그녀의 정수리는 그의 목 언저리까지 왔다. 하나로 묶어 올린 머리카락은 흐트러짐 없이 단정했다. 뽀얀 피부는 아기처럼 잡티 하나 없이 깨끗했다. 태수는 여자를 날카롭게 훑어보았다. 뱅글뱅글 돌아가는 안경 속에 어떤 눈빛을 감추고 있을지 궁금했다. 보통, 사람을 볼 때 그 눈빛을 보면 대충 알 수 있다. 태수는 새까만 눈동자를 빛내며 여자의 안경을 재빨리 벗겨 냈다. 분명 위장용일 것이다.

"어!"

태수는 여자를 꿰뚫을 것처럼 눈을 응시했다. 예리한 눈빛에 놀라움이 스쳤다. 새까만 눈동자가 사정없이 흔들렸다. 여자의 눈을 오래 바라볼수록 태수의 호흡은 점점 거칠어졌다. 안경을 벗겨낸 태수는 심장이 조여오는 통증에 가슴을 움켜잡았다.

두근두근.

심장에 이상이 상긴 모양인지 미친 듯이 뛰어댔다. 무슨 눈이!

태수는 아진에게 안경을 던지듯 주며 돌아섰다.

"……나가, 어서!"

태수의 날카로운 목소리에 아진은 움찔 어깨를 떨었다. 기어이 여기서 나가야 한단 말인가. 그래도 마지막으로 다시 한 번 더 물어보자 싶었다.

"저, 계속 일해도 되는 거죠?"

"젠장! 그래, 그러니까 내 방에서 나가."

"감사합니다, 열심히 하겠습니다."

아진이 꽁지 빠지게 나가고 난 뒤, 태수는 의자에 털썩 주저앉았다. 갈비뼈 부근이 두근거려서 참을 수가 없었다. 짙은 속눈썹은 차양을 드리운 듯 반짝이는 눈동자를 살포시 가리고 있었다. 눈꺼풀을 들어 올릴 때마다 드러나는 눈동자는 정신을 차릴 수 없을 만큼 아름다웠다. 눈 속에 흑진주가 들어 있었다. 영롱한 눈동자는 총명해 보였고, 사랑스러웠다. 단정한 얼굴에 깨끗한 피부가 돋보였다. 어떻게 지금까지 저 외모를 몰라봤을까.

지금까지 단 한 번도 느껴본 적 없던 그런 기분이었다. 몸 안에 뜨거운 것이 확 퍼지면서 온몸의 혈관이 일제히 깨어나고 있었다.

제4화.
이런 상황에서 욕정이라니!

아진은 잡초처럼 무성하게 돋아나는 생각들로 마음이 점차 무거워지고 있었다. 제아무리 똥배짱이라 하더라도 드래건 파의 마스터 코를 박살 내났으니 어찌 마음이 편할 수가 있겠는가. 일단 자르지 않겠다는 확답은 받았지만 역시 미심쩍었다.

제 방으로 돌아온 아진은 침대에 살포시 앉았다. 아무리 인생이 꼬였기로서니 이렇게 허무하게 무너질 순 없었다. 큰맘 먹고 산 메이드복을 내려다보다가 눈을 찔끔 감았다. 귓가를 때리며 들려오는 언니, 오빠들의 웃음소리와 비웃는 모습이 눈앞에 그려지자, 아진은 악몽을 떨치듯 머리를 흔들었다. 간신히 묶어놓은 머리카락이 주르륵 흘러내렸다.

한번 내침을 당했다 해서 포기하는 것은 비겁한 짓이다. 이렇게 한가로이 앉아 있을 때가 아니었다. 후다닥 일어난 아진은 주방으

쉬운 여자 아니에요

로 뛰어갔다. 뭔가가 있을 것이다, 뭔가가.

아진은 주방에 들어서자마자 싱크대와 서랍장을 뒤지며 뭔가를 찾기 시작했다.

아! 찾았다.

우리나라 사람은 먹는 것에 약했다. 일단 두목에게 뭐라도 먹여야 한다. 뇌물 문화가 발달한 우리나라의 국민성을 볼 때, 분명했다.

주방에서 간신히 찾아낸 벌꿀을 개봉해서 꿀물을 탔다. 몸에 좋은 건 혼자 먹으려고 꼭꼭 숨겨둔 모양이지만 오늘은 어쩔 수 없었다. 이것으로라도 그의 마음을 풀어야 했다.

아진의 주특기는 물건 찾기였다. 백수가 무슨 돈이 있겠는가. 그저 언니가 명품 가방, 옷, 신발 등을 사서 숨겨놓으면 그것을 귀신같이 찾아내서 몰래 훔쳐 입곤 했었다. 그런 노하우를 십분 활용해서 꿀을 찾아낸 것이다.

일단 물을 끓이고 하얀 사기그릇에 정성스럽게 꿀을 넣은 뒤, 물을 부어 잘 저었다. 간을 보니 약간 싱거운 듯했다. 아진은 꿀을 듬뿍 떠서 두 숟가락을 넣었다. 아지랑이같이 꿀이 녹으며 풀어졌다.

됐다. 아진은 미소를 지으며 꿀물을 들고 주방을 나왔다. 그의 방으로 가며 그를 불렀다.

"사장님, 주무세요?"

아진은 아주 상냥한 목소리로 다시 한 번 더 불렀다. 한 옥타브 올라간 목소리는 그녀가 듣기에도 간드러졌다.

"사장님?"

태수는 간드러지게 자신을 부르는 소리에 방을 나왔다. 팔짱을 겨드랑이에 낀 채 방어적인 모습으로 잔뜩 경계하며 바라보았다.

"무슨 일이지?"

특유의 남자다운 목소리였다. 아진은 살짝 미소를 지으며 다가섰다. 안경을 벗어놓는 바람에 그의 얼굴이 조금 흐릿하게 보였지만 그래도 그의 표정 정도는 알아챌 수 있었다. 아진은 머리를 풀어 산발한 것도 잊고 그에게 다가가서 쟁반을 내밀었다.

그 순간 태수의 얼굴이 잔뜩 일그러졌다. 순식간에 새빨갛게 변한 태수의 얼굴은 무척이나 당황한 듯 보였다.

"저, 제가 또 무슨 잘못을 했나요?"

눈물을 촉촉이 머금고 그를 올려다보며 묻는 아진은 자꾸만 얼굴로 쏟아지는 머리카락을 귀 뒤로 쓸어 넘겼다.

태수는 아진의 얼굴을 훑듯이 바라보았다. 둘 사이에 침묵이 흘렀다.

"곤란해……. 정말 곤란해."

태수는 뜻을 알 수 없는 말을 읊조렸다.

"저, 드세요. 제 정성이에요."

아진은 그가 곤란해하건 말건 일단 식기 전에 꿀물부터 줘야겠다고 생각하며 쟁반을 내밀었다. 태수는 그것을 물끄러미 내려다보고서는 사기그릇을 받아 들었다. 아진이 손으로 쭉 들이켜라는 듯 손짓을 하자 태수는 단숨에 그것을 들이켰다.

아진은 그릇이 빈 것을 확인한 뒤 조용히 자리에서 물러났다.

태수는 그의 눈앞에서 사라지는 아진의 뒷모습을 말없이 바라보았다. 그의 표정은 아주 진지했다. 새까만 비단처럼 찰랑거리는 머리카락에서 눈을 떼질 못했다. 저 머리카락에 손가락을 파묻고 끌어당겨 입을 맞추고 싶었다. 얼마나 달콤할지, 상상만으로도 입안에 침이 고였다.

태수는 천천히 소파로 가서 앉았다. 그녀가 거실을 왔다 갔다 하는 모습을 좀 더 지켜보고 싶다는 생각이 들었다. 하, 역시 마시는 게 아니었다. 심장이 두근거리고 호흡이 가빠온다.

윽, 가슴이야.

태수는 가슴에 손을 얹었다. 뭔가 이상했다. 꿀물인 줄 알면서도 자신도 모르게 홀린 듯 마셔버렸다. 뭔가 이상했다. 이건 전혀 그답지 않은 행동이었다. 심장의 두근거림은 과연 꿀물 때문일까.

이내 목구멍이 부어오르고, 입술도 부풀어 오르면서 호흡이 곤란해지고 있었다.

"으윽······!"

태수는 괴로운 듯 소파에 널브러진 채로 간신히 긴급 벨을 눌렀다. 집에 설치된 긴급 벨은 각 조직원과 조직의 본부에 연결되어 있었다. 이 비상벨이 울릴 경우 조직원들은 곧바로 그의 집으로 출동한다. 마스터 신변 보호를 위한 것으로 최대 3분 내로 도착하게 되어 있다. 지금 태수가 사는 건물도 층마다 조직원이 살고 있었다.

아진은 꿀물 한 잔으로 태수의 마음을 확실히 돌렸다고 생각하며 욕실로 들어갔다. 습도가 높고 더운 날씨 때문에 땀이 흘러서 찝찝했다. 얼른 샤워하고 옷을 갈아입어야겠단 생각에 아진은 옷을 벗고 샤워기 아래에 섰다. 물을 틀자 샤워기에서 시원한 물살이 쏟아졌다. 머리카락을 쓸어 넘기며 물살에 몸을 맡겼다. 그런데 밖에서 뭔가 이상한 소리가 들렸다. 놀란 아진은 샤워 꼭지를 잠근 뒤, 귀를 기울였다. 우당탕 소리가 들려왔다. 얼른 욕실을 나가야겠다고 생각하던 찰나에 욕실 문이 활짝 열리고 시커먼 남자들이 권총을 들이댔다.

"꼼짝 마!"

너무 놀란 아진은 황급히 수건으로 몸을 가렸다.

"누, 누구세요!"

아진의 질문에도 불구하고 남자는 욕실로 들어와 아진을 그대로 끌어냈다.

"악! 뭐야! 살려주세요."

놀란 아진은 그저 살려달라며 소리쳤지만 거칠게 붙잡혀 욕실에서 끌려 나왔다. 바닥에 내팽개쳐진 아진은 간신히 수건으로 몸을 가렸다.

"팀장님! 현재 집 안에는 이 여자 외에는 마스터뿐입니다."

또 다른 검은 양복을 입은 남자가 아진 앞으로 다가왔다.

"그래? 그렇다면 저 여자가 분명해."

"그럼, 이 여자가 마스터를 살해하기 위해서 꿀물을 먹인 거군요."

자꾸 어디선가 시커먼 양복을 입은 남자들이 모여들었다. 결국,

그녀를 빙 둘러쌌다.

"정황으로 볼 때 그렇다고 할 수 있지. 그런데 이 여자가 어떻게 극비사항을 알 수 있었지?"

아진은 그 와중에도 귀가 솔깃했다. 그런데 이 사람들이 지금 무슨 헛소리를. 그 비싼 꿀을 찾아서 마스터를 줬는데, 뭐? 살해?

뭔가 단단히 오해가 있는 모양이었다. 아진은 이대로 억울하게 당할 수 없단 생각에 오기가 발동했다.

"지금 무슨 소리 하는 거예요. 전 이 집 헬퍼란 말이에요. 놔 주세요."

"조용히 안 해! 그냥! 콱!"

조폭 특유의 거친 목소리가 귀청을 때렸다.

"난 아니라고요! 살려주세요! 제발!"

아진은 죽기 살기로 소리쳤다. 옷을 벗고 있다는 생각보다 시커먼 남자들에게 둘러싸여 있다는 사실이 더 큰 공포로 다가왔다. 아진은 눈물 콧물이 범벅된 채로 울음을 터트렸다.

"조용히 안 해!"

누군가가 소릴 질러대며 아진을 발로 걸어찼다.

털썩!

물에 쫄딱 젖은 생쥐 꼴로 저만치 나가떨어졌다. 무조건 살아야 한다. 아진은 엎드려 손이 발이 되도록 빌었다. 일단 살고 봐야 했다.

한편 태수는 알레르기 체질에 대비해 준비해둔 주사약을 맞고 얼마 있지 않아 정상으로 돌아왔다. 겨우 숨이 쉬어지고 부푼 식도가 가라앉았다. 그런데 갑자기 난데없이 여자의 비명과 울음소리가 들려왔다. 태수는 소리 나는 쪽으로 천천히 걸어갔다. 태수의 등장에 홍해가 갈라지듯 검정 양복들이 양옆으로 비켜섰다.

태수는 눈앞에 펼쳐진 장면을 보며 신음을 삼켰다.

"어떻게 된 거야."

태수의 날카로운 눈빛이 조직원들을 1명씩 훑어보며 묻고 있었다. 바짝 날이 선 날카로운 시선에 다들 움찔 어깨를 움츠렸다.

태수는 아진에게 천천히 다가가서 한쪽 무릎을 꿇고 얼굴을 마주 보았다. 서늘한 두 눈과 마주쳤다.

"너희가 이랬어?"

태수의 목소리는 지독히도 낮았다. 뒤에 서 있던 병풍들이 고개를 푹 숙였다. 태수는 자리에서 일어나 1명을 바라보며 말했다.

"벗어, 재킷."

놀란 어깨가 얼른 재킷을 벗어 태수에게 내밀었다. 태수는 그것을 받아 들고 바닥에 엎드려 있는 아진의 어깨 위에 덮었다.

태수는 돌아서서 조직원들을 보며 낮게 뱉어냈다.

"다들 어금니 꽉 깨물어."

주먹을 단단히 움켜쥔 태수는 팀장으로 불리던 놈의 얼굴을 향해 주먹을 날렸다.

쿵!

덩치는 곧바로 바닥에 쓰러졌다. 하지만 일어나라고 말하기 전에 얼른 일어나서 똑바로 섰다.

"내가 말했지, 민간인에게 힘쓰지 말라고."

태수는 숨소리 하나 흩어지지 않은 채 차례대로 주먹을 1대씩 날렸다.

"내 말을 허투루 들은 벌이다."

태수의 눈동자가 사납게 일렁이고 있었다. 태수의 얼굴을 본 조직원들은 그가 단단히 화가 났다는 것을 알아챘다. 하지만 태수의 어조는 낮고도 침착했다.

"단순히 꿀물을 모르고 줬을 뿐이야, 난 그걸 마셨고. 알겠나?"

"네, 마스터!"

다들 큰 소리로 대답했다.

"나가, 다들."

태수의 한마디에 모두 집을 빠져나갔다. 태수는 그녀와 단둘이 남게 되자 아진을 내려다보았다. 바닥에 엎드려 벌벌 떨며 울고 있는 여자를 보자 심장이 밑바닥으로 가라앉았다. 마치 그의 여자가 험한 꼴을 당한 것처럼 피가 단번에 끓어올랐다가 서서히 식어갔다.

"괜찮나, 어디 다치진 않았어?"

그가 다시 몸을 숙이고 눈을 맞추며 물어왔다. 아진은 슬그머니 고개를 들었다. 그는 재빨리 아진의 몸과 얼굴을 훑었다. 어디 다친 곳은 없는지 살펴보기 위해서였다. 다행히 겉으로 드러나는 외상은 없어 보였다.

"흑, 무서워요."

아진이 울먹이며 말하자 태수는 심장이 지끈하는 통증에 미간을 찌푸렸다. 또다시 여자의 얼굴에선 눈물이 퐁퐁 쏟아지고 있었다. 태수는 손으로 아진의 눈가를 쓸어내리며 눈물을 닦아냈다. 그의 손이 닿자 흠칫 몸을 떠는 여자를 보며 어금니를 지그시 깨물었다.

보드라운 피부에 닿는 느낌은 머리털이 곤두설 만큼 자극적이었다. 얼핏 보아버린 여자의 하얀 나신도 그의 심장을 움켜쥐었다.

이런 상황에서 욕정이라니.

태수는 저를 비웃으며 여자의 몸을 재킷으로 단단히 감쌌다. 커다란 덩치의 재킷은 여자의 상체와 허벅지 중간까지 가렸다.

"들어가서 쉬어, 이젠 괜찮을 거야."

다시 한 번 아진의 뺨을 쓸어내리고 천천히 손을 옮겨 앵두 같은 입술을 슬쩍 만졌다. 태수는 이대로 여자를 끌어안고 키스를 하고 싶은 욕망에 무한한 인내를 하며 참아내고 있었다. 그러나 그의 손이 닿은 입술이 종긋거리며 움직이자 참고 있던 인내심이 와르르 무너져 내렸다.

새까만 눈동자에 짙은 욕망을 가득 담고 얼굴을 가까이 했다. 목울대가 울릴 정도로 침을 꿀꺽 삼켰다.

쾅!

갑자기 문 부서지는 소리가 나며 이 비서가 헐레벌떡 들이닥쳤다.

"마스터! 어디 계십니까, 마스터!"

이 비서가 그를 부르는 소리에 태수는 낮게 욕설을 뱉어내며 몸을 일으켰다.

"젠장!"

"마스터! 괜찮으십니까."

"지금 몇 분 지났지?"

"헉헉, 죄송합니다. 엘리베이터가 층층이 서는 바람에 20층까지 뛰어서 오느라고 늦었습니다."

"좋아, 내일부터 열심히 굴려주지. 특히 너부터 말이야."

태수는 불발에 그친 키스 때문에 사감이 가득 담긴 눈빛으로 이 비서를 노려봤다.

"그, 그런데 마스터 무슨 일인지……."

"꿀물을 마셨을 뿐이야. 호들갑 떨 필요 없어."

"네에? 아니, 누가 그런 극비사항을! 헐!"

이 비서는 아진을 두려운 눈빛으로 쳐다봤다. 이것은 독극물에 의한 살인 기술이었다. 비록 미수에 그쳤지만, 확실했다.

태수는 아진을 말없이 바라보다 방으로 들어가 버렸다.

반면 아진은 이 비서의 등장에 아주 반가운 듯 그에게 다가가서 울먹거리기 시작했다. 하지만 이미 아진에 대해서 잔뜩 경계심을 가지기 시작한 이 비서는 몸을 점점 뒤로 물렸다.

세상에, 아진이 마스터의 재킷을 입고 있었다. 더군다나 속에 아무것도 입지 않고, 머리는 촉촉이 젖은 상태…….

맙소사! 이 여자는 완전 프로였다. 미인계로 적장을 유혹하는 전형적인 수법을 써먹다니. 안경을 벗고 있는 모습을 보니 그럭저럭 봐줄 만했다. 역시, 그랬다.

약물과 미인계, 전형적인 야쿠자 수법이다. 멘사가 야쿠자와 연관이 있을 줄이야.

이 비서의 머리는 쉬지 않고 돌아갔다.

조직의 극비사항을 어떻게 알았을까. 설령 알았다 치더라도 그것을 직접 실행에 옮기는 이 여자의 추진력은 무서울 정도였다. 그뿐만 아니라 마스터를 골로 보낼 뻔한 여자치고는 너무 태연했다. 저 담력은 자신도 배우고 싶을 정도였다.

아! 지금 이러고 있을 때가 아니었다. 이 비서는 이 모든 상황에 대한 확증을 잡기 위해서 바로 야쿠자의 동태를 살펴봐야 한다는 생각에 벌떡 자리에서 일어났다.

"아진 씨, 놀라셨을 테니 일단 방에 들어가서 쉬세요. 아셨죠?"

이 비서는 일단 다정한 목소리로 아진을 달랜 뒤, 잽싸게 밖으로 뛰쳐나갔다.

아진은 갑자기 들이닥친 조폭들 때문에 몸과 마음이 지친 상태였다. 이 비서의 말대로 일단 방으로 들어갔다. 조폭의 재킷을 저만치 던져버리고 얼른 옷을 갈아입었다.

다 봤겠지?

사람도 아니야. 짐승 같은 것들.

아진은 조폭들의 무례한 행동에 언젠가는 복수를 하리라 다짐했다. 조폭들의 무시무시한 아우라에 겁을 잔뜩 집어먹었었지만, 앞으로는 절대로 당황하지 않고 제대로 대처할 것이다.

두고 봐.

아진은 이보다 더한 수모를 겪고도 잘 버텨냈었다. 육체적 폭력만이 사람에게 상처를 줄 수 있는 게 아니었다. 정신적 폭력이야말로 사람에게 씻을 수 없는 상처를 남긴다. 아진은 그동안 가족들에게 당한 이력이 있기에 이 정도는 충분히 견뎌낼 수 있었다. 마음을 단단히 먹은 아진은 일찍 잠자리에 들었다. 내일도 열심히 일해야 했다. 아진에게 힘겨운 하루가 그렇게 지나가고 있었다.

밤이 지나가고 아침 해가 밝았다. 어제와는 달리 날씨가 제법 화창했다. 아진은 세수와 양치를 끝낸 뒤 메이드복으로 갈아입었다. 프로의 정신은 원래 이런 것이다. 그녀의 하루는 태수를 깨우는 일에서부터 시작된다. 완벽하게 차려입은 아진은 태수의 방으로 향했다.

똑. 똑.

문을 두드린 뒤 조용히 말했다.

"일어나세요, 아침 7시입니다. 일어나셨어요?"

대답이 없었다. 너무 조용했다. 아진은 다시 소리를 높여 그를 불렀다.

"두목님? 아, 아니지, 사장님? 일어나셨어요?"

점점 목소리가 커졌다. 남자 혼자 자는 방에 불쑥 문을 열고 들어갈 수도 없고 참 난감했다. 그녀는 문고리를 쥐고 열까 말까 한참을 망설이며 서 있었다.

"뭐 하는 거지?"

등 뒤로 나직한 목소리가 울렸다. 깜짝 놀란 아진은 홱 뒤를 돌았다.

"헉! 일어나셨군요."

그는 샤워까지 끝낸 모양이었다. 촉촉이 젖은 머리카락과 물기를 머금은 목덜미가 눈에 들어왔다. 아진은 얼른 시선을 내리며 한쪽으로 비켜섰다. 잘생기긴 엄청 잘생겼네.

"옷 가지고 와."

"네."

그녀는 얼른 준비된 옷을 가지러 드레스룸으로 향했다. 태수는 총총걸음으로 사라지는 아진의 뒷모습을 말없이 바라보았다. 무표정하게 굳어진 태수의 얼굴은 어제와 사뭇 달랐다.

태수는 어젯밤 이 비서의 연락을 받았다. 그녀가 순전히 실수로 꿀물을 줬다고 생각했던 그는 이 비서의 말에 그녀를 경계하기 시작했다. 이 비서는 여자의 행적이 수상하다며 지금 그녀에 대해서 강도 높게 조사하고 있다고 했다. 그녀의 정체가 완전히 드러나기 전까지 그는 몸을 사리며 바짝 경계해야 했다.

태수는 애써 그녀에게서 시선을 떼어내며 안으로 들어갔다.

아진은 드레스 룸에서 그가 입을 만한 옷을 꺼내 들고 나타났다.

"여기 있습니다."

"놔두고 가."

"네."

아진은 살짝 고개를 숙인 뒤 그의 방을 나왔다. 사실은 그가 두려웠다. 어제 주먹으로 조폭들을 때리는 모습이 떠올랐기 때문이다. 원래 터프한 것을 좋아하는 그녀였지만, 실제로 눈앞에서 펼쳐지는 폭력을 좋아하는 건 절대로 아니었다.

"아, 거기 서."

쉬운 여자 아니에요

다시 방문이 열리고 그가 그녀를 불러 세웠다. 아진은 쏜살같이 사라지려던 마음을 바꿔먹고 그를 향해 돌아섰다.

"네, 부르셨습니까."

"어제, 전화했던 그 변태가 바로 나다."

똑바로 그녀를 응시하며 자신이 변태임을 고백하는 그. 아진은 온몸에 소름이 쫙 돋았다.

"······네에? 두, 두목님이?"

아진의 목소리가 저절로 떨려왔다. 그를 바라보는 시선에는 혐오의 빛이 가득했다.

"당신이 생각하는 것처럼 그런 변태는 아니야."

"그럼 무슨 변태라는 거죠? 바바리맨이랑 비슷한 종자가 아니란 말인가요?"

아진은 기가 막힌다는 듯 물었다. 태수는 눈을 가늘게 뜨고 그녀를 쳐다보며 씩 입꼬리를 올렸다.

"아니야, 절대로. 그러니까 그런 전화가 오면 그런 식으로 받지 마. 내 전화니까."

아진은 입술만 달싹일 뿐 말을 잇지 못했다.

"나가 봐."

아진은 고개를 끄덕인 뒤 재빨리 그곳을 벗어났다.

태수는 비실비실 웃음이 새어 나오는 것을 참지 못하고 결국에는 큰 소리로 웃음을 터트렸다.

"하, 하하하!"

얼마 만에 이렇게 크게 웃는 것인지······.

작은 토끼 같은 여자가 그를 심심찮게 웃겼다. 또박또박 말대꾸하는 모습도 어찌나 귀여운지 그 얼굴에 대놓고 화를 낼 수가 없었다. 어디서 저런 여자가 튀어나온 것인지 태수는 정신을 차릴 수가 없었다. 여태껏 오로지 돌아가신 부모님을 위해 살아온 그였다. 복수와 피비린내 나는 혈투, 그리고 뺏기고 빼앗으며 살아온 인생이었다. 그런 그의 일상에 달콤한 바람이 불기 시작했다.

이 비서의 경고에도 불구하고 그의 마음은 어느새 흐물흐물 녹아내리고 있었다.

아진은 걸레를 들고 거실바닥을 닦고 있다가 갑자기 태수의 웃음소리에 혀를 쯧쯧 찼다.

"정말, 정상이 아니야, 쯧쯧."

어제 조폭들이 구둣발로 돌아다녔는지 바닥에 검정 때가 많이 묻어 있었다. 사람이 이럴 때는 정말 습관이 무서웠다. 집에서 늘 하던 대로 또 걸레를 들고 나선 것이다. 마른걸레로 닦으니 제대로 닦이질 않았다. 침을 살짝 묻혀가며 바닥에 엎드린 채로 열심히 문질러댔다.

태수는 짙은 색 슈트를 차려입고 거실로 나서다가 우뚝 걸음을 멈추었다. 바짝 얼어버린 그의 두 눈은 아진의 엉덩이에 꽂혀 있었다. 까만색 스커트 안에 드러난 하얀색 레이스 팬티가 두 눈을 사로잡았다. 작고 앙증맞은 엉덩이가 눈앞에서 살랑살랑 춤을 추고 있었다.

팍!

젠장!

태수는 급하게 방으로 뛰어 들어갔다. 다급히 티슈를 뽑아 들고 돌돌 말아서 양쪽 콧구멍을 틀어막았다.

허!

기가 막혔다. 이게 무슨 꼴이란 말인가.

태수는 이미 망가질 대로 망가져서 정신 줄을 놓은 모습이었다. 그 어디에도 아시아의 용은 없었다.

제5화.

네가 누구이든

태수는 평소보다 늦게 회사에 도착했다. 서둘러서 사장실로 들어서자, 그의 비서진들이 자리에서 일어나 인사를 해왔다. 평소보다 늦게 도착한 그를 보며 차 실장이 조심스럽게 물어왔다.

"사장님, 오늘 아침에 무슨 일 있으셨습니까."

차 실장은 태수의 아버지가 사장일 때부터 인연이 닿았던 사람이었다. 그래서 나이가 정년에 가까웠지만, 태수는 그를 굳이 곁에 두었다. 태수에게는 누구보다 소중한 사람이었다.

"아닙니다. 그냥 좀 늦었습니다."

태수는 대충 얼버무리며 집무실로 들어갔고, 그 뒤를 따라 차 실장이 들어왔다.

"무슨 급한 일이 있으십니까."

태수가 물었다.

"그런 게 아니라, 혹시 아침부터 시비가 있으셨습니까? 옆 동네에서 혹시……."

"아닙니다."

태수는 얼굴에 미소를 지으며 말했지만 차 실장은 좀처럼 의심을 거두지 않았다.

"그런데 여기 묻은 피는 어떻게 된 것인지."

차 실장이 가리키는 곳을 쳐다보자 정말 피가 묻어 있었다. 코피가 터지면서 흰 셔츠에도 튄 모양이었다. 미처 발견하지 못한 그는 피 묻은 셔츠를 그대로 입고 출근했다.

"아, 코피가 나서 그만."

"너무 과로하시는 거 아니십니까. 젊었을 때 건강을 챙기셔야 합니다. 어서 장가를 가셔야 하는데……."

차 실장은 늘 그가 혼자인 것을 못마땅하게 생각했다. 태수가 어떻게 이 회사를 되찾았는지 누구보다 잘 알고 있는 차 실장은 그가 퇴근 후에 조직원들을 관리하며 관할 지역의 사업장도 일일이 돌아보는 것도 알고 있었다.

"하하, 너무 걱정하지 마십시오. 제 몸 하나는 건사할 수 있습니다. 그럼 오늘 오전 일정은 어떻게 되는지 알려주시겠습니까?"

태수는 예의 그 냉철한 사업가의 모습으로 의자에 앉았다. 차 실장은 노트를 펼치고 일정에 대해서 보고했다.

태수는 거래처 사장과의 미팅을 시작으로 빡빡한 일정을 모두 소화해냈다. 하지만 일정 중간중간 가끔 아진의 얼굴이 떠올랐다.

정확히 말하면 아진의 예쁜 엉덩이가 떠올랐다. 다행히 코피가 다시 터지는 불상사는 없었지만, 그의 심장은 시도 때도 없이 울렁거렸다.

지금까지 뭔가가 강하게 결핍된 생활을 해왔다. 인간적인 따스함이라고는 찾아볼 수 없을 만큼 삭막한 생활의 연속이었다. 그래서일까, 인간미가 물씬 풍기는 그 여자가 유난히 신경 쓰인다.

후, 이제 살 만한가 보다. 그러니 가슴에 구멍이라도 난 것처럼 허전한 것이 사람이 그립지. 다 부질없는데. 태수는 고개를 저으며 생각을 떨쳐냈다.

건설회사에서 하루가 끝난 뒤, 태수는 이 비서에게 연락을 넣었다.

한 달에 몇 번씩 관할 영업소를 태수가 직접 순찰하며 관리를 했는데, 그 때문에 영업소들은 언제 마스터가 뜰지 몰라서 초긴장 상태로 업장을 운영하고 있었다.

오늘 밤 돌아볼 사업장은 강남의 드래건 나이트였다. 이 비서에게 그곳에서 보자고 한 뒤, 나이트 개장 시간에 맞추어 그리로 향했다.

강남의 드래건 나이트는 그 출입구부터 특이했다. 출입구는 드래건이 입을 벌린 모양으로, 손님들이 드래건 입속으로 들어가는 형상이었다. 그 앞에서는 화려한 복장의 웨이터가 공손하게 손님을 맞이하고 있었다.

"차 세워."

"넵, 마스터."

태수가 타고 있는 검정색 세단이 나이트 입구에 정차했다.

그가 차에서 내리자 근처에서 대기 중이던 이 비서와 행동대장들이 태수에게 다가와 인사를 했다. 태수는 그들을 이끌고 드래건 나이트로 걸음을 옮겼다.

"어서 오십시오. 헉! 나오셨습니까, 마스터!"

"그래, 수고해."

태수는 어깨를 두드려주며 드래건 아가리로 들어갔다. 입구를 지키던 웨이터는 얼른 무전기를 꺼내 들었다.

"용대가리 떴다. 비상, 비상, 오버."

-알았다, 오버.

용대가리는 드래건 파의 조무래기들이 사용하는 은어로 태수를 일컫는 말이었다. 무전을 받은 직원들은 우르르 입구로 몰려왔다.

태수는 이들의 깍듯한 인사를 받으며 홀로 들어섰다. 실내는 화려한 네온사인과 사이키 조명이 번쩍거리며 홀을 비추고 있었다. 아직 이른 저녁이어서 그런지 한산했다. 태수는 홀을 훑어본 뒤 조용히 VIP룸으로 들어갔다. 태수가 중앙에 자리를 잡고 앉자 나머지는 서열 순서대로 자리를 차지했다.

이 비서는 오늘따라 마스터의 기분이 영 저조한 것을 보며 바짝 긴장했다. 이런 때일수록 정신을 단단히 차리고 있어야 했다. 자칫하다가는 마스터에게 박살이 나는 수가 있었다.

"마스터, 애들 넣을까요?"

이 비서가 조심스럽게 물었다.

"그래."

이 비서가 행동대장 넘버쓰리에게 눈짓을 하자 그가 얼른 룸을 나갔다. 그리고 얼마 있지 않아 5명의 여자들과 함께 룸으로 들어왔다. 그녀들은 지명을 기다리듯 문 입구에 나란히 서 있었다.

태수는 아무런 말도 없이 술만 들이켜자 이 비서가 알아서 자리를 배치했다.

"다들 한잔해."

"감사합니다, 마스터."

마스터의 어둡고 깊은 두 눈은 무슨 생각을 담고 있는지 도저히 알 수가 없었다. 점점 초조해지기 시작한 이 비서는 두서없이 아무 소리나 지껄이고 있었다.

탁!

흠칫!

태수가 잔을 테이블에 세게 내려놓자 입을 다물었다.

"집에 있는 헬퍼, 이름이 뭐야."

"네? 최아진 씨 말씀하시는 겁니까?"

"흠, 최아진. ……아진. 이름도 예쁘군."

아무렇지도 않게 내뱉고는 술을 다시 들이켜는 마스터.

순간 이 비서는 얼어버렸다. 지금까지 마스터의 입에서 나오는 소리라고는 살벌한 소리가 대부분이었다. 죽여, 살려, 잘라, 묻어, 조져 등등의 말이 다였는데, 저 입에서 예쁘다는 소리가 나온 것이다. 더군다나 미치지 않고서야 그 헬퍼에게 예쁘다는 소리가 가당키나 하냔 말이다.

"생긴 것만큼 예뻐."

다시 술을 음미하며 내뱉는 마스터를 보며 이 비서는 고개를 끄덕였다.

그럼 그렇지. 오늘 뭔가 큰 사달이 일어날 것을 예감했다. 마스터는 보통 심기가 불편할 경우 반어법을 썼다. 그 사실을 깜빡한 이 비서는 쓴 미소를 머금었다. 이런 날에 걸리면 백이면 백, 죽음이었다.

씹! 오늘 다 뒈졌다!

이 비서는 행동대장에게 눈짓으로 어서 꺼지라고 메시지를 팍팍 날렸다. 그런데 이 무식한 놈이 알아듣질 못하고 술잔을 마스터에게 들이밀었다.

"마스터! 제 잔을 받으시지요."

"으음, 그래."

태수가 잔을 받아 들고 단번에 들이켰다. 그러자 넘버쓰리가 또다시 잔을 내민다. 태수의 눈빛이 술을 들이켤수록 더욱 형형해졌다.

"좋아, 네 잔도 받지."

마스터가 또 벌컥 들이켰다.

이것은 전쟁 나가기 전에 연거푸 술을 들이켜는 태수의 술버릇이었다. 이럴 땐 무조건 도망쳐야 한다. 안 그러면 대부분 꼭 피를 보게 된다.

"이 비서, 그 헬퍼 이름이 뭐라고?"

"네에? 저, 저, 최아진입니다."

"흠, 최아진. 아…… 진……."

태수가 자꾸 여자의 이름을 되씹자 태수의 마음을 나름 짐작한 이 비서는 그에게 작은 소리로 말했다.

"저, 마스터. 오늘 당장 나가라고 할까요? 아님, 쥐도 새도 모르게 파묻어버릴까요?"

태수의 눈빛이 싸늘하게 변했다.

"건들면 죽는다."

"네, 넵. 마스터!"

아무래도 마스터가 직접 손을 볼 모양인데, 아무래도 여자의 정체를 눈치챈 모양이었다.

"데리고 와, 지금 당장!"

"넵."

우려가 현실이 되고 말았다. 정말 그 불쌍한 여자는 오늘로서 끝이었다. 그 여자가 야쿠자와 연루된 것을 알아낸 것이다. 과연 마스터다웠다. 이 비서는 애들을 시켜서 아진을 데려오도록 지시를 내렸다. 혹시 옷에 무기 같은 것을 숨겨올지도 모른다는 생각에 룸의 아가씨 옷을 빌려 입고 들어오게 시켰다.

애들이 아진을 데리러 간 지 10분이 지났다.

"이봐, 왜 이리 안 오는 거지?"

"곧 올 겁니다."

20분이 지났을까, 마스터의 얼굴이 심하게 구겨졌다.

"어딘지 알아봐, 당장."

"넵, 마스터."

젠장, 오늘따라 왜 이리 지랄이야, 간 떨리게. 이 비서는 속으로 구시렁거리며 전화기를 들었다. 그때 마침 룸의 문이 열리며 최아진이 등장했다.

"마스터, 왔습니다."

태수는 문을 뚫어지게 보고 있었다. 눈빛으로 살인을 낼 것 같은 분위기였다.

시뻘겋게 달아오른 얼굴은 그가 얼마나 흥분했는지를 말해주고 있었다. 역시 마스터를 저 정도로 동요시킨다는 건 그만큼 저 여자가 고단수란 소리였다.

"두목, 불렀어요?"

"아니, 저년이 미쳤나?"

행동대장 넘버원이 벌떡 자리에서 일어나며 소리쳤다.

펙!

그 순간 술잔이 바로 넘버원의 귓가를 스쳐 지나갔다. 벽에 부딪힌 술잔은 가루가 되어 떨어졌다. 태수가 던진 잔이었다.

"앉아."

"넵, 마스터."

넘버원은 벌벌 떨면서 자리에 앉았다. 말로만 듣던 마스터의 잔 날리기 신공을 처음 본 넘버원은 가슴을 졸였다.

"최아진, 오늘 정말 아름답군."

마스터의 낮은 목소리가 아진의 귀에 들릴 리가 없었다. 아진은 이 비서를 향해 환한 웃음을 지으며 말했다.

"이 비서님, 감사해요. 이렇게 직접 옷을 주시다니. 저, 이런 옷은 처음 입어보거든요."

아진은 상냥하게 인사를 건넸다. 이 비서의 속셈을 알 리가 없는 아진은 그녀로서는 처음 입어보는 옷인 만큼 조금 어색하기도 하고 흥분되기도 했다.

역시! 조직의 여자가 저런 옷을 입어볼 일이 있었겠는가. 이 비서는 마스터의 눈이 자신을 향해 있다는 사실을 전혀 눈치채지 못하고 혼자만의 착각 속으로 빠져들고 있었다.

아진은 처음부터 이 비서에게 호감을 느끼고 있었고, 오늘도 이 비서가 자신을 불렀다는 소리에 기쁜 마음으로 이곳까지 온 것이다. 아진이 입고 있는 옷은 은색 반짝이가 들어간 슬립 형태의 검은 실크 드레스로, 무릎 위까지 올라오는 길이의 화려하면서도 우아한 드레스였다. 거기에 훤히 드러난 어깨를 가릴 수 있는 시스루 카디건을 걸치고 있었다. 아진은 여기 올 때 안경을 쓰고 갈까 하다가 도저히 드레스와는 어울리지 않는 것 같아서 렌즈를 착용했다. 하나로 묶어 올린 머리카락도 자연스럽게 흘러내리도록 풀은 상태였다. 화장까지 한 아진은 이제 이 비서와 잘해볼까 하는 기대를 품었다. 그런데 저 두목이 분위기를 험악하게 몰아가고 있었다. 갑자기 벽에 잔을 내던지더니 분위기를 쨍하니 얼려버렸다.

이 비서는 두목의 눈치를 살피기에 여념이 없었고, 아진은 그럴수록 두목에게 짜증이 났다. 이 비서는 목이 바싹 마르는지 연거푸 물을 마셔댔다. 아진은 그의 잔에 물이 빌 때마다 물을 따라 잔을 채웠다.

태수는 연거푸 술을 들이켜며 계속 이 비서와 아진을 노려보고 있었다. 어지간한 담력을 가진 자가 아니면 그 눈빛만으로도 오줌을 지릴 정도였다. 하지만 아진은 이 비서 눈치 보기에 바빴고, 이 비서만 혼자서 벌벌 떨고 있었다.

"전부 다 나가. 최아진, 너만 남고."

태수가 낮게 뱉어내자 다들 벌떡 일어나서 룸을 빠져나갔다. 아진은 그녀를 남겨두고 나가는 이 비서를 보며 따라 나가기 위해 몸을 일으켰다.

"앉아, 최아진."

태수가 그녀의 이름을 부르며 명령하자 아진은 엉거주춤 다시 엉덩이를 소파에 붙였다.

한편 룸을 나간 이 비서와 행동대장들은 로비 쪽에 모여서 대화를 나누었다.

"형님, 도대체 저 촌스런 년은 누굽니까. 젠장, 마빡 터질 뻔했잖아요."

행동대장 넘버원이 투덜거리며 물었다.

"조심해, 저 여자가 보통인 줄 알아? 어쩌면 야쿠자……."

이 비서는 아차 싶은 마음에 얼른 입을 다물었다.

"네에?"

"쉿! 오늘 마스터와 담판을 지을 모양인데, 어서 사라지자."

"그래도, 우리가 있어야 하지 않겠습니까."

"다 나가란 소리 못 들었어? 죽고 싶으면 혼자 있어, 난 간다."

"에이, 같이 갑시다. 형님."

"일단 차에서 대기하고 있자."

이 비서는 조직의 브레인으로 행동대장들을 통솔할 수 있는 파워를 가지고 있었다. 이 비서는 지시를 내리고 일단 차로 대피했다.

태수는 아진을 붙잡은 뒤 천천히 잔을 들이켰다. 아진은 그의 눈빛이 심상찮음을 알아채고 일단 다소곳한 자세로 그의 눈치를 살폈다. 어디까지나 그는 갑이었고, 자신은 을이었다.

아무래도 이 남자, 은근 뒤끝 작렬인 모양이었다. 오늘 아진은 어제의 소동에 대한 자초지종을 들었다. 그녀 생각대로 그는 벌꿀 알레르기가 맞았다. 그것 때문에 그 소동이 벌어졌었다. 그런데 아침까지 별말 없더니 심각한 표정으로 앉아 있는 것을 보니 분명해고 얘기가 나올 것 같았다. 아진은 정말 심장이 남아나질 않겠다는 생각을 하며 한숨을 내쉬었다.

휴우.

태수는 아진의 입에서 한숨이 새어 나오자 가만히 그녀를 보았다. 무슨 고민이 있는 걸까. 아니면 이곳에 불려 나온 게 마음에 들지 않는 걸까. 그것도 아니면 이 비서를 내보내서 화가 난 걸까. 태수의 입장에서는 오만 가지 생각이 다 들었다. 드래건 파의 마스터인 그가, 여자가 내뱉은 한숨에 이리도 긴장해서야. 처음 있는 일에 그는 헛웃음을 삼켰다.

뭔가를 골똘히 생각하는 여자는 눈알을 이리저리 굴리며 그의 눈치를 살피더니 갑자기 그의 가랑이 사이로 들어와서 무릎을 꿇고 앉았다. 놀란 태수는 흑 숨을 들이켜며 여자를 내려다보았다.

"뭐 하는 짓이지?"

태수는 태연한 척 물었다. 여자는 그의 허벅지 위에 손을 올리고 그를 올려다보았다. 아진의 돌발적인 행동에 태수는 얼른 아진의 손을 붙잡고 허벅지에서 치워냈다. 하지만 아진은 완강했다.

"으음, 이봐……."

심장이 미칠 듯이 뛰어댔다. 아, 가슴이 터질 것 같다.

태수의 잔뜩 굳어진 얼굴을 올려다보던 아진은 이 정도로는 어림없다는 걸 느끼고 좀 더 강도 있게 매달렸다.

"저, 뭐든 할 테니. 제발…… 자르지만은 말아주세요."

그제야 그녀의 행동을 이해한 태수는 고개를 저었다.

아니야, 자르긴 왜 잘라. 이렇게나 사랑스러운걸.

태수는 짙은 시선으로 그녀를 내려다보았다. 하지만 태수의 행동을 오해한 아진은 순식간에 눈물을 흘렸다. 그의 허벅지에 매달리다시피 하며 애원하기 시작했다. 태수는 그녀가 더욱 매달려올수록 아랫부분이 뻐근해져 오며 점점 부피를 키워나갔다.

그렇다고 여자 앞에서 불룩한 앞섶을 내놓고 있을 순 없는 노릇이었다. 태수는 여자를 밀어내며 그에게서 떼어놓으려 했다.

"자, 잠시만…… 이러면 곤란해 정말."

여자는 자르지 않는다는 소리가 나오기 전까지는 절대로 놔줄 생각이 아닌 모양이었다. 태수의 아들내미는 커질 대로 커져, 바지를 뚫고 나올 기세였다. 아진의 얼굴과 정면으로 마주 보게 된 아들내미는 그녀의 시선을 받자 더 부피를 키워나가며 꿈틀거리기 시작했다.

하아……. 곤란해, 이러면.

아진은 태수의 심정을 아는지 모르는지 이젠 태수의 허벅지를 끌어안고 필사적으로 매달리기 시작했다.

"으윽!"

급기야는 아진의 정수리에 그의 앞섶이 닿았다. 그 순간 등골을 타고 흐르는 짜릿함에 숨을 삼켰다.

"저, 저리 비켜! 최아진!"

태수는 그녀를 밀쳐내며 자리를 뛰쳐나왔다. 한계였다. 자칫 낭패를 볼 뻔한 태수는 부리나케 화장실로 향했다.

이 비서와 행동대장은 차에서 내려 다시 로비로 온 뒤 룸의 동태를 살피고 있었다. 그런데 갑자기 마스터가 룸을 뛰쳐나오더니 화장실로 뛰어갔다. 벌겋게 달아오른 마스터의 얼굴에는 짙은 낭패감이 서려 있었다. 이 비서와 행동대장은 황당한 얼굴로 서로를 바라보았다.

"형님, 야쿠자가 세긴 센가 봅니다."

"……."

이 비서는 할 말을 잃고 말았다.

화장실로 간 태수는 세면대를 양손으로 짚은 채 거친 숨을 내쉬며 한참을 있었다. 미친 게 분명했다. 여전히 열기를 머금고 있는 아래를 내려다보며 이를 질근 깨물었다.

이건 무슨 의미지?

생전 처음 느껴보는 감정 때문에 태수는 혼란스러웠다.

내게 이런 감정이 아직 남아 있었나, 하!

그래, 사람이라 이거지.

끊임없이 인간이 되고 싶은 그의 바람이 이렇게 드러나는 모양이었다.

아진은 그의 침실을 정리하기 위해 안으로 들어섰다. 남자는 밤늦게 들어와 잠만 자고 새벽같이 나간 모양이었다. 지금은 그녀 혼자였다. 그의 방에 들어서자 어젯밤의 일이 떠올랐다.

짐승처럼 어찌나 힘이 센지 자신을 뿌리치고 뛰쳐나가던 두목을 생각하면 지금도 열이 뻗쳤다. 이 비서와 함께 오붓한 시간을 즐기나 했더니, 그는 어딜 갔는지 보이지도 않았다.

갑자기 룸을 뛰쳐나간 두목은 한참이 지나도 오지를 않았고, 결국에는 자신을 데리고 왔던 남자와 함께 집으로 돌아왔다. 모처럼 꾸미고 나간 아진은 본전도 못 건지고 온 것이 생각할수록 분했다. 그리고 툭하면 밥줄을 자르니 마니 설쳐대는 것도 못마땅했다.

그래도 어쩌겠는가. 할 일은 해야겠지.

아진은 보스의 침실을 정리하면서 시트에 먼지 한 톨이라도 없어야 한다는 것을 상기해내며 깨끗이 치우기 시작했다. 그런데 두목은 정말 지저분한 인간임이 분명했다. 시트를 정리하다 침대 밑에서 휴지 한 뭉텅이를 발견했다.

"멀쩡한 휴지통을 놔두고 왜 침대 밑에 쑤셔 넣느냐고요. 사람

피곤하게."

아진은 성질을 내면서 휴지 뭉치를 쓰레기통으로 가져갔다. 그런데 가만히 들여다보니 휴지에 누런 콧물 같은 게 묻어 있었다.

"가만, 감기 걸렸나? 더럽게 코 푼 휴지를 침대 밑에 넣다니."

아진은 혼자 온갖 잔소리를 해가며 침실 청소를 끝내고 거실로 나왔다.

자, 그럼 오늘도 스도쿠를 시작해볼까.

아진은 어제 미처 풀지 못한 문제를 다시 풀어나가기 시작했다. 신문지 귀퉁이에 적힌 숫자를 열심히 맞춰가며 풀고 있는데, 슬슬 잠이 쏟아지기 시작했다. 이윽고 그대로 소파에서 잠이 들어버렸다.

드래건 파 사무실 입구에는 조직원들이 모여서 웅성거리고 있었다. 이들의 얼굴에는 바짝 긴장한 기색이 역력했다.

"도대체 무슨 일로!"

"그러게 말입니다. 당직자가 있었기 망정이지 아니었음 저희는 오늘 죽은 목숨입니다."

"그래, 그러니까 당직 제대로 서야 하는 거야. 그런데 왜 새벽같이 여기로 출근하신 걸까."

"전들 압니까."

다들 새벽까지 업소를 둘러보고 해가 뜨는 것을 보고 집으로 돌아간 조직원들은 갑작스러운 호출에 제대로 자지도 못한 채 사무실로 모여든 것이다.

쉬운 여자 아니에요

태수는 새벽같이 드래건 파 사무실에 출근해서 두문불출이었다. 평소처럼 건설회사로 출근하지 않고 곧장 조직원 사무실로 출근한 것이다.

이 비서도 호출을 받고 허둥지둥 출근한 뒤 심각한 표정을 짓고 있었다. 그가 추측건대 어제 아진과의 싸움에서 진 것 때문에 복수의 칼을 갈고 있을지도 모른다. 조직원들 전체가 숨죽이며 촉각을 곤두세우고 있었다.

그런 그에게 한 조직원이 다가왔다.

"저, 형님. 긴밀히 알아보라고 하신 조직에 대해서 드릴 말씀이 있습니다."

그는 멘사 조직에 대한 조사를 했던 정보원이었다. 이 비서는 얼른 그 조직원을 데리고 자신의 사무실로 들어갔다. 문을 걸어 잠그고 주변 기척을 살폈다. 이런 긴급 사안은 철통 보안이 관건이었다.

이 비서는 아주 작은 목소리로 말했다.

"어디 말해봐."

"네, 저, 제가 알아본 바로는 그 멘사 조직이라는 것이 아무래도 정신이상자들의 모임이 아닌가 싶습니다."

"뭐? 알아듣기 쉽게 말해. 판단은 내가 한다."

"그러니까, 그 뭐시기냐. 전 세계에서 대가리가 가장 좋은 놈들만 골라서 특수훈련을 시키는 조직 같은데, 아무래도 그것이 조금 이상합니다. 일단 제가 그곳의 문서를 하나 접수했습니다."

"내놔."

이 비서는 다급했다. 조직원이 내놓은 종이를 낚아채듯 뺏어 들고 재빨리 훑었다. 종이에 적힌 내용은 이러했다.

<4 + 2 = 26
6 + 1 = 57
9 + 1 = 810
5 + 4 = 19
then, 8 + 3 = ?>

"이게 뭐야, 그 조직에서 나온 거야?"

"네, 그렇습니다."

이 비서는 그것을 한참 들여다보며 나름 계산을 했다. 몇 번이고 반복 계산을 했지만 이건 정말 얼토당토않은 답이었다.

"너, 4개에 2개를 더하면 몇 개야."

이 비서가 조직원에게 물었다.

"6개입니다."

"그렇지? 6개지. 그런데 여기 봐. 26개라고 써났잖아."

"네, 그래서 제가 또라이 집단 같다고."

"……푸하하하! 아이고 배야. 완전 또라이들 아냐. 세상에 6 더하기 1이 7이지, 어떻게 57이 되냐고. 하하하!"

"그렇죠. 형님? 제가 암만 봐도 또라이들 같더라고요. 헤헤."

"수고했어. 이제 대충 정체가 밝혀지기 시작하는 것 같군. 멘사는 사이코집단 같은데, 좀 더 알아봐. 철통 보안, 알지?"

"네, 형님."

"잠깐, 그 멘사 클럽 본거지가 어디지? 혹시 그건 알아냈나?"

"당근이죠, 제가 누굽니다. 그 본거지가 미국입니다."

"미국? 아메리카? 흐음, 역시 그랬군. 그래서 그렇게 멘사 조직이 싫다고 했던 거야."

이 비서는 턱 끝을 어루만지며 고개를 끄덕였다.

"그게 무슨 말씀이신지."

"미국 하면 마피아, 마피아와 적대 관계면 아무래도 야쿠자가 아닐까? 그러니까 그렇게 멘사가 싫다고 했던 거야. 역시, 그랬어."

이 비서는 혼잣말하며 고개를 끄덕였다. 그의 추측이 딱딱 맞아떨어지고 있었다.

"와우, 정말 대단하십니다. 역시 조직의 브레인이십니다."

"뭐, 별것도 아닌 걸 갖고. 그래, 그만 나가봐."

이 비서는 어깨를 으쓱한 뒤 조직원의 어깨를 격려 차원에서 다독거렸다.

"넵."

충성심 어린 눈으로 이 비서를 바라보던 조직원은 재빨리 그의 방을 나갔다. 이 비서는 의자에 앉아 종이를 유심히 쳐다봤다. A4 종이에 적힌 숫자를 보자 실실 웃음이 새어 나왔다. 이 비서는 안주머니에서 만년필을 꺼낸 뒤 직접 8 + 3 = 11이라고 적었다.

탁!

책상 위에 소리 나도록 만년필을 내려놓은 뒤 회전의자를 빙글

빙글 돌렸다.

"이것들, 제정신이 아니야. 세상에 이런 집단이 있다니, 풋!"

도무지 웃음이 멈추질 않았다.

"흠흠, 지금 이럴 때가 아니지."

이 비서는 일단 진정하고 아진에게 갔다 오기로 했다. 혼자 집에 있을 때 뭘 하는지 살펴볼 필요가 있었다. 조직의 사활이 걸린 문제다. 최대한 천천히, 조심스럽게 다가가야 한다.

이 비서는 현관문을 열고 고양이 발걸음으로 집 안으로 들어섰다.

아진은 거실 소파에 누워서 잠을 자고 있었다. 깊게 잠이 든 모양인지 그가 얼굴 앞에서 손을 휙휙 저어도 전혀 모른 채 자고 있었다. 그제야 안심을 한 이 비서는 그녀 주위를 쓱 둘러보았다.

아니! 이게 뭐야, 암호?

이 비서의 날카로운 눈에 뭔가가 포착됐다. 탁자 위에 놓인 신문, 그 한쪽 귀퉁이에는 무슨 암호 상자처럼 숫자가 어지럽게 배열되어 있었다.

이럴 줄 알았다. 이건 야쿠자의 암호일지도 모른다.

이 비서는 아진이 스도쿠를 풀다 만 것을 유심히 들여다보면서 온갖 상상을 하기 시작했다. 절대 함부로 할 수 없는 여자였다. 두려움이 몰려왔다. 덜덜 떨리는 손으로 신문지 귀퉁이를 찢어서 그 암호문을 챙겼다. 혹시 깰까 봐 뒷걸음질을 치면서 현관 쪽으로 향했다.

퍽!

"으악!"

"이 비서, 네가 왜 여기 있는 거지?"

태수의 음산한 목소리가 울려 퍼졌다.

"그런 마스터는 왜 이 시간에 여길……."

"헬퍼를 보러 왔다."

역시나! 자신도 헬퍼가 수상해서 이렇게 살펴보러 왔는데, 마스터의 생각도 자기 생각과 같았다. 이 비서는 마스터를 존경 어린 시선으로 바라보았다.

반면 태수는 이 비서가 갑자기 사라져서 혹시나 하고 집으로 온 것이다. 자신의 짐승 같은 육감은 빗나간 적이 없었다. 아진이 유독 이 비서에게 사근사근하게 굴며 잘 웃는 것이 못마땅했다. 혹시나 이 비서도 그녀에게 마음이 있는 건 아닌지 걱정이 되면서 아무것도 손에 잡히질 않았다. 그래서 부랴부랴 집으로 달려왔더니 역시나였다.

태수의 얼굴에는 서늘한 웃음이 맺혔다. 이 비서는 섬뜩한 태수의 미소에 얼굴을 굳히며 한 걸음 뒤로 물러났다.

"혹시 내 거에 손댔나."

"아, 아무 짓도 안 했습니다, 마스터."

이 비서는 바짝 얼어붙었다. 감히 마스터가 찍은 것을 그가 먼저 건드리다니. 있을 수 없는 일이었다. 마스터가 벼르고 있는 상대를 겁 없이 건드릴 생각은 추호도 없었다. 조직의 생리상 어디까지나 일대일로 붙은 것은 당사자끼리 끝을 봐야 했다.

태수는 실눈을 뜨고 이 비서를 노려보며 거실로 향했다. 아진이 정신을 잃고 소파에 누워 있었다. 그것도 스커트가 뒤집어진 채로…….

"이 비서, 자, 설명해보시지."

"네에? 뭘 말씀입니까, 마스터."

당장 잡아먹어도 시원찮을 눈빛으로 이 비서를 노려보며 태수는 떨리는 손끝으로 아진을 가리켰다.

"헉! 제, 제가 그런 게 아닙니다. 와 보니 저런 채로 자고 있었습니다."

"아니면 죽는다, 깨워!"

"네, 마스터."

이 비서는 아진에게 다가갔다.

"이봐, 일어나, 일어나라고."

아진은 아무리 흔들어도 일어나질 않았다. 보통 사람이라면 이렇게 자는 척하기도 힘들 텐데, 이 여자는 무슨 지독한 훈련을 받았기에 저리도 태연하게 자는 척할 수 있단 말인가. 정말 본받을 점이 많았다.

그런데 어지간하다. 이제 좀 일어나지?

이 비서가 양손으로 흔들어 깨울 생각으로 몸을 기울이자 태수는 이 비서를 불렀다.

"이 비서."

놀란 이 비서가 고개를 뒤로 젖히며 태수를 보자 태수는 한 손을 어깨 위로 들어 올렸다. 그만하라는 뜻이다. 어쩔 수 없이 이 비

쉬운 여자 아니에요

서는 뒤로 물러났다.

"앞으로 내 거에 손대면 죽는다. 명심해."

"넵! 마스터."

"가봐."

"넵."

태수는 아진을 번쩍 들어 올려서 자신의 침실로 옮겼다. 그저 옆에 두고 오래도록 보고 싶었다. 단지 그뿐이었다. 살그머니 침대에 내려놓았다. 아무리 봐도 정말 자신의 취향이었다. 침대 밑에 앉아서 턱을 걸친 채 하염없이 바라보았다.

왜 처음부터 못 알아봤을까. 그 뱅글뱅글 도는 안경, 그리고 그 촌스런 옷에 묻혀서 몰랐던 거다. 짧은 스커트 아래 드러난 오동통한 허벅지에 자꾸 시선이 갔다. 아래가 묵직하니 반응을 해왔다. 다시 용솟음치기 시작했다. 아들내미가 위용을 자랑하며 바지를 뚫고 나오기 직전, 잊고 있던 것이 갑자기 생각났다.

가만, 그걸 치운다는 게 그냥 나갔군. 태수는 침대 밑으로 손을 뻗어 휴지 조각을 찾았다.

없다!

아무리 짚어도 손에 잡히질 않았다. 굳어진 얼굴로 천천히 일어난 태수는 휴지통 쪽으로 다가갔다. 태수는 어지러운 기운에 벽을 짚고서는 천장을 멍하니 올려보다 눈을 질끈 감고 휴지통을 내려다보았다. 그곳에 얌전히 놓여 있는 휴지 뭉치들. 누런색. 분명했다. 아진이 치운 것이다.

젠장!

얼굴이 벌겋게 달아오른 태수는 짙은 한숨을 내쉬며 방을 나섰다. 도저히 맨정신으로는 아진의 얼굴을 볼 수 없었다.

그 부끄러운 것을!

사춘기도 아니고 이렇게 반응하는 자신이 한심스러웠다.

재킷을 벗어 던진 채 넥타이를 느슨하게 당겼다. 셔츠 단추를 두어 개 풀었다. 이제야 숨이 쉬어졌다. 미니바로 가서 양주를 꺼내고 버킷에 얼음을 담은 뒤, 잔을 챙겨 거실로 왔다. 그의 행동은 아주 차분하고 절도가 있었지만, 어딘가 모르게 불안해 보였다. 태수는 떨리는 손으로 잔에 얼음을 넣고 양주를 부었다. 황금색 알코올이 얼음을 녹이며 달그락 소리를 냈다. 술잔을 천천히 돌리며 한 모금 입안으로 삼켰다. 식도를 타고 위장까지 단숨에 내리닫는 짜릿함이 손끝까지 번졌다.

아직은 환한 대낮이었다. 이 시간에 술을 마셔보기는 처음이었다. 무엇이 이토록 자신을 몰아붙이고 있는 것인지 생각해보기로 했다. 그는 지금까지 남들과는 다른 삶을 살아왔고, 앞으로도 그런 삶을 살아가야 한다. 평범함과는 거리가 먼 그런 생활에 이미 그의 몸과 마음도 익숙해진 상태였다. 그런데 정말 평범한 여자 하나가 그의 마음을 송두리째 흔들고 있었다.

지금까지 그 어떤 여자를 봐도 무덤덤했었다. 연예인 뺨치게 예쁜 여자도 만나봤고, 누구보다 잘나고 똑똑한 여자도 만나봤었다. 하지만 그때뿐이었다. 지금처럼 가슴 설레고 심장을 콕콕 쑤시는 통증을 느껴본 적은 처음이었다. 어떤 여자를 떠올리며 혼자 수음을 하고 잠을 설치는 짓 따위는 생각지도 못한 일이었다.

쉬운 여자 아니에요

그런데 저 여자가 오고 난 뒤부터 그는 전혀 않던 짓을 하고 있었다. 자꾸만 보고 싶고 만지고 싶은 이 감정은 무엇일까.

하아…….

태수는 또다시 술을 들이켰다.

절대로 그가 원해서도 안 되고 느껴서도 안 되는 사랑이란 감정이 파고든 모양이다. 한 여자를 책임질 수도 없는 위험한 상황에서 이런 어리석은 감정에 빠져들다니.

태수는 머리를 거칠게 쓸어 넘기며 속으로 욕설을 내뱉었다.

한 조직의 수장으로 있는 그는 목숨이 10개라도 모자란 사람이었다. 그런데 그가 곁에 여자를 둔다는 것은 그 여자의 목숨도 마찬가지란 소리였다.

애초에 바라면 안 될 것을 바라는 그가 한심스러웠다.

아마도 그가 간절히 원하던 평범한 삶을, 어쩌면 저 여자와 함께라면 가능할지도 모른다는 기대를 했었나 보다.

잔혹하게 살해된 아버지, 그리고 아버지를 뒤따라간 어머니. 어릴 때부터 혹독한 훈련을 통해 조직생활에서 살아남은 그였다. 과연 그런 삶을 원해도 되는 걸까. 평범하게 가정을 꾸리고 한 여자의 남편, 한 아이의 아버지가 되어 살아도 되는 것일까.

태수는 고개를 저었다. 소파 등받이에 털썩 기대어 얕게 한숨을 내쉬었다. 그의 침대에서 자고 있는 여자, 최아진. 어쩌면 그녀를 내보내야 할지도 모른다. 이 감정이 더 깊어지기 전에 싹을 잘라야 한다.

태수의 눈빛이 단호하게 빛났다.

"어, 왜 이렇게 일찍 오셨어요?"

아진이 눈을 비비며 그가 있는 곳으로 다가왔다. 언제 일어난 걸까.

태수는 무표정한 얼굴로 그녀를 바라보았다. 막 잠이 깬 새끼 고양이처럼 사랑스럽다. 여자는 처음부터 그를 두려워하거나 경계하지 않았다. 어려워하지도 않았다.

"술 마시고 계셨어요?"

"음."

"비싼 술이죠?"

여자가 술병을 들고서는 라벨을 확인했다. 보면 아는 걸까? 마치 아이가 발에 맞지 않는 높은 구두를 신고 있는 것처럼 부자연스럽다. 차라리 저 손에 하얀 우유를 들고 있으면 어울릴까.

태수는 씁쓸한 미소를 머금으며 잔을 들이켰다.

여자는 자리에서 일어나더니 손에 잔을 들고 나타났다. 그의 맞은편에 앉아서 잔을 불쑥 내밀었다.

"저도 한잔 주세요."

"……?"

"저도 술 잘해요. 혼자 많이 마셔봤거든요."

"독해."

"알아요, 그 정도는."

태수는 날카로운 시선으로 그녀를 바라보았다.

"좋아, 조금만 마셔."

잔에 얼음을 넣고 양주를 조금 부어 내밀었다. 아진이 그 잔을 받아 들고서는 홀짝 마신다.

"윽, 써요. 그런데 안주도 없이 먹어요?"

아진은 자리에서 벌떡 일어나더니 주방으로 향했다. 뭔가 뚝딱거리더니 큰 접시에 과일을 예쁘게 담아서 가지고 왔다.

"과일이라도 드세요. 치즈도 가져왔어요."

태수는 아진이 포크에 오렌지를 찍어 내미는 것을 받아 들었다. 순간 가슴이 찡하니 울렸다. 어릴 때 어머니가 오렌지를 까서 그의 입에 넣어주던 것이 생각났다.

"달죠?"

"음."

알 수 없는 감정이 그를 괴롭히고 있었다. 그래서 묵묵히 술을 들이켰다.

"사실 조직의 두목이라고 하면 굉장히 무섭고 우락부락하게 생긴 사람일 줄 알았는데, 두목님은 다르시네요."

태수는 한쪽 눈썹을 위로 추켜세우며 물었다.

"어떻게 다르지?"

"음, 뭐랄까, 그냥 평범한 사장님 같으세요. 전 오빠가 둘이나 있는데, 그 오빠와 다를 바 없이 똑같아요."

"그래?"

"네, 전 언니도 있거든요. 그런데 다들 너무 잘나서……. 아니다, 이런 얘기하면 우울해지니까 다른 얘기해요."

아진이 배시시 웃으며 그를 쳐다봤다. 태수는 그 웃음에 심장이 두근두근 반응을 해왔다. 말할 수 없이 복잡해진 얼굴로 아진을 바라보았다.

"형제가 많다는 건 좋은 거야, 가족이 있다는 것도 마찬가지고."

태수는 불쑥 그의 속마음을 털어놓았다. 그의 말에 아진이 의아한 듯 눈을 치켜뜨더니 조심스럽게 물었다.

"그럼 사장님은 가족이 없으세요? 형제도요?"

"그래."

"……."

"부모님은 돌아가셨어. 아버님은 살해당하셨지."

"어머! 세상에."

"다 지난 일이야."

태수는 아진의 반응에 별로 대수롭지 않다는 듯 말했다. 태수의 쓸쓸한 눈동자를 본 것일까. 아진의 눈동자가 유난히 반짝였다.

아진은 자리에서 일어나 그의 옆으로 가서 앉았다. 그리고 그의 손등 위에 제 손을 겹쳤다. 한 손으로 덮기에는 턱없이 부족해 보였다. 아진은 두 손으로 그의 손등을 감쌌다.

"마음이 아프셨겠어요."

태수는 얼어붙은 듯 제 손 위를 덮고 있는 아진의 손을 뚫어질 것처럼 바라보았다.

"동정인가……?"

"아니에요, 이건 인사예요. 서로 속마음을 터놓고 한 걸음 다가간 것에 대한 인사."

그가 친구와 싸우고 오거나 속상한 일이 있을 때면 어머니는 항상 그의 손을 붙잡고 다독이며 위로해주었었다.

쉬운 여자 아니에요

바로 옆에 앉은 그녀가 어릴 적 제 어머니가 해주신 것처럼 다정하게 그를 위로하고 다독였다. 태수는 슬그머니 손을 빼내었다.

그녀의 시선이 그에게로 향했다. 심장박동이 미친 듯이 뛰기 시작했다.

"며칠 출장을 갈 거야. 그렇게 알아."

태수는 소파에서 일어나 제 방으로 들어갔다.

탁.

문을 닫고 한참을 기대어 서 있었다. 안 될 말이다.

단호하고 날카로운 시선으로 허공을 응시하던 그는 휴대폰을 꺼내 들었다.

"어디든 좋으니 며칠간 지방으로 출장 간다. 스케줄 잡아, 지금 당장!"

이 비서에게 명령을 내린 뒤, 침대 위에 털썩 드러누웠다. 미세하게 그녀의 향기가 맡아졌다. 한쪽 팔을 들어 눈을 가린 태수는 애써 감정의 흐름을 막으려는 듯 어금니를 꽉 깨물었다. 착잡한 마음은 좀처럼 진정되지 않았다.

며칠 떠나 있다 보면 그 감정의 실체를 정확히 알게 될 것이다.

제6화.
욕심내도 될까, 너를

이 비서는 마스터와 전화를 끊은 뒤 얼굴이 굳어졌다. 마스터가 지방을 순회할 경우 만약의 사태에 대비해서 드래건 파의 최소 정예 요원을 선발해서 동행해야 한다. 마음이 다급해진 이 비서는 간부급 조직원에게 비상연락을 날렸다. 그런데 왜 갑자기 지방으로 가신다는 걸까. 이 비서의 머리는 쉴 새 없이 돌아갔다.

설마……! 결국 마스터가 야쿠자한테 밀려서 피신을!

이 비서는 고개를 저었다. 있을 수 없는 일이다.

부산 자갈치 파는 갑자기 드래건 파의 마스터가 뜬다는 소리에 초긴장 상태에 돌입했다. 드래건 파의 관할에 놓여 있는 자갈치 파는 현재 독립을 준비 중이었다. 만약 이 소식이 드래건 파에 들어가는 날에는 자신들의 조직은 이 지구 상에서 흔적도 없이 사라질 것이다.

쉬운 여자 아니에요

자갈치시장 부근의 거대 냉동 창고가 있는 곳이 자갈치 파의 본 거지였다. 컨테이너 안에서는 욕설이 오가고 있었다.

"행님, 지금 서울에서 큰행님이 내려온다는데 우짭니까."

"낸들 아나. 조용히 좀 해라."

자갈치 파 보스 영삼은 인상을 잔뜩 찌푸리며 담배만 피워대고 있었다.

"아이, 시발, 뭐 한다고 내려오는교."

동팔은 영삼의 오른팔이었다.

"콱, 입 안 다물래."

"알겠심더."

영삼이는 연거푸 담배를 피워대며 땅이 꺼지라고 한숨을 내쉬고 있었다.

"행님, 용대가리가 얼매나 성격이 지랄 같은지 아는교."

"그래, 내가 니보다 더 잘 안다. 내 초창기 때 뒤질 뻔했다 아이가. 여기 얼굴 상처 보이나. 용대가리가 잭나이프를 날리는데, 조금만 깊게 박혔시믄 생각만 해도 끔찍하다."

"우짤낀교."

"행님요!"

조직원 1명이 헐떡거리며 뛰어왔다.

"니 일로 와봐라. 진짜 기분 엿 같은데, 니까지 지랄이가."

"거게 아니고요, 지검 컨일 났심더."

"와, 일본이 내려앉았다 카더나."

"더래건 파 마서터가 야쿠자한테 까이가 내려오넌 기랍니더."

"뭐? 야쿠자?"

"야아, 여자 야쿠자한테 까졌답니다."

"진짜 골치 아프게 됐네. 전쟁 일나믄 우리가 총알받이로 나서야 한다 아이가."

"일단 형님은 모르는 기라예. 아셨지, 예."

"알았다, 마."

아진에 대한 소문은 일파만파로 퍼져 나갔다. 일본 야쿠자가 몰래 심어놓은 첩자는 아진에 대한 잘못된 정보를 본국에 알리게 되면서 야쿠자들도 움직이기 시작했다. 누군가 야쿠자를 사칭하고 다닌다는 정보를 들은 이상 그냥 있을 수는 없었다. 결국 일본 야쿠자 조직 서열 2위 나카무라 상이 부산으로 입성하고 있었다.

결국, 부산 충무동에는 일반 시민보다 조직원들이 더 많아질 정도로 조폭들이 계속 모여들고 있었다. 사색이 된 자갈치 파 영삼이는 결국 독립은 포기하고 태수에게 빌붙기로 했다.

태수와 이 비서 및 행동대장 3명은 자갈치 파의 본거지로 들어가고 있었다. 검은색 리무진에서 내린 태수는 비릿한 바닷바람에 인상을 찌푸렸다.

"꼭 이렇게 멀리까지 왔어야 했나, 이 비서."

"그게, 그러니까. 아무래도 좀 먼 곳이 나을 듯해서."

"가자."

이미 컨테이너 입구에는 자갈치 파들이 이 열 종대로 늘어서 있었다. 태수가 등장하자 전부 90도로 고개를 숙이고 인사를 했다.

쉬운 여자 아니에요

"오셨습니까, 마스터."

"그동안 잘 지냈소?"

"하무에, 어서 들어오시소."

이 비서와 행동대장은 주위를 주도면밀하게 살피며 촉각을 곤두세웠다.

"마스터, 갑자기 우짠 일로 여기까지 오신교?"

"아, 그건 말이죠……."

이 비서가 또 먼저 나서서 말하려고 하자 태수가 손을 들어 중지시켰다.

"자갈치 파에 이상한 소문이 돌던데, 영삼이……."

태수가 눈을 내리깔고 나직이 읊조리듯 말을 하자 영삼은 얼굴이 시뻘게지며 발아래 엎드렸다.

"충! 마스터! 오해이십니다."

"앞으로 주의해서 보도록 하지."

태수의 칼날 같은 시선에 잔뜩 움츠러든 영삼이는 충성심을 담아 대답했다.

"충! 마스터!"

"그만 가자. 여긴 도저히 쓰레기장 같아서 앉아 있기가 힘이 드는군."

"청소 좀 하고 살아라."

한마디도 빠지지 않은 이 비서는 살벌한 기운을 풍기며 마스터를 보필하고 자리를 떴다.

태수는 짐승 같은 육감으로 대충 찍어봤는데, 영삼은 저 스스로 졸아서 납작 엎드렸다. 태수가 돌아간 뒤 영삼 일행은 심각한 얼굴로 앉아 있었다.

"행님요, 완전 그 눈빛 봤습니까. 고마 눈빛으로 사람 직이는 사람도 있다카더마 마스터가 딱 그런기라예."

"일단 최선을 다해라. 명심해라, 내 말."

"알겠심더."

자갈치 파는 태수의 카리스마에 완전히 찌그러졌다. 설쳐댈 엄두가 나지 않았다. 일단 무조건 빌붙는 것이 살길이었다. 현재 자갈치 파가 부산에서 아무리 독보적인 존재라고 하더라도 혼자 힘으로 외세를 감당할 수도 없을 뿐더러 태수에게 덤빌 엄두가 나지 않았던 것이다. 지금으로써는 완전 역부족이었다. 역시 전국구는 뭐가 달라도 달랐다. 영삼은 태수가 부산에 머무르는 동안 극진한 대접을 했고, 태수는 아주 만족스럽게 보내다 서울로 올라갔다.

한편 일본에서 부산에 입성한 야쿠자인 나카무라 상은 드래건 파의 동태를 계속 주시하고 있다가 뒤따라 서울로 올라갔다.

태수도 나카무라 상이 한국에 들어왔다는 소식은 이미 듣고 있었다. 이 비서의 말로는 아진이 야쿠자가 보낸 첩자일 확률이 높다며 조심해야 한다고 했지만, 태수의 입장에서는 터무니없는 소리였다.

그녀가 야쿠자라니, 기가 막혔다.

어디서 쓰레기 정보를 들은 모양이라 생각하며 피식 웃고 말았다.

그는 이번 여행에서 그녀에 대한 생각을 정리하기 위해 잠시 곁을 떠나온 것뿐이었다. 하지만 그리움은 더욱 짙어졌다. 특히 밤이면 어둠과 함께 찾아오는 상념이 그를 괴롭혔다. 불안정한 생활, 늘 위험이 도사리는 그에게 가당키나 한 감정이란 말인가. 태수는 애써 제 마음을 부인하려 했다. 하지만 매시간, 매분, 매초 그녀를 떠올리는 저를 발견하고 좌절감에 몸을 떨었다.

　하루가 다르게 더워지는 날씨에 아진은 이마에 흘러내리는 땀방울을 손등으로 닦아내며 캐리어를 끌었다. 고급스러운 집들이 늘어서 있는 골목길에는 개미 새끼 1마리조차 보이질 않았다. 지금까지 이곳을 아침저녁으로 다녔다는 사실이 믿기지가 않을 만큼 길이 낯설게 느껴졌다. 집집이 담장 너머로 싱싱한 나뭇가지를 늘어뜨리며 푸릇한 여름이 다가오고 있음을 알렸다.
　아진은 태수가 없는 동안 집에 가 있기로 하고 집으로 가는 중이었다. 며칠 집에서 나와 있던 탓에 모처럼 가는 발길이 제법 바빴다. 가족들은 그녀가 없는 동안에도 잘 지냈는지, 집 청소는 누가 담당했는지 궁금한 것투성이였다.
　초인종을 누르자 아무런 대답이 없다.
　아진은 지갑에서 열쇠를 꺼낸 뒤, 대문을 열었다. 다들 외출한 모양인지 집은 고요했다. 하긴 평일에는 다들 일하러 가기 때문에 집에 있을 사람이 없었다. 아진은 집으로 들어가서 곧장 그녀 방으로 향했다. 침대에 털썩 눕자 먼지가 폴폴 날렸다. 창문으로 들어오는 햇살에 먼지가 부유하는 것이 보였다. 아진은 창문을 활짝 열고 환기부터 시켰다.

집 안 곳곳을 돌아다니다 보니 구석구석 먼지가 쌓여 있었다. 아진은 결국 걸레를 들고 청소를 시작했다. 반나절 동안 청소를 한 아진은 시원한 냉수를 마시며 걸레를 내려놓았다. 이제야 예전 집처럼 윤기가 반질반질 흘렀다.

저녁이 되자 식구들이 하나둘씩 모여들었다. 제일 먼저 돌아온 사람은 아라 언니였다.

"어, 최아진, 너 잘린 거니? 이 시간에 왜 여기 있는 거야?"

첫 인사가 저러했다.

아진은 아라 언니에 대한 별 기대감이 없었기 때문에 그냥 넘겼지만 큰오빠도, 작은오빠도 차례대로 들어오면서 그녀에게 첫 인사로 묻는 말이 다 똑같았다.

내가 그렇게 신뢰가 안 가는 사람이었나 싶은 게 참 씁쓸했다. 아진은 그녀가 차려놓은 저녁상에 둘러앉아 식구들이 식사하는 것을 보며 그동안 자신이 얼마나 착각 속에 빠져 살았는지를 뼈저리게 느꼈다.

가족의 환대는 아니더라도 적어도 이것저것 물어보며 어떻게 지냈는지 물어봐주기라도 할 줄 알았던 아진은 아무런 말없이 식사만 하는 식구를 보며 기대감을 내려놓았다.

아진은 태수가 돌아오는 날에 맞추어 서둘러 집을 빠져나왔다. 아마 그녀가 가고 없더라도 누구 하나 궁금해하지도 않을 것이다. 아진은 그를 위해 모처럼 식사를 차리기로 하고 이것저것 장을 봐서 태수의 집으로 향했다.

쉬운 여자 아니에요

"저, 실례합니다. 최아진 씨 되십니까?"

양복을 쫙 빼입은 남자가 아진 앞으로 다가와서 정중하게 물었다.

"네, 그런데요?"

"아, 그럼 잠시만 이리로. 저희 어르신께서 아진 씨를 만나 뵙고 싶어 하십니다."

아진은 짙은 선팅이 된 차 안에 누군가가 그녀를 보고 있다는 것을 알고 고개를 갸웃거리며 다가갔다.

지이잉.

창문이 열리고 그 안에서 선글라스를 쓴 남자가 그녀를 쳐다봤다.

「야쿠자를 사칭하는 여자가 확실해?」

「네, 맞습니다. 확실합니다.」

「그런데 너무 평범하잖아.」

「소문과는 너무 다르네요.」

아진은 차 안에서 두 남자가 나누는 대화를 들었다. 그들은 일본어로 대화를 나누고 있었지만, 아진은 일본어 회화가 가능했다. 6개 국어를 능통하게 하는 가족들 속에서 살아온 아진은 일본어라도 제대로 해보자 이를 악물었었다.

「나카무라 상, 최아진 씨를 모셔왔습니다.」

아진은 그녀에게 알은체하던 남자를 보았다. 그는 차 안에 앉아 있는 남자들에게 일본어로 말했다.

달칵.

차 문이 열리고 안에서 남자가 나왔다. 그는 아진의 위아래를 훑어보더니 미간을 찌푸렸다.

「빠가야로, 정말 이 여자 맞아? 듣기론 드래건 파 마스터를 능가하는 실력이라던데, 영 아니잖아.」

「네, 확실합니다. 지금 이 모습은 위장일 수도 있습니다. 제가 물어보겠습니다.」

「젠장!」

「저기, 왜 저를 부르셨나요? 혹시 저한테 관심 있으세요?」

아진은 남자들이 나누는 대화에 끼어들었다. 갑자기 나타난 검정 양복들은 일본 조폭인 모양이었다.

아진의 유능한 일본어 실력에 놀란 남자들은 서로 눈짓을 하더니 선글라스를 쓴 남자가 먼저 입을 열었다.

「그, 그게 아니라, 혹시 드래건 파 이태수를 알고 있소?」

「몰라요, 제가 어떻게 알아요.」

아진은 기분이 싸한 것이 굳이 이들에게 알려줄 필요가 없을 것 같았다. 만약 무슨 일이 생기기라도 하면 곤란했기에 일단 무조건 잡아떼고 볼 일이었다.

「지금, 어딜 가는 길이요.」

「아, 직장에요. 전 헬퍼로 일하고 있거든요.」

「잘 알았소. 가보시오.」

아진은 별일이 다 있다는 표정으로 돌아섰다. 음식을 만들려면 시간이 빠듯했는데, 괜히 시간만 빼앗겼다. 아진은 총총걸음으로 아파트 쪽으로 사라졌다.

아진의 뒷모습을 노려보던 나카무라 상은 옆에 서 있는 양복의 뒤통수를 날렸다.

퍽!

「윽!」

「드래건 파에 보낸 첩자가 누구지? 당장 그놈부터 잡아들여. 제대로 된 놈을 보내란 말이야.」

「네, 죄송합니다.」

「지금 가정부 때문에 서열 2위인 내가 움직인다는 게 말이나 돼?」

나카무라 상은 눈을 부라리며 양복을 노려보았다. 이왕 온 김에 드래건 파 마스터나 보고 가야겠다는 생각을 하며 강남으로 향했다. 지금부터는 공식 방문이 되도록 미리 드래건 파에 연락을 넣기로 했다.

「어서 드래건 파에 연락이나 넣어. 방문한다고.」

「알겠습니다.」

집으로 돌아온 아진은 메이드복으로 갈아입고 주방으로 향했다. 두목이 오기 전에 어서 식사 준비를 하기로 했다. 파트타임 파출부 아주머니가 음식을 해놓기는 했지만, 오늘은 솜씨 자랑을 해서 두목을 감동시킬 생각이었다.

집에 다녀온 뒤 확실히 깨달은 점이 있다면 역시나 집에 가봐도 별수 없다는 것이었다. 그녀가 있을 곳은 이곳이란 생각에 최선을 다하기로 했다.

아진은 장을 봐온 것들을 아일랜드 식탁 위로 하나하나씩 꺼냈다. 그녀가 가장 자신 있어 하는 꽃게탕과 나물 무침을 할 생각이었다.

채소를 다듬고 꽃게탕도 끓이며 시계를 쳐다봤다. 밤늦게 오면 어쩌나 하는 생각에 슬슬 걱정이 되긴 했지만, 오늘은 출장에서 돌아오는 날이니 빨리 올 수도 있을 것 같았다.

아진은 식사 준비를 다 마친 뒤, 거실로 나왔다. 저녁 7시가 다 되어 가는데 아직 그가 오지 않아 영 불안했다. 애써 해놓은 음식이 소용없게 될까 걱정도 되고, 혹시라도 그에게 무슨 일이 생겼나 싶어 일단 전화를 걸어 확인해보는 편이 나을 것 같았다. 아진은 처음 그에게 전화를 거는 입장이라서 조심스럽게 번호를 눌렀다.

신호음이 울리고 얼마 있지 않아 전화를 받았다.

-여보세요.

"저, 최아진인데요."

-누구? ……아, 최아진. 그래, 무슨 일이지?

"언제 집에 오세요?"

-왜 그러지? 무슨 일 있는 건가?

"아, 아니에요. 그게 아니라 제가 저녁을 해놔서 혹시나 집에서 저녁을 드실까 여쭤보는 거예요."

아진은 꼭 집에서 남편을 기다리는 마누라 같다는 생각에 자신도 모르게 얼굴을 붉혔다. 괜히 낯이 뜨겁고 쑥스러웠다.

-…….

말이 없었다. 아진은 가슴이 철렁 내려앉았다.

쉬운 여자 아니에요

"여보세요? 혹시 전화 끊으셨어요?"

-아니, 곧 갈게.

"휴, 다행이다. 네, 기다릴게요."

아진은 얼른 전화를 끊었다. 양손으로 두 뺨을 두드리며 화끈 달아오른 얼굴을 식히기 위해 손부채질을 해댔다.

"왜 이렇게 부끄럽지?"

혼잣말하던 아진은 방으로 들어가서 그가 오기 전에 샤워를 빨리할 생각으로 욕실에 들어갔다. 꽃게를 만졌더니 옷에서도 비릿한 냄새가 나는 것 같았다.

최대한 빨리 샤워를 끝낸 아진은 메이드복을 입기보다는 짧은 트레이닝 반바지에 편안한 티셔츠를 입기로 하고 얼른 갈아입었다. 머리는 말릴 시간이 부족한 관계로 어깨 위에 늘어뜨린 채 거실로 나가자 그가 서 있었다.

"어? 언제 오셨어요?"

"샤워했나?"

"아, 네. 땀을 좀 흘렸더니."

태수는 아진을 뚫어지게 바라보며 한참을 서 있었다. 갑자기 공기가 뜨거워진 것 같은 착각에 아진은 살짝 얼굴을 붉히며 먼저 주방으로 향했다.

"어서 손 씻고 와서 식사하세요. 준비할게요."

태수는 한쪽 벽에 기대어 서서 식탁 앞에서 수저를 놓고 음식을 차리는 아진의 모습을 감상하듯 지켜보고 있었다. 누군가 그를 위해 정성껏 음식을 마련하고 차려주는 것은 정말 오랜만이었다. 태수는 가슴 한쪽이 따스해져 오는 느낌에 슬그머니 미소를 지었다. 식탁을 차리는 여자는 그 어떤 여자보다 매력적이고 섹시해 보였다.

"뭐 해요? 어서 오세요."

아진이 태수를 향해 말하자 태수는 천천히 식탁으로 다가왔다.

"전부 직접 한 건가?"

"네, 제가 했어요. 음, 맛은 장담할 수 없지만, 그래도 저 제법 음식 솜씨 좋다는 소릴 들으니까 먹을 만할 거예요."

"이번엔 뭐로 나를 보낼 참이지?"

태수가 식탁에 앉으며 놀리듯 싱글거리자 아진이 눈을 흘기며 그를 쳐다봤다.

"정말 실수였거든요."

"알아."

태수는 숟가락을 들고 보글보글 끓고 있는 꽃게탕을 떠먹었다. 그 뒤로 아무런 말없이 식사를 시작했다. 맛있다고 칭찬을 해줄 줄 알았던 아진은 실망한 기색을 숨기며 밥을 먹기 시작했다.

"한 그릇 더."

무뚝뚝하긴.

밥공기를 받아 들고 밥솥으로 가는 아진의 얼굴에는 환한 미소가 어렸다. 맛있게 먹어주는데 무슨 말이 필요할까.

식사를 마친 뒤, 그대로 거실로 나가버릴 줄 알았던 태수는 아진의 곁에서 식탁 정리하는 것을 함께 도우며 행주로 식탁을 닦기까지 했다. 아진은 그의 세심한 모습에 매우 놀랐다. 무뚝뚝한 것

쉬운 여자 아니에요

같으면서 의외로 자상한 면이 있었다.

"맛있는 식사를 줬는데, 커피는 내가 내리지. 거실에 나가 있어."

"정말요?"

"응, 기다려. 바리스타 못지않게 맛있는 커피를 줄 테니까."

아진은 정말 뜻밖이라는 듯 그를 다시 쳐다보고서는 거실로 나갔다. 조금 있으니 커피 향이 서서히 거실까지 퍼져왔다. 이상하게 가슴이 두근거리고 떨려와서 아진은 어깨로 숨을 내쉬며 가슴을 다독였다.

만약 남자와 사랑을 하고, 그 사람과 함께 있다면 이런 느낌일까.

아진은 가슴의 떨림이 싫지 않았다. 등 뒤에 무서운 문신을 한 남자지만 그녀의 눈에는 어떤 남자보다 듬직하고 자상해 보였다. 게다가 상냥하기까지.

태수는 친절한 미소를 지으며 커피 두 잔을 양손에 들고 다가왔다.

"자, 마셔보라고."

"감사합니다."

아진은 환한 미소를 지으며 잔을 받아 들었다. 태수는 소파 등받이에 한쪽 팔을 올린 채 다리를 꼬고 앉았다. 아진은 마치 그의 품에 안긴 듯한 느낌에 살짝 얼굴을 붉혔다.

"부모님이 돌아가신 뒤 처음 느껴보는 평화로움이야, 고마워. 생각지도 못한 선물을 받았는데, 난 뭐로 보답해야 할까."

"무슨 선물을 받았다고 그러세요."

아진이 별거 아니라는 듯 그의 칭찬에 손사래를 치자 태수는 그런 아진을 뚫어질 듯 바라보았다.

"……예쁘다, 최아진."

태수는 손을 뻗어 아진의 머리카락을 귀 뒤로 넘겼다.

"노, 놀리는 거죠? 누가 모를 줄 알고."

당황한 아진은 그의 손을 치워내며 말을 더듬었다.

"그런 말로 놀리진 않아."

"그런데 왜 이리 덥죠? 에어컨을 틀어야 할까 봐요."

아진은 말꼬리를 돌리며 어색한 순간을 모면하려 했다. 그런 그녀의 마음을 알고 있기라도 하듯 태수는 피식 웃었다.

"……그런데 두목님도 멋있어요. 잘생겼어요."

아진은 다 마신 커피 잔을 들고 일어나며 들릴 듯 말 듯 작은 소리로 말했다.

태수는 멍하니 아진의 뒷모습을 바라보았다.

태수는 방으로 들어온 뒤 창문을 열었다. 열어놓은 창으로 바람이 불어왔다.

이 바람이 그의 가슴에 품은 열기를 꺼뜨릴 수 있을까. 그럴 수만 있다면 제발 그래 줬으면 좋겠다. 태수는 여전히 고장 난 초침처럼 뛰고 있는 심장을 부여잡았다. 태수의 눈빛이 짧은 섬광처럼 빛나는 것과 동시에 그가 방문을 열고 밖으로 나갔다.

사이드 조명으로 어둑한 거실에는 아무도 없었다. 태수는 단호한 발걸음으로 아진의 방으로 향했다. 방문 앞에서 심호흡한 뒤 노크를 했다.

똑. 똑.

대답이 없었다. 주먹을 말아 쥔 태수의 손이 부르르 떨렸다. 다시 한 번 더 노크를 했다.

여전히 대답이 없었다.

벌써 잠이 든 걸까. 태수는 이런 제 모습이 너무 한심해 보였다. 여기, 아진의 방문 앞까지 올 수 있었던 용기는 어디 갔는지 흔적도 없이 사라졌다.

허탈한 나머지 바닥에 주저앉아 벽에 등을 기대었다.

무릎을 세운 채 그렇게 한참을 앉아 있던 태수는 도어록이 해제되고 누군가가 들어오는 소리에 고개를 들었다. 작은 발소리는 점점 그가 있는 곳으로 다가왔다.

"어머! 깜짝이야."

아진이었다. 이 여자, 어딜 갔다 온 걸까, 방에서 자는 줄 알았더니.

태수는 그녀를 올려다보았다. 그의 진지한 표정 때문이었을까, 아니면 왠지 슬픈 미소를 짓고 있기 때문일까. 아진은 얌전히 그의 곁에 앉았다. 짙게 깔린 어둠만큼 고요한 침묵이 둘을 감싸왔다.

"언제 어디서 어떻게 죽임을 당할지 모를 만큼 내 주위엔 적들이 넘쳐나. 그래서 누군가를 좋아하고 곁에 둔다는 것은 상상조차 하질 않았다. 그런데 너를 보니까 자꾸 욕심이 나. 제대로 살아보고 싶다. 사랑하고, 사랑받으며, 인간답게 말이야."

기어이 태수는 속내를 드러내고 말았다.

"……!"

그런데 뱉고 보니 유치했다. 저 한 몸 책임지지도 못하는 위인이 무슨……!

"아니야, 잊어버려. 지금 한 말."

태수는 힘없이 웃으며 자리에서 일어났다.

"잠시만요."

아진이 그의 바지를 붙잡았다.

"제 얘기도 들어주세요."

태수는 다시 자리에 앉았다. 그를 올려다보는 아진의 눈동자가 촉촉이 젖어 있었다.

태수는 그의 바지 자락을 잡고 있는 아진의 손을 물끄러미 내려다보았다. 그제야 자신이 그를 붙잡았던 사실을 깨달은 모양인지 그녀가 화들짝 놀라며 손을 치워냈다. 태수는 천천히 다시 자리에 앉았다. 그를 바라보는 아진의 눈동자가 촉촉이 젖어 있었다.

이 여자, 무슨 말이 하고 싶었던 걸까.

"저는 태어나면서부터 언니, 오빠가 제겐 적이었죠. 누구나 다 그렇게 살지 않나요? 큰 자리에 앉아 계시는 만큼 평범한 사람들과는 달리 그 책임감이나 사명이 무거울 것 같긴 해요. 물론 힘겹게 이루어낸 것이겠지만, 저로서는 사장님이 마냥 부럽네요. 적어도 저처럼 미운 오리 새끼는 아니잖아요. 평범한 사람들도 늘 죽음에 노출되어 있어요. 길 가다가 갑자기 차량이 돌진해올지도 모르고, 하늘에서 무언가가 떨어질지도 모르죠. 겁내지 말고 원하는 건 가지세요. 물론 그렇다고 제가 사장님 마음을 받아들이겠다는 건 아니에요. 사장님을 어떻게 믿어요? 저, 그렇게 쉬운 여자 아니거든요?"

아진은 이야기를 마친 뒤 그를 보며 슬그머니 미소 지었다. 어쩌면 이런 남자라면……

태수는 아진의 얼굴을 돌아보았다. 천천히 손을 뻗어 아진의 뺨을 더듬고 쓰다듬었다. 녹아내릴 만큼 부드러운 뺨이 손에 감겨왔다.

이 여자가 지금 뭐라고 하는 걸까. 그러니까 용기를 내라고? 그럼 받아줄 거야?

지금까지 굳게 닫혀 있던 마음의 문이 이 여자로 인해 서서히 열리는 기분이었다. 그렇게 그의 가슴에도 환한 햇살이 스며들었다.

이렇게 예쁘고 사랑스러운 여자가 미운 오리 새끼라고? 누가 그런 말을 했을까. 정말 보는 눈도 없다.

태수는 떨리는 눈동자로 아진을 새겨넣을 듯 보고 또 쳐다봤다.

가슴 가득 기쁨이 번져왔다. 태수는 아진을 힘껏 끌어안으며 목덜미에 얼굴을 묻었다.

한참을 그렇게 있던 태수는 이글거리는 눈빛을 한 채 아진의 얼굴과 맞대었다. 깊고 풍성한 속눈썹이 파르르 떨리고 있었다. 아진의 눈동자엔 무수한 별이 쏟아진 듯 형형하게 빛났다. 이 숨 막히는 절경을 바라보던 태수는 천천히 고개를 비틀어 입술을 겹쳤다.

보드라운 입술이 단단한 입술에 닿는 느낌은 머리털이 설 만큼 자극적이었다. 태수는 더 깊게 닿기 위해 아진의 뒷덜미를 잡아당기며 입술을 삼켰다.

"으응."

아진은 갑작스러운 키스에 신음을 터트리며 살짝 고개를 저었다. 하지만 태수는 절대로 빠져나갈 수 없다는 듯 더 깊이 파고들었다. 혀가 깊숙이 파고드는 느낌은 아찔할 만큼 자극적이었다. 입안을 온통 헤집던 혀는 입술을 핥아댔다. 그리고 다시 입술을 머금으며 이로 잘근거렸다. 짜릿한 감각이 혈관을 타고 빠른 속도로 휘돌았다. 아진은 머릿속이 텅 비어버린 것처럼 아무것도 생각할 수가 없었다.

어느새 정신을 차리고 보니 아진은 바닥에 누워 있었다. 그녀에게 체중을 실으며 키스를 퍼붓던 태수는 천천히 고개를 들어 올렸다. 보기 좋은 그의 입술은 타액으로 번들거렸고 살짝 부풀어 있었다. 아진은 저도 모르게 손을 뻗어 그의 입술을 살짝 건드렸다.

"으음……."

태수는 입꼬리를 올리며 다시 고개를 숙여왔다. 이번에는 입술이 아닌 목덜미를 공략하기 시작했다. 맥박이 뛰고 있는 목덜미를 빨아 당기자 아진은 허리를 휘며 신음했다. 짜릿한 감각에 호흡이 가빠왔다. 젖은 입술은 목덜미와 귓불을 차례대로 핥고 빨아댔다. 서서히 목선을 타고 내려오던 입술이 빗장뼈에 멈추었다.

"……하아, 못 참겠다."

아진은 낯선 감각에 정신이 몽롱한 상태였다. 그에게 온전히 저를 맡긴 채 누워 있었다. 그런 아진을 품 안에 끌어안고 숨을 고르던 태수는 아진을 일으킨 뒤, 흐트러진 옷매무시를 정돈해주며 머리카락도 쓸어 넘겨주었다.

"나, 첫 키스예요."

아진이 작은 소리로 말했다. 태수는 애정이 듬뿍 담긴 시선으로 그녀를 바라보며 떨리는 손으로 머리카락을 쓸어내렸다.

"그래, 알아."

꽉 잠긴 목소리가 새어 나왔다.

"다음에, 다음에 하자."

아진은 고개를 끄덕였다. 키스만으로도 그녀는 만족스러웠다.

사랑받는 느낌이 어떤 것인지 이제야 알 것 같았다. 아진은 그의 뺨에 쪽 소리가 나도록 키스한 뒤 그녀의 방으로 들어갔다. 둘은 방문을 사이에 두고 서 있었다.

"잘 자, 최아진."

"네, 잘 자요."

태수는 떨어지지 않는 발걸음을 간신히 옮겼다. 저만치 테이블에 놓인 휴대폰의 불이 번쩍였다. 그제야 나카무라 상을 떠올린 그는 지금이라도 가봐야 하나 망설여졌다. 먼저 이 비서를 보냈는데, 곧 가기로 하고서는 그만 깜박하고 말았다. 이 비서가 접대를 잘하고 있겠지.

일본어에 능통하다는 이 비서를 믿기로 했다.

그런데 문자를 확인한 순간 태수는 얼굴이 단단히 굳어졌다. 직접 가봐야 할 상황이었다. 태수는 먼저 옷을 갈아입고 아진의 방쪽으로 다가갔다.

"아진, 나야. 들어가도 될까?"

"네."

다행히 아진은 자지 않고 있었다.

"나랑 같이 갈까? 사무실에 손님이 왔다는데 가봐야 할 것 같아서."

"네, 같이 가요."

"그럼 현관에 있을게. 옷 갈아입고 나와."

"알겠어요."

아진은 대충 걸쳐 입고 현관으로 나왔다. 태수는 그런 아진의 모습을 심각한 표정으로 보더니 고개를 저었다.

"아진아, 그렇게 입고 다니면 곤란해. 가서 긴 바지로 갈아입고 와."

"더운데."

"그럼 집에 있어. 혼자 갔다 올 테니까."

"알았어요, 잠시만요."

아진은 얼른 방으로 뛰어가서 긴 바지로 갈아입고 나왔다. 여하튼 까다롭기는.

그제야 태수는 입가에 미소를 그리며 현관을 나섰다. 사실 태수는 아진이 야쿠자라는 이상한 소문에 대해 직접 확인할 생각이었다. 물론 그는 그 말을 믿지 않았지만, 조직 내에서 도는 소문은 빨리 진화를 해야 할 필요가 있었다. 사무실에 야쿠자 서열 2위가 와 있으니 확인할 수 있을 것이다.

드래건 파 사무실의 분위기가 묘했다. 이 비서는 나카무라 상과 묘한 대치를 하고 있었다. 이 비서가 할 줄 아는 일본어는 벤또, 다

깡, 오뎅, 덴뿌라, 와라바시, 사시미 정도였다. 그런데 일본어를 할 줄 안다고 큰소리를 쳤으니 죽을 맛이었다. 나카무라 상과 함께 온 일본인 통역사는 이 비서가 일본어를 할 줄 안다고 하는 바람에 퇴근을 해버린 상태였다.

"젠장, 뭐라고 하는지 알아들을 수가 있나."

이 비서는 머리를 벅벅 긁으며 나카무라 상 얼굴만 바라보고 있었다.

「마스터는 언제쯤 옵니까.」

나카무라 상이 이 비서에게 물었다. 하지만 알아들을 리가 없는 이 비서는 조직원들이 보는 앞에서 망신당할까 두려워, 나오는 대로 말하고 있었다.

「흐흠. 오하요 고자이마스.」

나카무라 상의 표정이 살짝 굳어졌다. 창밖은 어둑어둑했다.

「참 재미있으신 분입니다.」

「아리가또 고자이마스.」

「그러니까 언제쯤 오십니까.」

「좃또마떼 쿠다사이.」

이 비서가 입을 열수록 나카무라 상의 얼굴은 점점 굳어졌다. 눈치 하나는 끝내주게 빠른 이 비서는 그 사실을 감지하고서는 잠시 사무실을 빠져나왔다.

젠장! 무슨 말을 하는지 알아들을 수가 있어야지.

결국은 태수가 와야 했다. 그런데 금방 오기로 한 사람이 전화를 받질 않는다.

이마에서 식은땀이 뚝뚝 떨어졌다. 이 비서는 덜덜 떨리는 손가락으로 문자를 보냈다.

[마스터, 지금 어디십니까. 빨리 오십시오. 나카무라 상, 하는 짓이 가관입니다.]

문자를 보낸 뒤 2시간이 지나도 답장이 없었다. 이 비서는 또 하는 수 없이 사무실로 가서 일본 놈을 상대해야겠다고 생각하며 걸어가는데 문자 수신음이 울렸다.

띠링.

이 비서는 얼른 문자를 확인했다. 마스터로부터 온 문자였다.

[젠장! 지금 간다. 기다려.]

휴우, 살았다. 그제야 안도의 한숨을 내쉰 이 비서는 사무실 안에 들어가지 않고 현관 앞에 쭈그리고 앉아서 태수 오기만을 기다렸다.

쉬운 여자 아니에요

제7화.
지금 뭐 하신 거예요?

아진과 함께 차를 타고 가는 동안 태수는 옆에 앉은 아진의 손을 잡을지 말지 계속 망설였다.

젠장! 죽을 것 같군.

힐끔거리며 얼굴 한번 쳐다보고, 손 한번 쳐다보고 입맛만 다시고 있었다. 손에서 땀이 삐질삐질 나기 시작했다. 아진은 차 내부를 구경한다고 정신이 없었다. 귀엽고 사랑스럽다는 말로는 부족했다.

살짝 벌어진 입술을 보니 또 키스하고 싶어졌다. 열기가 얼굴로 몰리더니 이젠 아래로까지 몰리기 시작했다. 태수는 아진과 사무실로 갈 게 아니라 곧장 호텔로 가고 싶은 마음이 굴뚝같았다.

끄응, 혼자 앓는 소리를 내며 아래를 압박하는 통증을 삭히려했다.

"왜 그러세요? 어디 불편해요?"

아진이 물어왔다. 이럴 땐 차라리 그냥 모른 척하는 편이 나은데.

"아, 아니야."

"아니긴 뭐가 아니에요. 어디가 아픈 거예요?"

"아, 아래가 조금 불편해서 말이야."

태수는 슬쩍 던지듯 말하며 아진의 표정을 살폈다. 아진은 눈을 가늘게 뜨고 태수를 노려보더니 이내 창밖으로 시선을 돌렸다.

"완전 저질이야."

"뭐? 저질, 하하하, 하하하."

태수는 욕을 먹고서도 그 말이 우스워 큰 소리로 웃음을 터트렸다. 아진의 새초롬한 얼굴을 보자 자꾸 웃음이 새어 나왔다. 욕먹어도 좋은 걸 보니 생각보다 상태가 심각한 모양이었다.

건물 입구에 도착한 뒤 태수는 아진을 에스코트하며 엘리베이터 쪽으로 걸어갔다.

"마스터! 이제 오십니까."

목 빠지게 마스터를 기다리던 이 비서는 그를 보자마자 잽싸게 뛰어왔다.

"왜 나와 있지? 쫓겨나기라도 했나. 앞장서."

태수는 낮은 목소리로 윽박질렀다. 아진과 함께 있을 때 다정했던 모습은 온데간데없이 사나운 기운이 넘실거렸다. 그의 강인한 모습에 아진은 가슴이 쿵쿵 뛰어댔다. 그와 키스를 나눌 때 느꼈던 열기가 다시 피어올랐다. 아진의 두근거리는 가슴은 그를 향한 애정으로 변해가고 있었다.

"저, 마스터, 전 배가 너무 아파서 아무래도 화장실 좀 갔다가 들어가겠습니다."

이 비서가 배를 부여잡고 눈치를 살피며 연기를 했다. 아진은 그런 이 비서를 보며 안쓰럽다는 듯 혀를 차며 직접 약을 사오겠다고 말했다.

"어머, 이 비서님, 배가 아프세요? 제가 약이라도 사올까요?"

이 비서는 아진이 꿀물로 태수를 보낸 전력과 야쿠자 일원이라는 의심 때문에 여전히 경계하고 있었고, 행여나 다음 표적이 자신일까 봐 고개를 절레절레 저었다.

"아닙니다, 괜찮아요. 일단 가시죠, 마스터."

바짝 날을 세우고 아진을 경계하는 이 비서를 보며 태수는 간신히 눈빛을 누그러뜨렸다. 만약 아진에게 친절하게 굴거나 약을 부탁하는 등의 주제넘은 짓을 했다면 태수는 제 손으로 보내버릴 생각이었다.

사무실로 들어가자 야쿠자 2명이 마치 자기 사무실처럼 떡 버틴 채 앉아 있었다.

「안녕하십니까. 그동안 잘 지내셨습니까? 마스터.」

나카무라 상이 거만하게 앉은 채 인사를 했다. 태수는 말없이 그 손을 쳐다보다 그의 자리인 상석으로 가서 앉았다. 그리고 곧바로 아진을 향해 손짓했다. 검정 양복들이 득시글대는 곳. 기가 죽은 아진은 태수 옆으로 조심스럽게 다가갔다. 태수는 자신이 앉은 1인용 소파의 팔걸이를 툭툭 쳤다.

"앉지, 여기에."

헉!

주위의 검정 양복들은 일제히 두 눈을 크게 뜨고 마스터를 쳐다 봤다. 웬 촌스런 여자 하나가 따라와서 뭔가 하고 봤더니 세상에, 마스터만 앉을 수 있는 그 상석 의자에 앉으라는 것이 아닌가. 그 것도 팔걸이 부분에.

아진은 냉큼 팔걸이에 엉덩이를 걸치고 앉았다. 그런 그녀를 바라보는 마스터의 눈길은 따뜻한 봄날의 아지랑이같이 흐물거렸다. 나카무라 상은 아진이 안경을 벗고 있어서 그 얼굴을 알아보지 못했다. 단지 마스터의 여자 취향이 독특하단 생각을 했다.

보아하니, 저 여자도 일본어는 모르는 것 같고, 함 놀려봐? 늘 눈에 거슬리던 마스터 이태수! 나카무라 상은 결국 주둥이에서 나오는 대로 지껄였다.

「마스터! 취향이 참 독특하십니다. 어디서 저런 여자를⋯⋯.」

아니, 저 쪽발이가 지금 뭐라고 하는 거야?

아진은 앞에 앉아 있는 남자가 낮에 봤던 그 남자라는 것을 기억해냈다. 대낮에도 사람을 갖고 놀더니, 이것들이 지금 완전 사람을 무시하고 있네. 아진은 슬 기분이 나빠지기 시작했다.

태수는 나카무라 상의 말을 알아들을 리가 없었다.

"이 비서, 통역해봐."

하지만 이 비서는 벌써 무리 속에서 몰래 사라지고 없었다.

"이 비서님 배 아프다고 화장실 간 모양인데."

"통역할 사람이 없군."

"그럼, 제가 할게요. 저 정도는 할 수 있어요."

아진이 수줍은 듯 얼굴을 붉히며 말하자 태수는 고개를 끄덕였다.

"부탁해."

아진의 두 눈이 사악하게 번뜩였다.

"이런 말 제 입으로 하기 그렇지만, 저 쪽발이가 저더러 참 미인이라고 하네요. 마스터 사람 보는 눈이 대단하다고."

아진이 말을 내뱉는 순간 드래건 파 조직원들의 얼굴이 순식간에 똥 씹은 표정으로 변했다.

입을 삐뚤어져도 말은 똑바로 하랬다고, 어디 저 얼굴이 얼굴이냐.

행동대장은 정말 나카무라 상의 멱살을 잡고 흔들고 싶다는 생각이 머리끝까지 차올랐다.

"씹, 미인이 얼어 뒈졌나."

자신도 모르게 튀어나온 소리에 놀란 넘버원은 제 주먹으로 입을 틀어막았다. 태수의 차가운 눈길이 단박에 와서 꽂혔다.

"아진, 그럼 내 말 좀 전해줘. 나카무라 상, 사람 보는 눈이 대단하다고."

"네, 알겠어요."

어디, 일본 놈, 두고 보자. 감히 내 외모를 비웃었겠다! 나카무라 상은 아진을 향해 비릿한 미소를 보냈다.

쉬운 여자 아니에요

「당신, 여자 보는 눈이 형편없다는데요.」

아진의 말을 듣는 순간 야쿠자들의 표정이 순식간에 험악해졌다. 아진은 그러거나 말거나 나카무라 상을 똑바로 바라봤다. 어릴 때부터 못생겼다는 소릴 너무나 많이 듣고 자랐기 때문에 아진은 누군가가 외모에 대해서 안 좋은 쪽으로 한마디만 해도 흥분하는 경향이 있었다.

어릴 때 오빠와 언니는 유전자의 우성인자만 받고 태어나서 어딜 가나 칭송이 자자했었다. 하지만 평범하기 그지없는 자신은 어딜 가나 찬밥 신세였고, 급기야는 못생겼다는 소리까지 들었다.

아진의 종잡을 수 없는 성격은 예민한 사춘기 때부터 형성된 것이다.

「흐흠, 조금 전에 한 그 소리는 농담인데, 뭘 그렇게 정색을 하시는지. 아니라고 말해주시오.」

나카무라 상은 뭔가 일이 틀어질 것 같은 예감에 꼬랑지를 싹 내렸다. 하지만 아진은 의미심장한 미소를 지으며 그를 노려보다가 다시 태수를 바라봤다.

"일본에도 저 같은 미인은 찾아보기가 힘이 드는데, 마스터가 행운의 사나이라고 하네요."

"아니, 저 여자가 진짜. 당신, 똑바로 통역하는 거 맞아?"

말 같은 소릴 해야지. 다혈질 행동대장 넘버원이 결국에는 폭발하여 아진에게 따지듯 물었다. 제정신이 아닌 소릴 해대니 그럴 수밖에.

팍!

넘버원의 귓불때기 옆으로 잭나이프가 아슬아슬하게 스쳐 지나가고 벽의 액자에 박혀버렸다.

"헉!"

"계속 떠들 건가, 병팔이."

넘버원의 얼굴이 새하얗게 질려버렸다.

"충! 마스터."

옆에 있던 넘버투가 귓속말을 하며 넘버원을 나무랐다.

"형님, 제발 그 입 좀 닥치고 계세요. 진짜 오늘 분위기 좋은데, 계속 그럴 거요?"

"씨발, 그렇지만 이건 너무하잖아. 진짜."

넘버투는 아예 넘버원의 주둥이를 틀어막았다.

태수는 다시 나카무라 상과 대화를 이어갔다.

"용기 있는 자가 미인을 얻는다는 말이 있듯 내가 그렇다고 전해줘."

"네, 알겠어요."

아진은 다소곳하게 대답한 뒤 나카무라 상을 노려보며 말했다.

「칙쇼, 꺼져라. 저 칼에 꽂히기 전에.」

아진의 말을 듣고는 나카무라 상의 얼굴이 하얗게 질렸다. 태수에 대한 소문은 바다 건너 일본까지 퍼져 있었다. 실력뿐만 아니라 잔인하기로 소문이 자자한 그가 꺼지라고 했으니 빨리 사라져야 한다는 생각뿐이었다. 자칫 잘못하다간 살아서 일본으로 돌아가지 못할지도 모른다는 생각이 들었다.

「일단 마스터께서 기분이 안 좋으신 것 같으니 그럼 물러가겠다. 부디 노여움 푸시라고 전해라.」

"좋은 말씀 절대로 잊지 않겠다고 하네요. 그리고 바쁜 일이 생각나서 지금 가신답니다."

아진의 말이 끝나자마자 나카무라 상과 일행은 정중하게 인사를 한 뒤 재빨리 사무실을 빠져나가기 시작했다.

아진은 나카무라 상을 향해 한마디를 날렸다.

「네 면상은 누가 밟아놓은 것 같다고 전하라신다.」

「하하, 감사합니다. 마스터.」

나카무라 상은 억지 미소를 지으며 빠른 걸음으로 걸었다.

「저, 오야붕. 지금 바로 배편을 알아볼까요?」

「배든, 비행기든 빨리 알아봐. 아니면 우린 쥐도 새도 모르게 죽을지도 모른다. 젠장, 저 여자가 그렇게 대단할 줄이야. 일단 본국에 빨리 알려야 한다.」

「하이, 오야붕.」

부리나케 사라진 야쿠자를 보고 있던 행동대장들은 고개를 갸웃거렸다.

"야, 방금 저 여자가 칙쑈라고 하는 것 같던데. 넌 못 들었어?"

"칙쑈면 시발이란 뜻이잖아요. 다른 건 몰라도 욕은 좀 아는데. 혹시 다른 뜻이 있는 거 아녜요?"

"이 비서님 찾아서 물어보자."

"네, 아무래도 그래야겠네요."

행동대장 넘버원과 넘버투가 칙쑈에 대한 논의를 시작하며 이 비서를 찾았다.

"그럼, 이젠 집으로 갈까?"

태수는 아진의 어깨를 잡고 눈을 맞추었다.

"네."

아진은 속으로 안도의 한숨을 내쉬며 태수를 따랐고, 태수는 앞장서서 걸었다. 지금까지 화장실에 숨어 있던 이 비서는 그제야 살그머니 모습을 드러냈다.

"휴우, 살았다."

"이 비서님, 배 아픈 건 괜찮으세요?"

"아, 아직도 좀 그렇네요. 그런데 왜 다들 나와 계십니까. 나카무라 상은요?"

이 비서는 능청을 떨며 물어왔다.

"갔다, 일본어는 아진도 잘하더군."

"아, 그랬습니까. 이거 저 때문에 고생하셨습니다. 그 어려운 일본어를 잘하신다니."

"천만에요."

아진은 수줍은 미소를 지었다. 그 모습을 빤히 보던 태수는 아진의 손목을 단단히 잡고 빠른 걸음으로 그곳을 벗어났다.

이 비서는 둘의 뒷모습을 보며 고개를 저었다. 사실 톱스타급 연예인을 데려다 놔도 마스터의 반응은 영 시원찮았다. 그런데 어떻게 저런 여자한테 빠질 수 있었을까. 아무리 생각해도 마스터의 취향은 이해 불가였다.

그나저나 오늘 완전히 개망신당할 뻔했다. 헬퍼 때문에 살긴 살았는데, 일본어도 잘하는 걸 보니 역시 뭔가가 있었다. 역시, 자신의 감은 아직 죽지 않았다.

이번에 서로 주고받은 암호라든지 그런 게 있지 않을까. 나카무라 상이 여자에게 접근해서 이쪽 정보를 가지고 갔다는 생각이 들었다.

이 비서는 호주머니 안에 넣어놓은 신문지 조각을 무슨 보물이라도 되는 듯 조심스럽게 들여다봤다.

흠, 이걸 누구한테 해독해달라고 하지? 참 난감하군.

밤새도록 이 비서의 삽질은 멈추지 않았다.

디리릭. 찰칵.

어두컴컴한 야심한 밤에 둘이 집 안으로 들어섰다. 현관의 불이 꺼지기 전에 태수는 아진의 어깨를 붙잡고 벽 쪽으로 밀어붙였다. 태수의 눈은 이글이글 타오르고 있었다. 검고도 깊은 눈동자와 아진의 시선이 허공에서 불꽃을 일으켰다.

"아진, 이제 우리 솔직해질까……."

낮고 음산한 목소리. 아진의 귀에는 그렇게 들렸다.

협박이다, 분명. 그녀의 통역이 거짓말이라는 걸 눈치챈 걸까. 그의 새까만 눈이 예리하게 번뜩이고 있었다. 머릿속에서 순식간에 피가 다 빠져나가버린 것처럼 백지 상태가 되었다. 그녀를 바라보는 시선이 얼마나 매서운지 와들와들 떨려왔다.

현관의 불이 꺼지고 고요한 정적과 어둠만이 둘을 감싸고 있었다. 점점 뜨거워지는 태수의 숨결이 아진의 이마에 와 닿았다. 바짝 긴장한 아진의 다리에 힘이 풀린 탓에 그대로 바닥에 주저앉았다. 무릎을 끌며 어떻게든 버텨보기 위해 태수의 바지를 붙잡았다.

일단 매달리자. 그 길만이 살길이다.

"흑……."

아진은 태수의 다리를 끌어안았다.

"일어나, 뭐 하는 거지?"

아진의 얼굴이 아들내미에 닿자 태수는 금세 느껴버렸다. 순진한 아진이 태수를 얼마나 자극하고 있는지, 계속 파고들며 얼굴을 비벼대는 통에 태수는 껄껄 넘어가고 있었다.

"하아……. 아진. 그래, 맘 다 알았으니. 일어나."

그제야 얼굴을 떼고서는 그를 올려다봤다. 아진은 그가 그 문제에 대해서 더는 언급하지 않으리라는 것을 알아챘다.

반면 태수는 이토록 꺼리는 아진의 마음이 서운하긴 했지만, 그래도 아진의 순결을 아껴주고 싶은 마음도 컸기 때문에 이해할 수 있었다. 그래, 다음에 천천히 하자. 태수는 얕게 한숨을 내쉬며 머리카락을 쓸어 넘겼다.

아진을 일으켜 세운 뒤 자꾸만 매달리는 그녀를 안아 들었다. 그러자 그의 목에 팔을 감으며 얼굴을 비벼댔다. 태수는 아진을 소파에 내려놓은 뒤 아진의 얼굴을 쓰다듬고 흘러내린 머리카락을 귀 뒤로 쓸어 넘겼다.

"그런데 궁금한 게 있어요."

"음? 뭐가 궁금해?"

"저, 원래 남자의 거시기는 그렇게 딱딱하고 큰 거예요?"

"아진, 뭘 알고 묻는 거야? 그런 식으로 남자를 도발하다니."

태수는 기껏 잠재웠던 그를 다시 도발하는 아진을 원망스러운 눈길로 바라보았다.

"설마, 안에 뭘 넣으신 건 아니죠?"

"직접 보여줄까."

쌍꺼풀은 없었지만 작은 두 눈에 별처럼 빛나는 눈동자는 너무나도 맑고 깨끗해서 그 속으로 빠져들 것만 같았다. 앵두 같은 입술이 살짝 벌어져 있었다. 태수는 손가락으로 그 입술을 살그머니 만졌다. 젤리처럼 말랑거렸다.

"미, 미쳤어요? 뭘 보여준다고.

태수의 짙게 일렁이는 눈동자는 오롯이 그녀를 담고 있었다.

"그래, 미쳤나 보다. 최아진한테."

태수는 아진의 뺨을 쓰다듬으며 귓불을 매만졌다. 최대한 억제하고 있는 태수로서는 아진의 작은 도발에도 미칠 듯이 흔들렸다.

아진은 너무나도 강렬하게 쏘아대는 눈빛에 차츰 호흡이 빨라지고 어딘가 모르게 열이 나는 것처럼 온몸이 저릿했다.

이러면 안 되는데, 어서 빠져나가야 하는데 왜 이럴까.

이 남자를 설마 내가 좋아하는 건가? 아진은 흔들리는 눈동자로 그를 보며 고개를 저었다.

하지만 이 남자는 그가 하고자 하는 것을 착실히 해내듯 차분하게 움직였다. 손을 조심스럽게 뻗어 아진의 윗옷을 벗겼다.

아진은 자신의 감정에 놀란 나머지 그가 무슨 짓을 하는지조차 인지할 수가 없었다.

태수는 소리 나게 침을 삼키며 재빨리 브래지어 훅을 풀어버렸다. 그제야 정신이 번쩍 든 아진은 소릴 질렀다.

"어머! 지금 뭐 하는 거예요."

아진은 양팔로 가슴을 가리기 위해 애를 썼다.

하지만 이미 태수는 그녀의 가슴을 보고 말았다. 양손을 한 손 안에 가두고 위로 들어 올렸다.

"아진, 내 말 잘 들어. 난 네가 싫다면 안 할 거야. 그러니 싫으면 싫다고 말해."

"……뭘요?"

"너랑 잘 거야, 지금."

"……!"

"그리고 앞으로 다른 여자는 쳐다보지도 않을 거야. 너를 안는 이 순간부터는 오로지 최아진의 남자가 될 거야."

오로지 최아진의 남자가 될 거라고 말하는 태수. 아진은 가슴 떨리는 그의 고백에 숨을 삼켰다.

아, 어떡해. 진짠가 봐.

그녀에게 시선을 집중한 채 일렁이는 눈빛으로 바라보는 그는 더할 수 없이 진지했다. 아진은 그의 표정만으로도 심장이 벅차올 랐다. 사랑받고 있다는 느낌이 가슴 깊숙이 스며들었다.

나 정말 이래도 되는 걸까. 살면서 이토록 떨린 적이 있었을까.

뺨을 부드럽게 쓰다듬고 입술을 살짝 물었다 놓는 그는 지나치 게 달콤했다. 아진은 흔들리는 눈동자를 그를 바라보았다. 그의 손 이 살짝 내려와서 허리를 쓰다듬고 가슴 쪽으로 올라왔다. 닿을 듯

말 듯 스치는 손길에 입안이 바싹 말라왔다.

아, 어지러워.

뜨거운 손길이 닿는 곳마다 솜털이 올랐다. 마른 입술을 혀끝으로 살짝 적셨다. 그 순간 한층 짙어진 눈빛과 마주쳤다.

"못 참겠다. 도저히."

그리고 격렬한 입맞춤이 시작됐다. 아진은 심장이 터질 것만 같았다. 눈앞이 빙글빙글 돌면서 어지러웠다. 너무 흥분한 걸까, 왜 이러지? 아진은 눈앞의 시야가 새까맣게 물들어갔다. 오로지 입안을 탐하는 그 느낌만이 생생했다. 그리고 어느 순간 잠깐 정신을 잃었다. 한참 동안 그녀의 입술을 탐하던 그는 고개를 들었다.

"……아진! 정신 차려, 아진!"

태수는 아직 시작도 안 했는데, 키스만으로 기절해버린 아진을 망연자실하게 바라보았다. 이미 팬티를 뚫고 나올 것처럼 솟아오른 아들내미는 꿀물까지 흘리며 끄떡이고 있었다.

태수는 아진을 안아 들고 그의 침실로 향했다. 가만히 침대에 눕힌 뒤, 고른 숨을 내쉬며 잠이 든 아진을 내려다보았다. 많이 피곤했던 모양이다. 태수는 그를 도발하는 아진의 가슴에서 시선을 거두고 이불을 덮어주었다. 잠이 든 그녀를 어떻게 할 수 없는 노릇이었다.

태수는 그의 분신을 보고서는 한숨을 내쉰 뒤, 손을 내려 그나마 욕망을 달래주어야 했다.

"하아! 아…… 진……. 최아진……!"

너무 쉽게 끝나버렸다. 태수는 티슈로 그의 것을 닦아낸 뒤 허탈한 표정으로 털썩 아진의 곁에 누웠다. 갑자기 이 여자가 원망스럽다. 감당하지도 못할 거면서 자꾸 도발하는 여자. 몽롱한 시선을 아진에게 돌렸다.

순간 태수의 두 눈이 커다래졌다. 간신히 비명을 삼키며 돌처럼 굳어버렸다.

"두목님! 지금 뭐 하신 거예요?"

다 본 걸까, 언제 깬 걸까. 태수는 의식이 하얗게 변해버리는 기분을 느꼈다. 말없이 몸을 일으킨 뒤 정신없이 침실을 벗어났다.

쉬운 여자 아니에요

제8화.

오해한 거야?

태수는 정신 줄을 놓을 것만 같았다. 도저히 맨정신으로 아진을 볼 수 없었다. 방법이 없었다. 욕실로 뛰어 들어간 뒤, 차가운 물을 틀고 샤워기 아래에서 한참을 서 있었다. 온몸이 얼어붙을 만큼 그렇게 서 있다가 간신히 정신을 차리고 욕실을 나왔다. 하얀 바스가운을 걸친 채로 미니바로 향했다. 손에 잡히는 대로 아무 위스키나 집어 와서 잔에 가득 따랐다. 어떻게든 술 힘으로 버텨볼 생각이었다. 하지만 귓가에 맴도는 그 소리.

'두목님! 지금 뭐 하신 거예요?'

그 소리가 들려올 때면 정말 미친 듯이 어디론가 뛰쳐나가고 싶었다.

도저히 이런 자신을 용서할 수가 없었다. 어떻게 그런, 그렇게 창피한 모습을……. 그것도 좋아하는 여자 앞에서 보여줄 수가 있단 말인가.

"사람이 이래서 미치는 거야. 하아⋯⋯."

도저히 맨정신으로 살 수가 없었다.

속으로 고함을 질러대며 미친 듯이 발광을 해대고 있었다. 위스키 한 병이 거의 바닥을 보일 때쯤 태수는 슬슬 취기가 오르면서 객기에 발동이 걸렸다. 아시아의 용, 이태수의 광기가 시작되고 있었다. 그리고 뭔가를 결심한 듯 태수의 눈이 번뜩이더니 그의 긴 손이 비상벨로 향했다.

꾸욱.

탕! 철컥!

두두두두.

후다닥.

민첩하게 조직원들이 각자의 연장을 챙겨 들고 모여들기 시작했다. 제일 먼저 도착한 행동대장 넘버원은 태수의 무사함을 보고 안도의 한숨을 내쉬었다. 혹시나 야쿠자가 무슨 짓을 벌인 건 아닌지 섬뜩한 예감에 초긴장했다. 행동대장 넘버원의 뒤를 이어서 조직원들이 속속들이 모여들기 시작했다, 보통 이럴 경우 소집 해제 명령이 나야 함에도 불구하고 계속 비상벨은 울리고 있었다. 20명가량 모였을까. 맨 마지막으로 이 비서가 헐떡이며 들어왔다.

"마스터! 마스터! 혹시 헬퍼에게 당하신 겁니까!"

이 비서가 달려오며 외쳤다. 취한 와중에도 헬퍼란 소리에 귀가 번뜩 뜨인 태수는 이 비서를 죽일 듯이 노려봤다.

이 새끼가 어떻게 알고 있는 거지? 내가 망신당한 걸 그새 들었단 말인가! 태수의 눈빛을 못 본 이 비서는 행동대장들을 향해 소리쳤다.

"야, 당장 끌어내. 어서!"

이 비서는 헬퍼를 끌어내라고 난리를 쳐댔다. 조직원들은 민첩하게 집 안을 뒤지며 아진을 끌고 나왔다.

"아악! 뭐야! 도대체 왜 이러냐고!"

"쌍! 조용히 해!"

조직원이 아진의 머리를 잡아채고선 거실로 질질 끌고 나왔다. 아진은 태수가 벗겨 놓은 상태, 즉, 상의는 벌거벗은 채로 붙잡혀 나왔다. 순간 태수의 두 눈에 불이 났다. 만취 상태에서도 번개같이 달려가서 조직원의 면상을 걷어찼다.

퍽!

윽!

"감히!"

태수는 조직원의 재킷을 거칠게 벗겨낸 뒤 아진의 몸을 감쌌다. 놀란 아진은 눈물을 뚝뚝 흘리며 태수를 원망 어린 시선으로 바라보았다. 아진은 두 번이나 같은 꼴을 당하자 이제는 이판사판으로 덤벼들었다.

"조폭 두목이면 이래도 되는 거야! 도대체 왜 이러는 건데!"

"아니, 저년이 뒈지려고 돌았나!"

행동대장 넘버원이 회칼을 들고 아진 앞으로 달려왔다. 태수가 한 손을 들어 행동대장을 제지했다.

이 비서는 그 모습을 보며 이제 마스터가 직접 손을 보기로 한 모양이라며 기대에 찬 시선으로 주시했다.

아진은 태수를 노려보며 계속 씩씩댔다.

"야! 너 말해봐. 왜 애네들 부른 거야. 미쳤어? 내가 무슨 잘못을 했다고 매번 이런 꼴을 당하느냐고!"

"아니, 진짜 저년이 돌았나! 놔, 이젠 못 참아!"

넘버원이 아진을 향해 칼을 휘두르며 다가왔다.

"병팔이, 거기 서라."

"마스터! 도저히 못 참겠습니다. 아니, 저년이 뭐라고 그러십니까."

"잘 들어라. 앞으로 형수님으로 모셔라."

"헉!"

태수의 입이 떨어지는 순간 쩅하고 공기가 얼어버렸다.

"마스터!"

"거두어주십시오! 마스터!"

조직원들 모두가 무릎을 꿇으며 소리쳤다.

"거역하는 건가. 다들 잘 들어. 두 번 말하지 않겠다. 지금부터 최아진은 너희의 형수님이다, 알겠나? 이미 돌이킬 수 없게 되어버렸다. 모든 것을 봐버렸다. 그러니 그렇게 알고 명심하길 바란다."

태수의 얼굴은 진지함을 뛰어넘어 비장함까지 느껴졌다.

"도대체 무슨 약점을 잡히신 겁니까, 마스터."

넘버원은 안타까운 듯 소리쳤다.

"······나의 가장 수치스러운 것을 봐버렸다. 그러니 더 이상 묻지 마라."

마스터가 진 것이다. 결국, 저 여자의 승리로 끝났다. 대세에 따르는 것이 이런 조직에서 살아가는 자들의 습성이었다.

그래, 순리대로 살아가리라.

이 비서는 다짐하며 경건한 자세로 헬퍼에게 다가갔다.

"형수님, 인사 받으십시오."

넙죽 엎드려 절부터 올린다.

"충! 형수님! 이문식, 드래건 파의 브레인, 잘 부탁합니다."

그다음은 자동이다. 모든 조직원의 인사행렬이 이어졌다. 행동 대장 넘버원의 표정은 똥 씹은 얼굴 저리 가라 할 정도로 찌그러져 있었다. 아진은 그 와중에도 행동대장 넘버원을 유심히 봐 뒀다. 이년, 저년 해대는 저놈을 반드시 응징하리라 속으로 다짐에 다짐했다.

넘버원과 아진의 두 눈이 부딪치자 스파크가 튀었다.

인사가 끝나자 태수는 지시를 내렸다.

"이 사실은 내 지시가 있기 전까지는 조직 1급 기밀 사항으로 처리하도록 하고 이만 물러가라."

"충! 마스터!"

모두가 물러간 뒤 아진은 태수를 바라보며 야밤에 뭐 하는 짓인지 설명해보라는 듯 그를 쳐다봤다.

아진은 태수를 향해 손짓했다. 그러자 태수는 비틀비틀하면서도 아진 곁으로 다가왔다.

"지금 이 상황을 설명해보세요. 뭐 하는 짓이죠?"

쉬운 여자 아니에요

"말 그대로야. 이제 아진은 어디에도 못 가. 넌 내 여자야."

취한 와중에도 할 말은 또박또박 하는 그였다.

"누구 마음대로 당신 여자란 말이죠?"

"늦었어. 이미 내 것을 봐버렸고, 나도 아진의 가슴을 봐버렸어. 무슨 말이 더 필요해. 응?"

태수는 아진의 턱을 손으로 들어 올리며 눈을 맞추었다.

"하자, 최아진."

흠칫.

아진이 몸을 뒤로 물렸다. 그 바람에 상체를 가리고 있던 재킷이 벗겨졌다.

그의 시선이 가슴으로 향했다.

가만히 손을 뻗어 아진의 가슴을 쓰다듬으며 살짝 움켜쥐었다. 단단하게 솟은 유두가 손바닥을 간질였다.

태수의 눈빛이 흔들리더니 붉은빛으로 물들었다.

"무슨 맛일까, 여긴."

아진의 심장은 나비가 날갯짓하듯 팔랑거렸다. 이 남자와 하나가 되고 싶다는 강렬한 욕망이 솟구쳤다. 외로움에 젖은 눈동자가 그녀를 직시했다. 아진에게는 그것이 보였다. 이제는 그녀가 다가가야 할 차례였다.

아진은 그의 가운을 확 풀어젖혔다.

"헉!"

"가만히 있어요. 움직이지 마세요."

아진의 명령이 떨어지자 그는 꼼짝을 않고 있었다.

"내가 봤다는 게 이거 맞죠?"

아진은 태수의 두 눈에서 시선을 떼지 않고 손으로 아래를 가리켰다. 그러자 태수는 순순히 고개를 끄덕였다. 아진은 달콤한 미소를 흘리며 시선을 아래로 내렸다.

"어? 그런데 왜 이렇게 작아요?"

"윽!"

"원래 이런 거예요? 아닌데, 조금 전에는 분명 컸는데. 팔뚝만 했는데. 그거 어디 갔어요? 그 큰 거 내놔봐요."

"뭐어? 딸꾹! 푸하하하! 하! 하하!"

태수는 이 여자 때문에 정말 기가 막혀서 웃음밖에 나오지 않았다. 당당하게 가운을 열어젖히더니 한다는 소리 좀 들어봐라.

태수는 이글거리는 눈으로 그녀를 바라보며 낮게 속삭였다.

"네가 크게 만들어봐."

"어떻게 하면 되죠?"

태수는 아진의 손을 붙잡고 자신의 아들내미에 손을 갖다 댔다. 아진은 점점 손에서 부피를 늘려가는 그의 것을 신기한 듯 바라보며 그가 시키는 대로 손을 움직였다.

"이렇게, 이렇게…… 하아, 그래. 그렇게 계속하는 거야."

"몰라, 신기해."

아진은 그의 것을 만져대며 태수의 표정을 유심히 살폈다. 그녀의 손길에 흥분하고 야할 만큼 관능적인 표정을 짓는 그가 신기했다. 그녀도 서서히 흥분하기 시작했다. 아래가 촉촉이 젖어오며 아랫배가 찌릿한 것이 그가 만져줬으면 좋겠다는 생각이 들었다. 아

쉬운 여자 아니에요

진의 열기를 느낀 걸까. 그가 손을 뻗어 아진의 가슴을 움켜잡았다. 엄지와 검지로 유두를 비벼대다 손바닥으로 지그시 가슴을 눌러댔다.

"……삼키고 싶어. 입안에 넣고 빨고 싶다."

아진의 볼이 빨갛게 달아올랐다.

"이번엔 기절하지 마, 아진. 널 가질 거야."

애틋한 감정이 샘솟듯 솟아올랐다. 아진은 그의 것을 잡고 있던 손을 놓고 그를 끌어안았다. 그의 젖은 머릿결을 어루만지고 뺨을 쓰다듬으며 얼굴을 비벼댔다.

"나와 시작하게 되면 똑같이 위험해지게 된다. 그래도 괜찮겠어? 지금이 마지막 기회야. 대답해."

아진은 품에 파고들며 고개를 끄덕였다. 이 남자의 사랑을 받고 싶었다. 그리고 이 남자와 함께라면 지옥이라도 갈 수 있을 것 같았다. 지금까지 미운 오리 새끼였던 아진은 그로 인해 1마리 백조로 다시 태어나는 기분이었다.

"절대로 널 놓지 않을 거야. 죽을 때까지, 아니, 죽어서도."

절절한 마음이 고스란히 전해져왔다. 아진은 이제 아무것도 생각할 수 없었다.

"배신하면 용서 안 해."

아진은 고개를 끄덕였다.

"안아줘요, 이제."

아진은 그의 입술이 서서히 다가오자 눈을 감으며 입을 벌렸다. 그의 혀를 용기 내어 빨아 당기며 혀끝으로 옭아맸다.

"으음."

그의 굵은 음성이 귓가에 스며들었다. 사소한 것 하나하나가 다 흥분제가 되어 그녀를 자극했다.

등 뒤를 쓰다듬는 손길에 아진은 더욱 가슴을 밀착시키며 입술을 비벼댔다. 키스를 주고받으며 한참을 탐하던 그는 아진을 바닥에 눕혔다. 상체를 숙이며 다시 입속을 탐하고 헤집으며 짙은 키스를 퍼부었다. 그의 손은 그녀의 몸 구석구석을 탐험하듯 움직이기 시작했다. 닿는 곳마다 열꽃이 피어나고 불길이 일었다.

"으응, 아흑."

신음이 저절로 새어 나왔다. 그는 짓궂은 미소를 지으며 바라보다 다시 행위를 이어나갔다. 목선을 핥으며 내려오던 입술이 가슴을 핥았다. 기분 좋은 느낌에 아진은 더욱 가슴을 내밀었다. 태수는 적극적인 아진의 반응을 살피며 뾰족하게 솟은 유두를 입안으로 빨아들였다.

"아……."

힘차게 빨아 당기는 느낌은 발끝까지 짜릿하게 했다. 그의 뜨거운 입김과 타액으로 젖어든 가슴은 더욱 그의 손길과 입술을 원했다. 한참을 머물던 입술이 떨어져 나가자 아쉬운 감정마저 생겼다.

"천천히 먹기에는 내가 급해."

아진의 허벅지 위에 그의 딱딱한 분신이 비벼졌다. 그는 아진의 바지와 팬티를 한꺼번에 벗겨냈다. 아진은 움찔하며 부끄러움에 손을 내렸다.

"아름다워."

그는 아진의 손을 치워낸 뒤 다리를 활짝 벌렸다.

"아!"

"괜찮아, 아진. 다리에 힘을 빼."

그가 달래듯 부드럽게 말하자 아진은 그를 믿고 서서히 힘을 뺐다. 그는 가슴을 다시 입안에 삼키고 힘껏 빨아댔다. 아진은 반가운 듯 그의 머리를 끌어안으며 가슴을 내밀었다. 이로 잘근거려지는 유두와 손끝에서 비벼지는 유두는 모든 쾌락이 응집된 곳처럼 뜨겁게 반응했다.

"아!"

한참을 가슴에 머물러 있던 그의 얼굴이 어느새 다리 사이로 파고들었다. 놀란 아진은 상체를 일으키며 그의 머리를 밀어내려 했다.

하지만 그는 고개를 들어 아진을 향해 단호히 말했다.

"남김없이 먹을 거야."

뜨거운 입술은 그의 말처럼 속살을 머금었다. 부드럽고 단단한 혀가 꽃잎을 가르며 비벼대고 쓸어 올리자 정신을 차릴 수가 없었다. 끊임없이 파고들며 자극하는 그는 멈출 줄 모르며 집요했다.

아진은 미친 듯이 뛰어대는 맥박과 혈관들이 한곳에 몰려드는 느낌에 허벅지를 오므렸다. 하지만 그는 허벅지를 부드럽게 쓰다듬고 자잘한 키스를 내린 뒤 다시 파고들었다.

이젠 이곳에는 오로지 그와 그녀, 둘만 존재하는 지상의 낙원이 되었다. 음란한 소릴 내며 빨아대도 부끄러워할 필요가 없는 그런 곳이었다. 아진은 용기를 내어 그를 받아들이듯 다리를 활짝 벌렸다. 정신을 잃을 만큼 뜨겁고 아찔했지만 그가 주는 감각을 놓치기 싫었다.

"아흣!"

"야해, 미칠 것 같아."

그는 어느새 상체를 들고 그녀를 내려다보고 있었다. 그의 손은 흠뻑 젖은 곳에 닿았다. 손가락 하나를 깊은 곳에 넣으며 그녀의 표정을 살폈다. 이물질이 들어오는 느낌에 미간을 찌푸리자 그가 엄지로 클리토리스를 비벼댔다.

"느껴, 충분히."

낮게 가라앉은 쉰 듯한 목소리가 너무 섹시했다. 아진은 고개를 끄덕이며 그가 말한 대로 충분히 느끼려 했다. 그는 아진이 그를 받아들일 준비가 다 된 것을 확인한 뒤 서서히 몸을 겹쳐왔다. 차분한 행동과는 달리 그의 호흡은 거칠었다. 얼마나 인내를 하고 있었는지 알 수 있었다.

생살을 가르고 묵직한 것이 파고들었다.

"아아아!"

뜨거운 불기둥이 그녀의 몸을 가르고 있었다. 아진은 입술을 깨물며 신음을 삼켰다. 태수는 입술을 내려 가슴을 빨아 당기고 혀로 핥았다. 짜릿한 쾌감이 몰려들자 아진의 깊은 곳은 더 촉촉이 젖어들었다.

퍽!

그는 한 번의 허릿짓으로 완전히 파고들었다. 그리고 아진이 적응할 시간을 주듯 한참을 머물러 있었다. 조금은 고통에 익숙해진

쉬운 여자 아니에요

아진이 힘을 빼며 숨을 할딱이자 서서히 움직이기 시작했다.

"아프겠지만, 참아. 곧 느낄 수 있을 거야."

그는 머리를 숙여 입술을 빨아들이고 귀를 핥으며 끊임없이 애정을 퍼부었다.

그가 들락거릴 때마다 질척하고 야한 소리가 새어 나왔다. 아진은 서서히 불꽃이 타오르듯 연결된 부위에 열기가 느껴지고 이상 짜릿한 감각에 머리를 휘저었다.

"아훗, 이상해……."

"하아, 느껴."

그는 새까만 눈동자로 그녀를 내려다보며 힘껏 허리를 움직였다. 격렬한 몸짓이 박자를 잃고 이어지기 시작했다. 아진은 그의 어깨를 붙잡고 힘을 주었다. 더는 견디기 힘들었다. 가득 그녀를 메운 그가 거친 숨을 토해내며 격렬하게 움직였다.

"아아……."

새하얗게 눈앞이 부서지며 허공에 떠올랐다. 짜릿하다는 말로 설명할 수 없는 강렬한 쾌감에 아진은 저 높이 날아올랐다.

다음 날 아침, 평소보다 늦게 출근한 태수를 보며 차 실장이 다가왔다.

"사장님, 기분 좋으신 일 있으셨습니까. 얼굴이 좋아 보이십니다."

노련한 차 실장은 그의 표정 하나만 봐도 기분 상태를 가늠했고, 귀신같이 알아맞혔다.

"흐흠, 그래 보이나요?"

"네, 조만간 좋은 소식이 있으려나."

차 실장은 헤실헤실 웃으며 결재를 받은 뒤 방을 나갔다. 태수는 어젯밤의 일을 떠올리며 얼굴을 붉혔다. 사랑스러운 그녀를 새벽에 다시 안았다. 그의 침대에서 곤히 잠든 것을 보고 떨어지지 않는 발걸음으로 간신히 출근한 그였다.

태수는 자리에서 일어나 창가 쪽으로 걸음을 옮겼다. 주체할 수 없을 만큼 벅차오르는 감정에 호흡을 다스렸다. 이런 감정을 느낄 날이 오리라고는 생각지도 못했었다. 그런데 지금 그는 온통 아진에게 빠져 있었다. 그의 뇌는 아진으로 다시 재구성되는 기분이었다.

내 여자.

최아진.

가슴이 뻐근할 정도로 벅차올랐다. 오래전부터 구상해오던 것을 서서히 실행에 옮길 때가 되었다. 마음을 굳게 먹은 태수는 다시 한 번 더 목표를 세우고 그녀를 위해 도약하기로 했다.

그러기 위해선 지금 이럴 때가 아니었다. 태수는 마음을 다잡고 자리에 앉아 무서운 집중력으로 일을 해내기 시작했다.

아진은 뻐근한 아랫도리 때문에 뜨거운 욕조 안에서 한참 동안 있었다. 뭉쳐 있던 근육이 풀리며 통증이 옅어졌다. 어젯밤 그가 가르쳐준 방법이었다. 처음 관계를 한 뒤, 아진의 허벅지에 붉은 피가 흐르는 것을 본 그는 얼굴을 굳히며 그녀를 안아 들고 욕실로 향했다. 그리고 함께 욕조에 들어가서 한참을 안고 있었다. 새벽녘에 또 그에게 안긴 아진은 그가 출근하는 것을 보지도 못한 채 깊은 잠에 빠져 있었다. 눈을 뜨니 오전이 다 지나가고 있었다.

아진은 메이드복을 입고 본연의 일을 하며 오후를 보냈다. 그를 기다리는 시간은 지루하면서도 짜릿했다. 오늘도 그렇게 안아줄까 하는 기대감에 몸을 떨었다.

아진은 소파에서 어둑해지는 창밖을 본 뒤 깜빡 잠이 들었는데, 일어나보니 이미 밖은 짙은 어둠이 깔려 있었다. 고요한 집 안에는 아무도 없었다. 그는 아직 오질 않았다.

왜 그가 일찍 퇴근하리라 생각했던 걸까. 어쩌면 그는 누구에게나 다정한 남자일지도 모른다. 특히 잠자리에선.

생각이 거기까지 나아가자 가슴에 싸한 통증이 일었다. 누가 봐도 별 볼 일 없는 가정부, 그녀의 현실은 그 이상도 그 이하도 아니었다. 뭘 기대한 걸까.

어제 이후로 그녀는 180도 달라진 것 같은데, 그는 평소와 다를 바 없는 하루를 보내고 있었다.

소파에서 그를 기다릴 필요 없는데. 아진은 씁쓸한 미소를 지으며 자리에서 일어났다. 어두운 거실 복도의 전등을 켰다. 주홍빛의 불빛이 차분하게 가라앉았다. 아진은 주위를 둘러본 뒤 구석에 있는 그녀의 방 쪽으로 걸어갔다. 그녀가 있어야 할 곳은 저곳이지, 집 안 거실 한가운데가 아니었다.

하룻밤으로 너무 많은 착각을 한 것 같다는 생각에 민망했다.

미운 오리 새끼가 갑자기 백조의 꿈을 꾼 모양이다.

그녀의 방으로 들어간 아진은 불을 끄고 침대에 몸을 묻었다.

태수는 건설회사에서 일을 마친 뒤, 사업장을 둘러보며 문제 있는 곳을 파악하고 앞으로 정리할 순서를 세우느라 다른 날보다 늦게 집으로 돌아왔다. 집에 들어서니 거실 복도 등만 켜져 있고 사방이 고요했다.

……아진!

어디 간 걸까, 설마. 아니야, 자고 있을 거야. 내가 너무 늦게 왔잖아.

태수는 빠른 걸음으로 그녀의 방 쪽으로 향했다.

문을 열고 안으로 들어가자 그녀는 침대에서 곤히 자고 있었다. 그 모습에 안도의 한숨을 내쉰 태수는 가슴을 쓸어내렸다.

침대맡에 다가가서 그녀를 내려다보았다. 피곤했던 걸까. 하긴 어제 너무 무리했었지.

태수는 아진의 뺨을 쓰다듬고 가만히 입술을 눌렀다.

잘 자, 내 사랑.

태수는 조용히 문을 닫고 방을 나왔다. 그는 이제 지켜야 할 여자가 생겼으니 좀 더 안전한 생활을 할 수 있도록 조직생활을 서서히 정리할 계획이었다. 그의 밑에 딸린 식구들을 정상적인 직장인으로 만들고 안정적인 생활이 될 수 있도록 하려면 사실 어디서부터 손을 대야 할지 모를 만큼 일은 방대했다.

하지만 그는 한번 목표한 것은 반드시 해냈다. 마음을 굳힌 이상 최대한 빨리해낼 생각이었다. 서재로 들어간 태수는 회사에서 못다 한 일을 하기 시작했다.

태수는 다음 날 아침에도 자고 있는 아진을 놔둔 채로 새벽같이 출근을 했다. 그로서는 마음이 다급했다. 건설회사의 급한 서류를 결재한 뒤 드래건 파 사무실로 간 태수의 상태는 많이 초췌했다. 다크서클이 턱 밑까지 내려와 있었다. 그 모습을 의미심장한 미소를 지으며 바라보던 이 비서는 결국 입을 가만히 있지 못하고 한마디 뱉어냈다.

"마스터, 흐흠! 요즘 너무 무리하시는 거 아닙니까. 형수님이 생각보다 화끈하신가 봅니다."

태수는 이 비서를 향해 기가 막힌다는 표정으로 쳐다봤다. 어디까지 가나 지켜보자는 마음으로 이 비서를 그냥 내버려뒀다.

"마스터! 제가 잘 아는 한약방이 있는데, 거기서 지어주는 약이 끝내줍니다. 아마 형수님이 다음 날 못 일어날 겁니다. 아무래도 기력이 달리시는 것 같은데 그 약만 먹으면 끝내주게 팍팍! 홍콩으로 팍팍!"

팍!

이 비서의 머리 옆에 잭나이프가 박혔다.

"다들 나가. 부르면 들어와."

"아, 알겠습니다."

놀란 이 비서는 사색이 된 얼굴로 행동대장들을 이끌고 사무실을 나왔다.

"휴우, 봤지. 마스터 실력이 그대로야. 여전하네."

이 비서는 무안함을 모면하려 엉뚱한 말을 하자 그의 곁으로 조용히 행동대장 넘버원이 다가왔다.

"저, 이 비서님, 그 팍팍! 좋은 약, 파는 곳이 어딥니까."

이 비서는 그를 놀리나 싶어서 행동대장을 가만히 노려봤다.

"요즘 팍팍! 이게 영 시원찮아서 말이죠!"

이 비서의 째려봄은 계속 이어졌다. 눈치 없는 행동대장은 여전히 팍팍 타령을 해댔다.

"행동대장들을 모아, 긴밀히 의논할 게 있어."

이 비서가 넘버원에게 말하자 행동대장은 재빨리 연락을 취했다. 작은 회의실에는 10명가량의 조직원이 모였다. 이 비서는 조용히 행동대장을 모아 회의를 했다. 마스터가 혼자 있겠다고 한 틈을 타서 뭔가 도움이 될 만한 것을 생각해낸 이 비서는 그의 재킷 주머니 속에 들어 있던 암호문을 꺼내 들었다. 어떻게든 마스터의 힘을 빌리지 않고 이 암호문을 해독하고 싶었던 것이다. 이 비서는 행동대장에게 의미심장한 미소를 보내며 한 장씩 나눠줬다. 이 비서는 전국을 뒤져서라도 스도쿠 암호를 해독할 사람을 찾아내라는 엄명을 내렸고, 행동대장들은 신문지 조각의 복사본을 움켜쥐며 각오를 다졌다.

"자, 모든 실마리는 여기에 있으니 다들 최선을 다하도록."

"이 비서님, 저희만 믿으십시오. 야, 가자!"

아진은 그날 이후로 코빼기도 볼 수 없는 태수 때문에 속이 타들어갔다. 행여나 오늘은 일찍 오겠지란 생각에 꽃단장하고 기다렸지만, 그는 여전히 밤 10시가 넘어가도록 나타나질 않았다. 그녀는 식탁에 앉아서 맥주를 벌컥벌컥 들이켰다.

그래, 내가 하는 일이 다 그렇지. 어쩐지 너무 쉽게 다가온다 했어.

아진은 뭘 하나라도 제대로 해내는 법이 없었다. 이날 이때까지 남자와 제대로 데이트 한번 못 해봤고, 집에서도 구박덩어리였다. 이 남자는 뭔가 다를 줄 알았더니 역시나 그랬다. 온갖 감언이설로 녹여내며 잠을 자고 나서는 언제 그랬냐는 듯 이토록 냉정했다. 아진은 울컥 올라오는 눈물을 참아내며 이를 악물었다.

그래, 남자가 어디 너 하나뿐이야? 좋다 이거야. 흑, 나쁜 놈.

맥주 캔을 우그러뜨린 뒤 다시 캔을 따서 들이켰다. 식탁 위엔 빈 캔 수가 늘어나고 있었다. 아진은 술과 원수가 진 사람처럼 들이켰다.

한번 아프고 말자. 오늘만 이렇게 마시고 싹 잊는 거야.

조폭 하면 의리, 의리 하면 조폭이라더니 다 헛말이었다.

밤 12시가 넘은 시각에 현관문이 열렸다. 그리고 그가 발소리를 죽이며 다가왔다. 식탁 위에 늘어선 맥주 캔과 아진의 취한 모습을 보더니 인상을 굳혔다. 그 모습에 아진이 콧방귀를 뀌며 비웃었다.

"쳇, 왜요? 마시면 안 돼요?"

그가 재킷을 벗어 식탁 의자에 걸친 뒤 의자를 빼서 마주 앉았다.

"무슨 일이지? 혼자서 다 마신 건가?"

날카로운 눈빛으로 주위를 훑어보는 그의 눈빛은 매서웠다.

"그럼 혼자 마시지, 누구랑 마셔요?"

아진이 혀를 꼬며 대꾸하자 태수는 속이 타는 듯 넥타이를 잡아 빼며 셔츠 단추를 풀었다.

"자, 말해봐. 왜 이렇게 마셨는지."

"좋다고 했잖아요. 이렇게 사람 비참하게 만들 거면 왜 그런 말을 했어요?"

아진은 눈물을 글썽이며 소리쳤다. 태수는 아진의 말이 무슨 뜻인지를 생각해보는 듯 가만히 바라보더니 얕은 한숨을 내쉬며 머리카락을 쓸어 넘겼다.

"아진아, 오해했니?"

"오해? 무슨 오해요? 사실이잖아, 이 조폭 두목아. 나쁜 놈아."

"아니야, 그런 게. 일이 많아서 그랬어. 최대한 빨리 해결해야 할 일이라서."

"누가 믿을 줄 알고? 저녁마다 술이나 마시면서 돌아다니느라 그런 거지."

태수는 안타까운 눈빛으로 아진을 바라보았다. 제 마음을 어떻게 설명해야 할지 난감했다. 하루에도 몇 번씩 집으로 달려오고 싶은 마음을 누르며 얼마나 참았는데. 그의 속도 모르고 저런 소릴 하다니.

하긴 말하지 않는 다음에야 누가 알겠는가.

"하아, 미안해요. 다 제 잘못이에요. 제가 주제 파악이 안 되는

쉬운
여자 아니에요

거죠. 여자, 남자가 눈 맞으면 잘 수도 있는 거지, 뭐 그게 대단한 거라고 이렇게 호들갑을 떠는지. 이러는 내가 한심하네요. 쉬세요, 저도 이만 들어갈게요."

아진은 그냥 일어나서 제 방으로 들어가버렸다. 태수는 풀죽은 아진의 모습에 가슴 한구석이 찡해오면서 아렸다.

"젠장! 전화라도 해줄걸."

그는 아진보다도 저 자신을 믿을 수가 없어 전화도 하지 않았었다. 목소릴 듣게 되면 자제력이 무너질까 두려웠다. 그도 너무 보고 싶었으니까.

태수는 조용히 아진의 방으로 다가갔다. 다행히 문은 잠그지 않았는지 손을 갖다 대자 문이 스르르 열렸다. 아진은 침대에 엎드려 있었다. 울고 있는 것인지 어깨를 가끔 들썩였다. 산발한 머리카락이 어깨 위로 뒤엉켜 있고, 짧은 스커트는 엉덩이를 겨우 가리고 있었다.

태수는 침대에 엉덩이를 걸치고 앉아서 아진의 머리카락을 가지런히 손으로 쓰다듬었다. 이런 식으로 투정하는 것도 모두 그를 좋아한다는 표현이었다. 그렇게 생각하자 마음이 떨려왔다. 혼자 좋아하는 게 아니라서 다행이란 생각이 들면서도 생각보다 빨리 진행되지 않는 일에 속이 탔다. 한참을 쓰다듬으며 그녀가 진정되기를 기다렸다. 얼마 있지 않아 간헐적으로 떨리던 어깨가 진정되는 것이 느껴졌다.

"아진, 일어나 봐. 정말 미안하다. 내가 무심했어. 일어나봐, 어서."

태수는 조심스럽게 아진의 어깨를 잡고 몸을 돌렸다.

푸우! 쌕쌕.

태수는 멍했다.

"하! 최아진! 정말……! 하하!"

고롱고롱 잠이 들어버린 아진은 그가 하는 말을 제대로 듣지도 못하고 별나라로 가 있었다.

채 마르지 않은 눈물을 닦아준 뒤 그 얼굴을 마냥 사랑스러운 듯 바라보다 옆에 나란히 누웠다. 그녀의 고개를 들어 팔베개하자 가슴에 폭 안겨왔다. 자꾸 파고들며 그의 심장을 간질이고 있었다.

"최아진, 나 푹 빠졌는가 보다. 도저히 못 헤어 나오겠다."

아침에 일어나 보니 두목은 벌써 나가고 없었다. 어제 술을 먹고 그랬으면 적어도 아침에 깨워서 인사는 하고 가야지 그냥 가버렸다. 아진은 울컥 감정이 치밀었다. 두고 봐. 아진은 행여나 그가 사무실에 여자를 두고 있진 않은지 살펴보기로 하고 그가 일하는 곳으로 몰래 가볼 생각이었다.

아진은 일단 태수가 어디 있는지 파악해야 했기에 이 비서에게 문자를 넣었다. 문자를 보낸 지 1분도 되지 않아 답장이 왔다. 오늘 오후 2시경에 조폭 사무실로 그가 온다고 했단다. 아진은 이왕이면 그곳에 가보기로 하고 천천히 나갈 채비를 했다.

조폭들이 우글거리는 곳에 가면서 멋을 내고 갈 필요는 없겠단 생각에 그냥 편안하게 파란색 추리닝을 입기로 했다. 추리닝을 입을 때는 헤어스타일이 중요했다. 추리닝을 입고 머리를 묶는 짓은

쉬운
여자 아니에요

절대로 하면 안 된다. 얼굴을 살짝 가려줘야 나름의 운치가 있다. 가운데 가르마를 타서 얼굴을 조금만 드러내기로 했다.

제법 어울렸다. 머리띠를 하는 것보다는 자연스럽게 흘러내리도록 하는 것이 나을 것 같아 그대로 뒀다. 마스터의 슬리퍼인지 마음에 드는 무늬의 슬리퍼가 눈에 띄었다. 일명 삼디다스. 날름 그 신을 신고서 외출 준비를 마쳤다. 혹시나 몰라 태수 방에 굴러다니던 그의 명함 하나를 챙겨 들었다.

아파트 앞을 나가자 경비아저씨가 고개를 갸웃거리며 쳐다본다. 너무 예쁘니까 몰라보는 거다. 샤방한 웃음을 보여주며 경비실을 지났다.

경비실 아저씨는 아진의 야리는 듯한 미소를 보고 얼른 시선을 돌렸다.

요즘 젊은 놈들 잘못 건드리면 큰 망신을 당한다. 경비아저씨는 일단 살고 보자는 의미에서 황급히 시선을 돌렸다.

휴우, 눈빛이 젠장. 오금이 다 저리네. 요즘 부쩍 이상한 인간들이 많이 다닌단 말이야. 경비원은 혼자서 투덜거렸다.

아진은 명함에 적혀 있는 주소를 보고 지하철을 탔다. 다행히 명함에는 사무실 근처 지하철역과 약도가 나와 있었다.

지하철에서도 사람들이 자꾸 힐끔거리며 쳐다봤다.

참, 다들 보는 눈은 있어서. 제대로 챙겨 입고 나왔으면 어쩔 뻔했어, 정말.

도도하게 고개를 들고 한곳을 주시하며 서 있었다.

지하철 역사를 빠져나온 뒤 약도를 보니 바로 앞에 보이는 빌딩이 두목이 있는 곳이었다.

D. G.(드래건)빌딩. 이름도 그럴듯하다. 아진은 명함을 손에 들고 빌딩 안으로 들어섰다. 검정 양복을 입고 있는 남자가 무전기를 들고 있었다. 무표정한 얼굴로 아진에게 물었다.

"어떻게 오셨습니까."

"아, 두목 찾아왔는데요. 저, 여기 이 사람요."

아진은 검은 양복에게 명함을 내밀었다. 그가 건네받은 명함은 금장으로 만들어진 것으로 보통 마스터의 A급 고객들에게 나눠주는 것이다. 그런데 딱 보기에도 백수 같은 놈이 들고 있는 걸 봐서는 어디서 훔친 게 분명했다. 성별을 판독하기가 불가능하게 생긴 물건은 분위기가 수상했고, 뭔가 위험해 보였다.

"잠시만 기다리십시오."

"네."

아진은 아무 생각 없이 빌딩 여기저기를 둘러보았다. 그런 아진에게 경계의 시선을 풀지 않은 검정 양복은 재빨리 행동대장 넘버원에게 긴급 호출을 넣었다.

"수상한 놈이 마스터 골드명함을 들고 있습니다. 어떻게 처리할까요."

-일단 기다려. 내려갈 테니.

"알겠습니다."

무전을 받은 행동대장 넘버원은 별거 아니라는 반응을 보였다.

쉬운 여자 아니에요

"뭡니까, 형님."

"몰라, 어떤 놈이 마스터 골드명함을 들고 왔다."

"그럼 제가 가볼까요."

"그럴래? 그럼 가서 적당히 손봐주고 보내."

"알겠습니다."

서열이 한참 낮은 조직원이 나섰다. 서열 50위 아래로는 아진의 얼굴을 전혀 몰랐다. 1층으로 내려온 행동대원은 경비를 서는 조직원에게 다가갔다.

"뭐야?"

"저기 좀 보십시오, 영 수상합니다. 그리고 이걸 들고 왔더라고 요."

행동대원은 인상을 찌푸리며 명함을 살펴보더니 매우 불량한 자세로 아진을 불렀다.

"어이, 형씨. 이리 좀 와보쇼."

"저요?"

"씹! 거기 말고 여기 또 다른 형씨 있어?"

"왔는데요. 이제 들어가면 되나요?"

"어허, 어딜 들어가려고. 참나, 거지 같은 새끼가. 너, 이거 어디 서 훔쳤어?"

"훔치다뇨?"

"너 같은 게 이런 걸 마스터한테 받았을 리도 없고. 솔직히 불어 라."

"그냥 집에 있는 거 가지고 왔는데."

"너 오늘 운 좋은 줄 알아라. 내가 왔으니 망정이지, 우리 넘버 원 형님께서 왔으면 넌 뒈졌다. 아가, 좋은 말로 할 때 꺼져라."

아진은 넘버원 소리가 들리자 귀가 번쩍 뜨였다.

"그럼 행동대장 넘버원 좀 불러주세요."

"참나, 어디서 까불고 있어. 꺼져라. 좋은 말 할 때."

행동대원은 아진의 머리를 쿡쿡 쥐어박으며 소리쳤다.

그의 태도에 아진은 화가 머리끝까지 뻗쳤다. 사람 말을 듣질 않는다. 아진은 지하철역 앞에서 팔던 모형 권총 라이터를 꺼냈다. 라이터는 M586 매그넘 총이랑 디자인이 똑같았다. 화가 난 아진은 집에 돌아가기 위해 이걸 태수에게 전해달라는 말을 하려던 순간, 갑자기 몸을 물리며 소릴 지르는 남자를 보며 고개를 갸웃거렸다.

"헉! 너 이 새끼, 타이거 파에서 왔지. 어쩐지 수상하다고 했어, 씨발."

조직원들은 사색이 되어 몸을 뒤로 물렸다. 아진은 저것들이 제 정신이 아니란 생각에 손에 쥐고 있던 라이터를 손가락에 끼워 뱅 뱅 돌리면서 다가갔다.

"저, 저리 가. 총 치워."

진짜 총인 줄 아는 모양이었다. 아진은 피식 웃으며 장난이나 쳐볼까 하는 생각으로 말했다.

"손들어라, 좋은 말 할 때. 아니면 네 대갈통에 구멍 난다."

"씨발, 어서 형님께 연락 넣어."

"꼼짝 마. 너도 움직이면 쏜다. 둘 다 저리로 가. 무릎 꿇고 앉아,

어서! 죽고 싶어!"

아진은 날카롭게 소리치자 놈들은 아진이 시키는 대로 했다.

"너, 내 머리 쳤냐? 쳤어? 안 그래도 대가리 나빠서 지금 가뜩이나 열 받아 있는데, 내 머리를 쳤어?"

아진은 누가 머리를 치면 제일 싫어했다. 워낙 잘난 집안사람들 때문에 돌대가리란 소릴 많이 듣고 자라다 보니 특히 머리를 치는 것에 민감했다. 아진의 눈빛이 그 어느 때보다 날카롭게 빛났다.

조직원들이 보기에 아진의 몸놀림은 민첩했다. 언제 총을 꺼내 들었는지도 모를 만큼 재빨랐다. 그리고 교묘하게 정체를 숨기고 어수룩한 복장으로 나타난 것을 보니 프로 중의 프로였다.

최근 타이거 파에 새로 영입한 야쿠자 총잡이가 있다고 하더니, 혹시? 조직원은 벌벌 떨면서 목숨만 부지할 수 있길 빌고 빌었다. 총도 M586 매그넘이다. 전문가들이 사용하는 총이었다. 한 방 맞으면 그대로 간다. 젠장, 병팔이 형님이 내려간다고 할 때 그냥 놔둘 걸 괜히 나섰다. 이래저래 눈치를 보며 기회를 노리던 행동대원은 아진의 휴대폰 소리에 귀를 쫑긋 세웠다.

"네, 두목. 알았어요. 들어가서 봅시다."

아진은 태수의 전화를 받자 기분이 저조해졌다. 이렇게 찾아왔더니 집이란다.

하, 되는 일이 없어.

아진이 인상을 그리며 조직원을 노려봤다.

"오늘 운 좋은 줄 알아. 두목 호출이 없었으면 다 죽었어. 알아?

내가 나갈 때까지 꼼짝 말고 있어. 1부터 100까지 세고 있어."

아진은 몸을 돌려 밖으로 향했다. 호시탐탐 기회를 노리던 행동대원이 뒷모습을 보이는 아진을 향해 발소리를 죽이며 달려갔다. 아진의 뒤통수를 발로 차서 제압하려던 그는 높이 도약하며 발을 쭉 뻗었다. 마침 그때 아진은 바닥에 떨어져 있는 500원짜리 동전을 발견하고 잽싸게 허리를 숙였다.

쉬이익!

헉!

아진은 동전을 줍고선 앉은 채로 뒤를 노려봤다. 머리 위로 훅 하고 바람이 지나갔다. 놈 중 1명이 달려와서 공격한 것이다. 다행히 동전을 줍는 바람에 피할 수 있었다. 놀란 아진은 그대로 엉덩방아를 쿵 찧으며 뒤로 넘어졌다. 헛발질한 그는 정신을 차릴 새도 없이 아진의 뒤통수 공격에 무릎을 가격당하며 강한 충격을 받고 넘어졌다.

아진은 뒤로 넘어진 그 반동으로 얼른 몸을 일으켜 세우고 자빠져 있는 놈에게 다가갔다.

"야, 죽고 싶냐. 오늘 조용히 끝내려고 했는데 안 되겠네."

사색이 된 남자는 일어날 생각도 못 하고 넘어진 채로 바들바들 떨고 있었다.

"일단 너, 두고 보자. 오늘은 바빠서 그냥 간다. 특히 밤길 조심해라."

총으로 얼굴을 툭툭 쳐대면서 마지막 말을 뱉고 건물을 나섰다.

조직원 2명은 넋이 나간 채로 목숨을 부지한 것만으로도 다행이라 여겼다.

　이 비서는 조직원에게 보고를 받고 이 상황에 대해서 CCTV를 돌려 보면서 아진의 공격 기술을 분석하고 있었다. 기습 공격을 느낌만으로 알아채고 자연스럽게 허리를 숙인 뒤 바닥을 손으로 짚고 그 반동으로 몸을 뒤로 굴려 자빠뜨리는 기술은 상당히 고난도 기술이었다. 절대로 아무나 할 수 없는 기술이었다. 철저히 계산된 움직임과 적절한 타이밍, 역시 프로였다. 반동으로 몸을 일으키는 것도 예술이었다. 공격의 흐름을 끊지 않고 계속 연결해서 타격을 주는 것은 수많은 실전 경험이 있어야지만 가능한 것이었다. 이 비서의 표정이 굳어졌다.

　"행동대장 넘버원, 어때, 보니까."

　"네, 말씀대로 보통이 넘는데요. 감히 저도 장담할 수 없을 정도네요. 젠장, 무슨 여자가 저렇게 싸움을 잘하는 거야? 완전 살인 병기네."

　"제가 보기에도 역시 상당합니다. 우리 조직은 마스터 이외엔 상대가 없을 것 같습니다. 더군다나 저 총을 능수능란하게 다루는 것 좀 보십시오."

　"역시 저와 생각이 같군요. 어쩌면 마스터를 능가할지도……."

　이 비서는 초췌한 마스터의 얼굴을 떠올렸다. 역시 그랬다.

　"아직 제가 말씀드리기 전까지 절대로 마스터께 이 장면을 보여 드려선 안 됩니다, 아시겠습니까."

　"네, 명심하겠습니다."

"그만 나가보세요."

이 비서는 잘생긴 얼굴의 미간을 잔뜩 찌푸리며 짙은 한숨을 내쉬었다. 정말 심각했다. 조직의 뿌리가 흔들릴지도 모를 일이었다. 이 명석한 두뇌에서 대책을 생각해내야 한다. 조직의 브레인으로서 사명감에 불타올랐다.

제9화.
오리, 백조 되다

　태수는 아진을 위해 다른 날보다 일찍 집에 들어왔다. 지금 그가 바쁘게 움직이는 것은 전부 그녀를 위해 하고 있는 일인데, 오히려 그것이 그녀를 괴롭히거나 슬프게 만드는 일이 되어서는 안 된다는 생각이 들었다. 미처 그 생각을 하지 못했던 태수는 차 실장님의 말을 듣고 깨달은 바가 있었다.

　상대방이 말을 하지 않으면 그 사람의 속마음을 알아낼 방법이 없다는 것이었다. 입이 있으니 충분히 설명하고 이해를 시키는 것이 진정 상대방을 위한 배려라고 했었다. 지금까지 혼자 묵묵히 결정하고 해결했던 그로서는 충격적인 말이었다.

　태수는 사실 그 누구보다 그녀가 그리웠다. 포근하게 품에 안기어 자던 그녀를 떼어놓기가 그토록 힘들 줄 어찌 알았겠는가. 요철이 딱 들어맞듯 그의 몸과 하나가 되는 기분이었다. 소파에 앉아서 그녀가 오기를 기다렸다. 누군가를 이토록 기다려본 적이 있었던 가.

태수는 그녀와 모든 것을 새롭게 경험하며 하나씩 새롭게 태어나는 기분이었다. 오후 햇살 아래 태수는 느른한 미소를 짓고서 스르르 잠이 들었다. 그의 무릎 위에 읽다가 만 책이 놓여 있었다. 미풍에 책장 넘어가는 소리가 간간이 들려오는 평화로운 오후였다.

아진은 서둘러 집으로 돌아왔다. 태수와 하지 못했던 이야기를 끝내고 싶다는 생각에 문을 열고 들어와 보니 그는 소파에 누워 곤히 잠들어 있었다. 창가에 스며든 햇살과 간간이 부는 바람 아래 누워 있는 그는 어느 화가의 그림처럼 아름다웠다.

짙은 눈썹과 잘생긴 콧날, 남자답게 생긴 입술. 가만히 보니 뉘 집 자식인지 참 잘생겼다. 아진은 순한 아기처럼 잠이 든 그를 보자 서운한 감정이 모두 녹아내렸다. 곤하게 자는 모습에 그녀의 팔을 빌려주고 싶다는 생각이 들 만큼 안쓰러웠다. 아진은 그를 향해 미소를 보내며 가만히 들여다보았다. 저절로 입가에 미소가 피어올랐다.

아진은 그의 살짝 벌어진 입술에 입술을 내렸다. 부드럽고 폭신한 느낌의 입술이 닿았다.

그래, 이 남자가 주었던 그 느낌을 잊지 말자. 의심하지도 말자.

아진은 이 남자로 인해 새롭게 다시 태어나는 기분을 만끽했었다. 그 누구도 그녀에게 주지 못했던 충만감과 자존감을 느끼도록 해주었다. 경이로운 그 느낌을 떠올리며 다시 입술을 내렸다.

"으음."

잠이 깬 그가 짧은 신음을 내며 아진을 끌어당겼다.

"언제 온 거야?"

낮게 가라앉은 목소리는 꽉 잠겨 있었다.

"방금요."

"그리고 지금 나 유혹하는 거야?"

"네."

"좋아, 제대로 유혹해봐. 미칠 것 같으니까."

어느새 뜨거운 눈길로 그녀를 바라보는 그를 보며 아진은 숨을 삼켰다. 가슴이 충만해지며 사랑이 가득 차올랐다.

그런 감정은 태수도 마찬가지였다. 잔뜩 부푼 입술과 헝클어진 머리, 태수는 아진의 모습을 바라보는 것만으로도 가슴이 터질 것 같았다. 이 작고 엉뚱한 아가씨는 어디서 온 걸까. 자신의 가슴에 깊숙이 자리 잡은 이 여자가 너무나도 사랑스러웠다.

태수는 아진을 붙잡고 소파에 눕혔다. 그의 몸에 깔려 올려다보는 그녀는 떨리는 숨결을 참으며 그의 손에 온전히 모든 걸 맡기고 있었다. 살구빛 입술을 살짝 핥고 빨아 당겼다. 그녀의 촉촉한 입술이 달콤했다. 태수의 깊고 짙은 눈동자가 크게 일렁였다.

"아진아……."

그녀의 검은 눈동자에 고스란히 그의 모습이 담겨 있었다. 파르르 떨리는 긴 속눈썹이 그의 심장을 간질이듯 부드럽게 팔랑였다. 오롯이 그를 바라보는 눈동자에 넋을 빼앗기고 말았다. 태수는 짙은 열망에 몸서리쳤다. 안고 싶다, 어서 품고 싶다. 내부가 뜨겁게

쉬운 여자 아니에요

타올랐다.

태수는 나긋하게 감기는 그녀의 몸을 품에 안으며 목덜미에 얼굴을 묻었다. 티셔츠를 밀어 올리고 손을 집어넣어 매끄러운 몸을 쓰다듬었다. 태수는 그녀의 목덜미를 핥고 빨아 당기다가, 이내 가슴을 움켜쥐었다. 아진은 그의 머리카락 속으로 손가락을 파묻었다.

어느새 벗겨진 가운은 거실에 떨어졌다. 아진의 티셔츠와 바지는 그의 손에 의해 하나씩 벗겨졌다. 태수의 손은 아진의 은밀한 수풀을 가르고 깊숙이 파고들었다. 다시 겹쳐진 입술 사이로 태수의 신음이 새어 나왔다. 단단하게 긴장한 채 꿈틀거리는 태수의 분신은 이미 들어갈 준비를 마친 상태였다. 태수는 아진의 한쪽 다리를 들어 올리며 깊숙이 몸을 묻었다.

"하아…… 으응."

그를 힘겹게 받아들이는 아진에게서 신음이 흘러나왔다. 태수는 그 숨결마저 다 삼켜버리겠다는 듯 입술을 겹치며 모든 것을 삼켜버렸다.

그에게 오롯이 맡긴 채 힘겹게 따라오는 아진을 보며 태수는 참을 수 없는 격정을 느꼈다.

더, 더, 더 깊이 들어가고 싶다는 욕망이 끊임없이 그를 자극했다.

태수의 움직임이 시작되고 아진의 가쁜 호흡이 새어 나왔다. 서로 맞물린 곳의 열기가 서서히 피어오르고 움직임이 점차 빨라졌다. 태수의 새까만 눈동자는 아진의 얼굴을 삼켜버릴 듯 집요하게 더듬고 있었다.

손을 뻗어 아진의 가슴을 어루만지다가 고개를 숙여 가슴을 입 안 가득 삼켰다. 혀로, 돋아난 젖꼭지를 비벼대고 이로 잘근거리자 그녀의 깊은 곳이 더욱 조여왔다. 태수는 참을 수 없는 아찔함에 힘껏 허리를 쳐올렸다. 아진의 입에서는 교성이 터져 나왔다.

"아아……."

"하아…… 아진아."

태수의 입에서는 거친 목소리가 새어 나왔다. 그녀의 이름을 부르며 지금 안고 있는 사람이 누구인지 보라고 그녀를 일깨웠다. 강렬한 쾌감에 미간을 찌푸리며 그녀의 가슴을 더욱 힘껏 움켜쥐었다.

하지만 미흡했다. 부족했다. 태수는 아진의 안에서 쑥 빠져나왔다.

놀란 아진이 눈을 동그랗게 뜨며 그를 바라보았다. 태수는 소파에 앉아 그녀를 제 허벅지 위에 앉혔다. 미끈하고 따뜻한 그녀의 깊은 곳에서 들어가기 위해 그의 분신이 껄떡이며 들이대고 있었다.

아진은 그의 것을 손으로 잡고 제 안으로 인도했다. 엉덩이를 스스로 낮추며 깊게 몸을 묻었다.

그를 품는 아진 얼굴에도 미세한 떨림이 고스란히 전해져왔다. 태수는 짙은 한숨을 토해내며 그녀가 힘껏 조여오는 것에 익숙해지려 이를 악물었다.

아진은 서서히 엉덩이를 움직이며 그를 희롱했다. 태수는 그런 아진을 저지하듯 가슴을 양손으로 그러모아 입안 가득 삼키며 힘껏 빨아 당겼다.

먹어도, 먹어도 부족한 그녀.

태수는 정성스럽게 가슴을 애무하고 촉촉이 젖은 가슴을 얼굴로 비벼댔다.

아진은 한껏 흐트러진 자세로 그를 내려다보았다. 태수는 고개를 떼어내고 서서히 손을 내려 그녀의 납작한 아랫배를 쓰다듬고 수풀 속을 어루만졌다.

민감하게 솟아난 부분을 검지로 비벼대자 아진의 허리가 뒤로 휘어졌다.

태수는 다시 그곳에 힘을 주어 문질렀다.

"하흑!"

아진이 허리를 비틀며 그를 조여왔다. 태수는 허리를 튕겨 올리며 그녀를 공격하듯 밀어붙였다. 아진은 스스로 더 큰 절정을 찾아가듯 허리를 움직였다. 절정의 문턱에서 태수는 최대한 인내를 하며 참아냈다. 손으로 더 빠르게 비벼대며, 입으로 가슴을 삼키며 핥았다.

"아…… 그, 그만."

아진의 눈동자가 위로 치켜떠지며 입꼬리가 위로 올라갔다. 파르르 떨리는 속눈썹까지도 하나도 놓치지 않고 지켜보았다. 검은 눈동자로 그녀를 더듬듯 살폈다.

그녀의 허리가 휘며 그를 힘껏 조여오는 순간, 눈앞이 새하얗게 변해버렸다.

아찔한 쾌감이 척추를 따라 머리끝까지 치솟았다. 태수는 그 순간 격렬하게 허리를 움직이며 힘껏 안으로 밀어붙였다. 마침내 모든 것을 쏟아내는 순간, 억눌린 신음이 터져 나왔다. 아진은 그의 사정과 동시에 다시 한차례 몰려오는 쾌감에 비명을 지르며 태수의 가슴으로 무너져 내렸다. 그녀를 단단히 받쳐 올린 태수는 터질 것처럼 두근거리는 가슴을 진정시키며 아진의 젖은 등을 손으로 쓸어내렸다.

얼마나 이렇게 안고 있었을까. 가슴의 박동이 정상을 찾아갈 무렵 태수는 다시 한 번 부피를 키워나갔다. 몽롱한 듯 짙은 눈을 가늘게 뜨고 아진을 쳐다봤다.

아진의 상기된 얼굴과 요염한 몸은 다시 그를 세우기에 충분했다. 태수는 여전히 그녀 안에 머무르며 힘껏 끌어안았다.

"하아…… 널 삼키고 싶어."

젖은 시선으로 그를 바라보는 아진은 세상의 어떤 여자보다 아름다웠다. 평소의 순수함은 열정을 가득 담은 요염함으로 변해 있었다. 짜릿한 쾌감이 등줄기를 파고들었다.

복사꽃이 피어나듯 활짝 피어난 아진의 얼굴은 누가 봐도 달라져 있었다. 그녀를 바라보는 태수의 눈에는 아진에 대한 애정이 넘실거렸다. 오늘 모처럼 집에 가봐야 한다던 그녀 때문에 출근할 때 같이 아파트를 나섰다.

"아무래도 안 되겠다. 앞으로 외출할 때는 반드시 이걸 쓰고 다녀."

태수는 검은 선글라스를 내밀었다.

"와, 이렇게 좋은 걸 저에게 주는 거예요?"

"써봐."

아진은 그가 시키는 대로 안경을 썼다. 태수는 심각하게 고민하는 얼굴로 턱 끝을 받치며 곰곰이 생각에 잠겼다.

"왜, 이상해요? 안경은 잘 받는 편인데."

"그러게, 좀 심하게 예쁘다. 차라리 복면을 쓸까."

"음, 그건 답답할 것 같아."

"이리 와봐."

태수는 아진의 흘러내린 머리카락을 쓸어 넘긴 뒤, 이마에 입술을 내렸다.

"누가 봐요."

"좋다."

태수는 아진의 손을 잡고 운전기사가 대기하고 있는 검정 세단에 올랐다. 뒷자리에 나란히 앉은 둘은 내내 손을 잡고 있었다. 아진은 집 앞에 도착한 뒤, 차에서 내리기 전 그의 손등에 입술을 살짝 댔다.

"저 이제 내려야 해요. 다녀올게요."

"조심해서 잘 다녀와. 무슨 일 있으면 바로 연락해, 응?"

"네."

태수는 출근 전 그녀를 집 앞에 내려놓고 다시 차를 돌렸다.

오전에 드래건 파 간부 회의가 있었기에, 조직 사무실로 향했다.

간부 회의가 끝난 뒤 태수가 회의실을 나서려고 하자 이 비서가 그를 불렀다.

"마스터, 드릴 말씀이 있습니다."

"뭐지?"

"저, 형수님을 조사했었는데, 긴밀히 드릴 말씀이 있습니다."

"좋아, 따라와."

태수는 회의실을 나와서 그의 사무실로 향했다. 이 비서는 그가 조사한 자료를 내놓으면 분명 태수에게서 칭찬을 받을 수 있을 것으로 생각하며 기대에 부풀었다.

오랜 시간 이 비서의 보고가 이어졌다. 묵묵히 보고를 들은 태수는 그 뒤로도 계속 침묵했다. 이 비서는 숨소리도 내지 못하고 눈치만 살폈다. 그가 생각해도 사안이 심각했다. 그러니 마스터의 입장에서는 오죽하겠는가.

"……마스터, 어서 결론을 내려주십시오."

태수는 검지로 양미간 사이를 문지르면서 이 비서를 노려봤다.

"확실한가, 이 비서."

"네, 99.9퍼센트 확실합니다."

"네가 말한 암호문은 나도 볼 수 있나."

"물론입니다. 일본 야쿠자들 사이에선 주로 그것을 암호로 사용한답니다."

"내놔 봐."

"네, 그나저나 형수님은 아주 고난도의 암호를 풀고 계셨기 때

쉬운 여자 아니에요

문에 저희가 추측하기에는 상당한 간부급이 아닌가 싶습니다."

이 비서가 내민 종이를 받아 든 태수는 입을 다물었다. 말없이 이 비서를 쳐다볼 뿐이었다.

"지금, 이게 암호문이라고?"

"네, 그렇습니다."

낮게 가라앉은 태수의 목소리에 살벌한 기운이 느껴졌다.

"그리고 이걸 좀 봐주십시오. 형수님께서 저희 쪽 조직원 2명을 제압하는 장면이 나와 있습니다. 거의 살인 병기에 가까운 수준입니다."

이 비서는 CCTV를 돌리기 시작했다. 그 장면을 보던 태수의 얼굴에 경련이 일었다.

"감히, 당장 이 새끼들 잡아들여. 내가 이런 녀석들을 믿고 조직을 이끌었다니, 기가 막히는군."

태수는 이 무식한 새끼들을 어떻게 해야 할지 감이 오질 않았다. 조직의 브레인이라는 놈은 전 국민이 알고 있는 스도쿠를 몰라 암호문으로 해석하지 않나, 조직원이란 놈은 장난감 가스총을 가진 아진을 야쿠자라고 오해를 하지 않나. 기가 막힐 노릇이었다.

"저 두 녀석 당장 잡아와, 어서."

"네, 알겠습니다."

사무실을 후다닥 뛰쳐나간 이 비서는 얼마 뒤 곧바로 들어왔다.

"왜 너 혼자야."

"저, 그게 말입니다. 그 녀석들은 지금 병원에 입원 중입니다. 형수님 뒤통수에 무릎이 완전히 나갔습니다. 어찌나 제대로 부서졌는지 쇠망치로 맞았느냐고 의사가 물어보던데요."

"아니면 죽는다."

태수는 이 비서를 살벌하게 노려보며 소리쳤다.

"맞습니다. 아주 제대로 분질러놨습니다."

태수는 어쩌다 소 뒷걸음질로 쥐를 잡은 아진을 보고 야쿠자니 뭐니 하고 떠드는 이 비서를 어떻게 해야 할지 정말 난감했다. 일단 병원에 다녀온 뒤 이 비서의 자리를 결정하기로 했다.

딸각.

모처럼 집에 온 아진은 씩씩하게 문을 열고 들어갔다. 멋들어진 검은색 리무진을 타고 온 아진의 기세는 하늘을 찌를 듯했다.

"엄마, 저 왔어요."

"엄마 없다. 최아진, 설마 잘린 건 아닐 테고. 뭐야, 휴무야? 얼씨구, 그 선글라스는 뭐니? 촌스럽게."

아술 오빠가 아진에게 전혀 반갑지 않은 표정으로 시비를 걸어왔다.

"바쁘신 박사 오빠가 웬일로 집에 있는 거야? 설마 병원에서 잘린 거야?"

"나, 너한테 그런 소릴 들을 군번 아니다."

아술은 속으로 뜨끔했다. 사실 이번 연구 결과에 대한 책임을 지고 옷을 벗은 것이었다. 당장은 품위 유지를 위해서 가족들 모르게 응급실 아르바이트를 나가고 있었다.

아침 7시부터 다음 날 아침 7시까지, 24시간 응급실 당직을 서는 것은 굉장한 중노동이었다. 특히나 그 병원 지역이 조폭들 소굴과 아주 가까워서 툭하면 터지고 부러진 환자들이 몰려왔다. 얼마 전에는 무릎 연골이 완전히 망가진 환자가 실려오는 바람에 밤새도록 수술을 했었다. 말이 의사지 완전 공사판 인부처럼 일 자체가 험악했다.

아술의 날카로운 눈빛이 아진을 위아래로 훑으며 유심히 바라봤다.

"최아진, 그런데 너 얼굴 좋아졌다? 일하기 편한 모양이지?"

"뭐, 아무래도 전문 직종에서 일하는 게 그다지 쉽진 않지만, 내가 실력이 뛰어나니까."

"헬퍼가 무슨 전문 직종이라고……."

"무슨 소리, 전문 직종이 아니면 뭐야? 말해봐."

"내가 너랑 무슨 말을 하겠냐. 보나 마나 그쪽 사람들 기함할 짓이나 하고 있겠지."

"그러셔? 나 없으니까 집구석이 엉망인데."

아진은 집 구석구석을 다니면서 상태를 확인했다. 먼지가 곳곳에 쌓여 있었고, 마룻바닥도 지저분했다. 집안 살림에 관심이 없는 엄마나 언니는 전적으로 도우미에게 청소를 맡기고 있었지만, 그녀가 볼 때 집안 위생 상태는 아주 엉망이었다.

"그건 맞다만. 아무튼, 열심히 해라. 너 없으니까 집안이 평화롭다."

"말을 해도 꼭. 나중에 나한테 아쉬운 소리 할 날이 올 거야. 그때 가서 후회하지 말고 지금이라도 나한테 잘해, 알겠어?"

"너, 잘난 헬퍼 하더니 간이 배 밖으로 나왔구나. 최아진, 너랑 농담할 시간 없다. 오빠 나간다. 아, 그리고 추리닝 네가 갖고 갔니?"

"아, 아니거든."

"아니면 할 수 없고."

그나마 집 안에서 아술과 아진은 대화가 되는 편이었다. 사실 그녀를 가장 많이 위해주는 사람은 큰오빠였다. 하지만 워낙에 바빠서 대화 자체가 거의 없었고, 아라 언니는 입이 무기라서 말 걸기가 싫었다.

오늘 그 잘나신 주둥이는 연애하느라 바쁜지 밤늦도록 나타나질 않았다.

얼씨구? 늦은 밤, 술에 취해서 비틀거리며 나타나는 사람은 분명 이 집안의 장녀 최아라 여사였다.

"언니, 취했어?"

"엄마야! 깜짝이야. 너 언제 왔어?"

"오늘, 그런데 왜 그렇게 놀라?"

"지금 네 몰골을 봐라, 안 놀라게 생겼나. 그 머리는 제발 묶으라고 했지."

아진은 머리는 산발을 한 채 소파에 누워서 아라를 바라보고 있었다.

"누군 내 머리 풀고 있는 게 예쁘기만 하다더라. 보는 눈이 그래서야, 원."

"야, 누가 그런 말도 안 되는 소릴 하니? 눈이 사시야?"

아라는 아진 맞은편에 털썩 앉았다. 꽤 술을 드신 것 같은데, 오랜만이라서 그런지, 아님 무슨 할 말이라도 있는 건지 대화를 할 포즈였다.

젠장, 저 주둥이랑 입 섞어서 좋을 거 하나도 없는데.

"나, 자러 간다."

"잠, 잠깐만, 아진아."

"뭐? 왜 콧소리 내고 그래? 사람 무섭게."

"호호, 내가 그랬니?"

"말해, 어서."

"나 사귀는 사람이 생겼어, 그런데 뭐랄까. 굉장히 이지적이고 샤프하면서도 묵직한 스타일이거든. 여동생이 있다고 하니까 한번 보자고 하잖아."

"그래서?"

"뭐, 나에 대해 궁금한 게 많은 것 같은데, 사실 바쁜 오빠들 붙잡고 같이 식사하자고 하기도 그렇고, 너라도 괜찮다면 같이 식사나 하자고."

"좋아, 그럼 내일 점심때 보자."

"그, 그런데 너, 내일 뭘 입고 나올 건데? 아무래도 불안해서. 그러니까 내 옷장에서 옷 골라놓을 테니 꼭 그거 입고 와야 해, 알았지?"

"좋아, 내일까지 쉬니까 늦잠 잘 거야. 침대 위에 내놓고 가. 장소도 문자 보내고."

"머리는 꼭 단정하게 해서 나와, 알았지?"

"알았어. 내가 선보는 것도 아니고, 뭘 그렇게 신경 쓰는 거야?"

"네가 좀 이상해야 말이지."

"웃기시네. 누군지 모르지만, 언니 그 주둥이 감당할 능력이 되는 남잔가 보지?"

"최아진! 경박하게 주둥이가 뭐야?"

"네에, 네. 난 잔다."

아술은 야간 당직실에서 잠깐이라도 눕는 순간, 자꾸 간호사의 호출이 떨어졌다. 그것도 입원환자 중에 조폭이 계속 통증을 호소한다고 했다. 간호사는 진통제 처방 때문에 아술을 깨웠다.

"하루 이틀도 아니고. 진짜 조폭만 아니라면 당장 내쫓을 텐데."

아술은 투덜거리며 입원실로 올라갔다.

"김대수 씨, 어떻게 아프십니까."

"쌍, 내 손에 걸리기만 해봐라, 진짜. 내가……."

"김대수 씨!"

"아, 젠장. 뭐가 이렇게 아픈 거야. 빨리 진통제 내놔."

"지금 진통제 들어가고 있어요. 조금 참아보세요. 워낙 골절이 심해서 수술 통증도 제법 오래갈 겁니다."

"조금만 더 줘봐요. 아파서 잠을 잘 수가 없잖아, 의사 양반."

"도대체 어쩌다 다리는 그 꼴이 된 겁니까."

"나도 너무 황당해서 말이 다 안 나옵니다. 일본 야쿠자가 한국에 들어왔는데, 그놈이 뒤통수로 무릎을 가격했는데 순식간에 당한 일이라서 미처 피할 틈도 없었거든요."

"사람 머리로 그 지경을 만들었다면 그쪽 머리도 제법 타격이 있었을 텐데. 아무튼, 정말 대단한 돌머린가 봅니다."

"푸하하! 돌머리! 젠장, 쇳덩이보다 더하다니까요."

"진통제 조금 더 용량을 늘릴 테니, 좀 참아보세요."

"의사 양반, 잘 부탁합니다."

"네."

그 전설의 돌머리가 아진일 거라고는 생각지도 못한 아술은 고개를 절레절레 저었다.

그나저나 퇴원할 때까지 사람을 귀찮게 할 것 같은 불안한 예감이 머리를 짓눌렀다.

제10화.
오해는 그만

화려한 샹들리에가 걸려 있는 호텔의 커피숍은 잔잔한 클래식이 흐르고 있었다. 모델 포스 뺨치는 남자와 화려하게 차려입은 여자가 앉은 테이블을, 지나다니는 사람들 모두 힐끔거리며 쳐다보았다. 우아한 옷으로 아름답게 차려입은 아라는 유독 남자들의 시선을 끌고 있었다. 앞에 앉은 남자도 아라의 얼굴에 반한 듯 시선을 떼지 않았다. 지적인 얼굴의 남자는 낮고 그윽한 목소리로 여자에게 물었다.

"오늘 동생분이 오신다고요? 기대되네요. 아라 씨와 자매지간이라면 참 예쁘겠네요."

자칫 느끼 포스로 흐를 뻔했는데, 용케도 강도를 잘 조절해서 여자를 현혹시키고 있었다.

"호호, 뭐. 대충…… 그렇죠?"

보고 속으로 놀래지나 마라, 제발.

"아라 씨, 저는 지금 꿈을 꾸는 것 같아요. 아라 씨같이 아름답고 멋진 여성을 만나게 되다니. 저, 요즘 잠을 못 자요."

"아이, 참. 선생님도."

아라는 내숭을 한껏 떨며 남자를 유혹했다. 아라의 눈에는 정말 남자가 멋져 보였다. 보면 볼수록 빠져드는 것이 감당할 수 없을 정도였다. 특히 저 지적인 얼굴은 아라의 이상형에 딱 맞아떨어졌다. 그리고 뭔가 비밀을 가진 듯한 신비스런 모습도 구미를 잡아당겼다. 사실 이 남자의 직업도 모르고 있었다. 뭔가 전문 직종, 그것도 특수 직종에 일한다는 것만 대충 알고 있는데, 그것도 사실인지 아닌지는 알 수가 없었다. 듣기로는 굉장히 높은 분의 비서라는데 그분은 아시아의 드래건이라 불린다고 했다. 자신이 알지 못하는 세상에 존재하는 남자. 그것이 주는 매력은 정말 상당했다.

이 두 사람은 드래건 파가 운영하는 파이낸스 회사가 소비자 고발센터에 고발당하게 되어, 드래건 파의 변호인단을 구성하면서 처음으로 만나게 됐다. 이후, 일 때문에 만날 기회가 많아지면서 자연스럽게 서로에게 호감을 느끼게 되었다.

"아라 씨, 최근에 철저한 신분 위장과 교묘한 속임수로 제가 모시는 분을 현혹시키고, 조직의 질서를 어지럽히는 사람 때문에 여간 골치가 아픈 것이 아닙니다. 그런 사람은 법적으로 국외로 추방한다든지 할 수 있는 그러한 법은 없는 건가요?"

"세상에, 많이 힘드시겠어요. 외국인인가요? 보통 국제법상에도 그런 규칙은 없어요. 보통 국가의 자유재량에 맡기죠. 하지만 국가가 이유 없이 외국인을 추방할 경우 인권 문제 때문에 쉽지가 않아요. 심각하게 국가의 안위를 해칠 위험을 갖고 있다든지 그런 경우만 가능한데요."

"그렇군요. 여러 정황으로 볼 때, 그 사람이 매우 위험한 조직에 가입해 있습니다."

"어머, 어떡해요, 선생님. 그렇게 위험하신 일을 하고 계신 거예요?"

"흐흠…… 뭐, 제가 워낙 실력이 뛰어나니. 하하. 이건 제 자랑 같아서 말하기가 그러네요. 암튼 제가 몸담은 조직의 핵심 브레인으로서 임무가 막중합니다. 그건 그렇고 암튼 요즘 그 문제 때문에 머리가 아픕니다. 조직이 와해될 위기가 오지 않을까 걱정이 되네요."

"아니, 그토록 대단한 사람인가요?"

"말도 마세요. 완전 살인 무기에 가깝죠. 저 같은 사람은 도저히……. 수완도 대단하고."

"제가 한번 알아볼게요. 혹시 국외로 추방시킬 방법이 있는지."

"정말 그래 주신다면 저야 고맙죠."

동생 아진을 국외로 추방시키겠다고 발 벗고 나선 아라. 사랑에 눈이 멀어 가고 있었다.

이 비서는 자연스럽게 다리를 꼬고 앉았다. 가끔 팔꿈치를 무릎에 대고 손으로 턱을 받치며 아라를 그윽하게 바라보았다. 그 느끼한 눈빛만으로도 온몸이 오글거려서 참기 힘들겠건만, 아라는 그저 좋을 따름이었다.

쉬운 여자 아니에요

시계를 보니 아진이 올 시간이 다가오고 있었다. 아라는 핵폭탄 아진이 와서 이 좋은 분위기를 깰까 봐 초조해지기 시작했다.

요란스럽게 레스토랑의 문을 열고 들어오는 여자. 설마? 아진?

오 마이 갓! 세상에, 내가 준 옷은 어쩌고 저런 옷을!

새까만 선글라스와 검은색 민소매, 몸에 딱 붙는 백바지. 아라는 어디로 숨고 싶었다. 버스 기사 선글라스는 어디서 난 걸까. 도대체 왜 저 모양인지. 부끄러워 미칠 것만 같았다.

"언니, 나 왔어."

"어, 왔니? 인사해…… 여긴……."

아라의 얼굴은 경련을 일으킬 정도로 굳어졌다. 어색한 미소를 지으려니 입가가 부들부들 떨려왔다.

"어머? 이 비서님 아니세요?"

"혀, 형수님?"

이 비서는 자동으로 자리에서 벌떡 일어나 아진을 향해 양손을 다소곳이 아랫배 쪽으로 모았다.

"뭐야, 둘이 아는 사이에요?"

아라는 놀란 눈으로 둘에게 물었다.

"아, 네. 그게 말이죠……."

"하하, 그럼 언니가 사귄다는 사람이 이 비서님?"

"저, 형수님. 일단 앉으시죠. 그런데 두 분이 친자매간이 맞습니까?"

"네, 맞아요. 왜요?"

"아, 아니. 어쩜 두 분이 이토록 아름다우십니까. 다만 놀라울 따름입니다."

이 비서의 아부 신공은 유감없이 발휘되고 있었다. 주둥이는 그의 의지와 상관없이 자동으로 나불거렸다.

두 사람이 자매지간이라고는 상상할 수도 없었다. 어떻게 저렇게 다르단 말인가. 아니, 아니지. 그게 문제가 아니라 그럼 앞에 앉은 여자는 멘사 조직원일까? 헐…….

정확하게 확인해야 했다. 한집에 어떻게 조직원이 이렇게 많을 수 있단 말인가.

"저, 아라 씨, 혹시 멘사라는 조직에 들어가 있습니까?"

"어머, 그걸 어떻게 아셨어요?"

"아, 네. 그러시군요."

이 비서의 얼굴이 눈에 띄게 굳어졌다. 그걸 보고선 아진은 불쌍하다는 듯 이 비서를 바라보며 말을 보탰다.

"이 비서님, 제가 말했잖아요. 멘사 회원들, 정말 상종하기가 까다로운 집단이죠. 정말 안타깝네요. 어쩌다가 그 재수 없는 집단의 멤버를……."

"네에……."

이 비서의 낯빛이 회색빛으로 변해버렸다. 아진의 집에 대해서 이미 파악했었다. 그 집에 있는 멘사 조직원이 5명이다. 자신도 익히 알고 있는 사실이었다. 8 더하기 3은 11, 이 비서는 그 문제가 생각이 나자 웃음이 터질 것만 같았다. 눈앞에 앉아 있는 이 여자가 멘사 조직원이면 분명 또라이란 소리다. 아, 모처럼 맘에 드는 여자를 만났다고 좋아했었는데, 결국 사이코였단 말인가.

아무리 직업이 좋고, 얼굴이 예쁘더라도 일단 사이코는 사절이다. 더 깊이 빠지기 전에 발을 빼는 현명함을 보여야 한다. 도대체 무슨 집구석이 이리도 복잡하단 말인가.

"이 비서님, 왜 그러세요? 혹시 어디 아프세요? 안색이 영 안 좋은데."

역시, 또라이들의 기민함은 남다르다. 벌써 눈치를 채고 물어오는 것 좀 봐라. 이 비서는 야쿠자보다 또라이가 더 무서웠다.

"아닙니다."

"그런데 왜 애가 형수님이 되는 건데요?"

"그건 언니가 깊게 알 필요는 없어. 일단 그렇다는 것만 알아둬. 이 비서님도 자세히 말씀하실 필요는 없어요, 아셨죠?"

"넵, 형수님."

아라의 얼굴에 경련이 일고 있었다. 어떻게 여동생에게 형수님이라고 깍듯하게 매번 대답할 수 있는지 이해할 수가 없었다.

보통 형수라고 하면 남자들 같은 경우에 형의 마누라를 형수라고 부르는데, 아는 형과 아진이 사귀는 걸까?

"저, 선생님이 아시는 형과 우리 아진이가 사귀는 모양이죠?"

번뜩이는 눈빛이 역시 예사롭지 않았다. 바로 두목과 형수님이 보통 관계가 아님을 파악한 것이다. 이렇게 또라이를 상대할 때는 대화도 직구법으로 해야 한다. 돌려 쳤다간 낭패 보기 십상이다. 이 비서는 정신을 바짝 차렸다.

"네, 이미 두 분은 만리장성을 쌓았습니다."

"에이, 무슨 그런 말씀을, 농담도 참. 애가 어딜 봐서 남자와 만리장성…… 을? 정말이에요?"

아진은 의기양양하게 아라를 바라보며 거만하게 내뱉었다.

"뭘 그렇게 놀라? 요즘 남자하고 하룻밤 자는 게 뭐 어떻다고. 언니는 아직이지? 그 나이 먹도록 참나, 국보감이다."

"혹시 형님이라는 분은 어디 하자가 있으신지……. 이런 말을 하면 그렇지만, 취향이 참 독특하신 분 같으시네요."

또라이의 육감은 남달랐다. 자신이 보기에도 마스터는 약간 똘끼가 다분했다. 형수님 얼굴만 봐도 감이 올 것이다.

"그것은 워낙에 형수님 외모가 특출하시고 아름답기 때문입니다."

입은 비뚤어져도 말은 바로 해야 하는데, 정말 먹고살아야 하기 때문에 어쩔 수가 없었다. 그리고 멘사 조직원이란 걸 안 이상 더 잘해보고 싶은 마음이 싸악 가셨다.

"……네에?"

아라는 아진이 어디서 그런 소릴 듣는다는 것 자체를 받아들일 수가 없었다. 절대로 있을 수 없는 일이었다.

아진은 잔뜩 거드름을 피우면서 손톱 밑의 때를 후후 불고 있었다. 아진은 속이 다 시원했다. 언제나 주눅이 들고 기도 못 펴고 살았는데, 그동안의 묵은 체증이 내려가는 것 같았다.

"이 비서님! 저 그럼 먼저 일어날게요. 저희 언니 잘 부탁해요. 언니, 나 간다."

대답할 정신도 없는 아라는 아진의 당당한 모습에 '이건 아니야'만 연발하고 있었다.

이 비서는 일단 아라가 아무리 마음에 들어도 멘사 조직원과 사귀고 싶은 마음은 추호도 없었다. 슬슬 정리해야 할 시점이다.

"저, 아라 씨, 제가 당분간 멀리 국외로 나갔다 옵니다. 한동안 연락을 드리지 못할 것 같습니다. 그럼, 먼저 일어나겠습니다."

"……네에?"

이 비서는 아라를 남겨놓고 잽싸게 밖으로 달려 나갔다. 황당한 아라는 찬물을 벌컥벌컥 들이켰다. 이 비서가 자신을 멀리하고 도망치는 것을 눈치 못 챌 리가 없었다. 아라의 두 눈에 적색 신호가 켜졌다. 어떻게 만난 인연인데, 이렇게 놓칠 순 없었다.

"으악!"

아라는 머리를 쥐어뜯으며 소리를 질러댔다. 갑자기 아름다운 여자가 소리를 지르자 주변 사람들이 고개를 저으며 불쌍하다는 듯 바라봤다.

"사람이 아무리 예쁘면 뭐 해. 봤지? 괴물같이 생긴 여자 좋다고 남자 따라 나가는 거 봐라. 여잔 무조건 능력이야, 알아?"

"그러게, 불쌍하다. 얼굴 예쁘다고 다 되는 건 아닌가 봐, 그치?"

주변에서 쑥덕대는 소리가 아라의 귀에 다 들렸다.

아라는 아진이 어디에서 일하는지부터 자세히 파악해보기로 하고, 비상한 머리를 굴려 작전을 세우기로 했다. 이미 이 비서는 자신의 손아귀에 다 들어온 것이나 마찬가지라고 자만했다.

다시 태수가 있는 곳으로 돌아온 아진은 태수가 오기만을 목 빠지게 기다렸다. 메이드복으로 갈아입고 좀 더 섹시하게 화장을 했다. 매번 같은 모습이면 남자가 질려한다는 것쯤은 잘 알고 있었다. 아진은 태수를 떠올리는 것만으로도 심장이 두방망이질하며 세차게 뛰었다. 그가 오기를 기다리는 이 시간도 그녀에겐 기쁨의 시간이었다.

가끔 깜짝 놀라게 할 방법이 없을까 생각한 아진은 돌아오는 길에 속옷 가게에 들러서 야한 옷을 골랐다. 지금까지 이런 속옷은 입어본 적이 없었다. 그가 흥분할 모습을 상상하며 귀를 쫑긋 세웠다. 도어록 해제되는 소리가 들리면 곧바로 실행에 들어갈 생각이었다.

드디어 도어록이 해제되는 소리가 들렸다. 아진은 바닥에 엎드려 걸레를 들고 열심히 닦아댔다. 태수가 들어오면 바로 엉덩이를 볼 수 있도록 문 쪽으로 엉덩이를 향했다.

그런데 뭔가 분위기가 이상했다. 왜 아무런 반응이 없는 걸까?

살짝 고개를 뒤로 돌려서 쳐다봤다. 세상에, 이 비서였다.

"크흠, 형수님! 이런 일은 제가 하겠습니다."

이 비서는 양복 재킷을 벗고 넥타이도 벗어 던진 뒤, 셔츠의 소맷자락을 걷어 올리며 바닥 닦을 준비를 했다.

"걸레 주십시오."

다가와서 걸레를 뺏는 순간, 아진은 걸레를 움켜쥔 채 놓질 않았다.

"주십시오."

"아니에요, 제가 할게요. 그냥 두세요."

눈치 없는 이 비서를 향해 속으로 욕을 뱉어냈다.

젠장! 안 놔? 두목 오기 전까지 내가 닦고 있어야 한단 말이야.

"그래도, 이건 제가. 제가 할 수 있도록 해주십시오."

"걸레 이리 달라고요."

둘이서 엎치락뒤치락하는 사이 태수가 현관으로 들어섰다. 잔뜩 굳어진 태수는 서늘한 시선으로 둘을 노려보았다.

"뭣들 하는 거지?"

마룻바닥에 퍼질러 앉은 두 사람은 걸레 하나를 놓고 용을 쓰다 보니 얼굴도 시뻘겋게 달아올라 있었다. 거친 숨소리를 내뱉던 이 비서는 태수를 보자 바로 자리에서 일어났다. 하지만 이미 태수는 아진의 헝클어진 옷차림새와 이 비서의 옷차림을 본 뒤였다.

"마, 마스터, 오셨습니까."

"싫다는데 자꾸 이 비서가."

태수는 날렵한 몸으로 이 비서를 향해 이단 옆차기를 날렸다.

퍽퍽!

으윽!

"마스터! 오해이십니다."

"앗! 두목!"

"난 아진을 놓고 더러운 상상 따윈 하지 않아. 다만 여기서 이러는 게 기분 나쁠 뿐이야."

태수는 낮게 내뱉은 뒤 아진을 달랑 안아 들고서는 그의 방으로 들어갔다.

이 비서는 괜히 잘 보이려다 옆구리만 걷어차였다. 눈물이 찔끔 나올 만큼 아팠다.

"젠장! 제 눈에나 예쁘지. 사람을 뭐로 보고, 젠장!"

이 비서는 절뚝거리며 아파트를 나갔다.

태수는 아진을 침대 위에 내려놓은 뒤 한 손을 허리에 올린 채 아진을 내려다보았다.

"지금 뭘 하고 있었던 거지? 말해봐, 최아진."

의심 따윈 하지 않는다던 그의 목소리가 심상찮았다. 아진은 퉁명스럽게 대답했다.

"뭘 하고 있긴요. 청소하고 있었어요."

"젠장! 똑바로 말해. 이 비서가 왜 달라붙어서 그 난리를 떨어댔는지. 유혹이라도 한 거야?"

"사람을 뭐로 보고."

"못 믿겠어, 도저히 믿을 수가 없어. 이 비서도 사람이야, 남자라고. 그런데 어떻게 아무렇지 않을 수 있겠냐고, 응? 지금 네 모습을 봐, 얼마나 예쁜지, 얼마나 섹시한지. 젠장, 돌아버리겠군."

그러니까 지금 그가 질투하고 있었다. 아진의 눈에는 그 모습도 귀여워 보였다. 사랑스러웠다. 어떻게 이런 남자를 사랑하지 않을 수 있을까. 하지만 그는 분이 풀리지 않는지 여전히 씩씩거리고 있었다.

"이 비서, 죽여버릴 거야."

모처럼 언니가 임자를 만났는데, 그럴 순 없지. 자신이 이 비서 목숨을 살려야 한다.

"두목님! 저 좀 봐주세요, 네에?"

쉬운 여자 아니에요

아진은 스커트를 들어 올리고 엉덩이를 흔들어대며 태수의 눈 앞에 티 자 끈 팬티를 살짝 보여줬다.

이래도 이 비서 죽이러 갈래? 응?

태수의 두 눈이 휘둥그레지며 천천히 아진에게 다가왔다.

"누가 이렇게 야한 걸 입으라고 했지?"

태수는 속삭였다.

"사실, 두목님한테 예쁘게 보이고 싶어서……. 오늘은 그냥 넘어갈 거예요? 전 기대하고 있는데."

눈을 살포시 내리뜨며 물어보는 아진 때문에 태수는 순식간에 이성이 날아가버렸다.

"이리 와, 아진. 내가 그 팬티 끈을 끊어버리겠어."

태수는 아진의 허리를 끌어당기며 목덜미에 입술을 묻었다. 아진의 유혹에 넘어간 태수는 한 마리 짐승이 되었다.

태수의 품에 안긴 채 잠이 든 아진은 희끄무레하게 날이 밝아올 때 먼저 눈을 떴다. 눈을 뜨자마자 곤하게 자는 태수의 얼굴이 보였다. 아진은 참을 수 없는 행복감에 그의 목을 끌어안고 입술에 키스를 퍼부었다. 달콤하고 부드러운 촉감에 계속 비비고 싶었다.

"으응."

자다가 얼떨결에 아진의 키스를 받은 태수는 단단한 팔로 아진의 허리를 끌어안았다. 가슴에 폭 안기는 그녀의 몸을 커다란 손으로 쓸어내리며 사랑스러운 눈길로 바라보았다.

"같이 살자, 평생토록."

쿵.

심장이 발밑으로 떨어졌다. 눈을 뜨자마자 엄청난 고백을 한 태수를 멍한 눈으로 올려다보았다. 그윽한 눈길을 주며 고개를 끄덕이는 그는 너무나도 멋졌다. 눈물이 솟아날 만큼 대책 없이 떨려왔다.

"아, 정말 이렇게 멋져도 되는 거예요?"

"누가 할 소릴."

그는 아진을 부드럽게 쓰다듬으며 미소 지었다.

"다시 말해? 나랑 같이 살자, 최아진."

아진은 그의 목을 끌어안고 가슴에 얼굴을 비벼댔다. 그동안 가족에게 받은 서러움이 그의 말 한마디에 다 사라졌다.

"제가 집에서 미운 오리 새끼거든요. 언니나 오빠들은 아주 잘나가는 직업에 외모도 출중해요. 거기다 머리까지 끝내주게 좋아서 저 같은 건 상대도 안 되거든요. 그런데 이런 저라도 괜찮겠어요? 정말 후회 안 하죠?"

그런 아진을 안쓰럽게 바라보며 다정하게 품에 안고서는 속삭이듯 말해왔다.

"후회 안 해, 평생 같이 있고 싶어. 사랑해."

아진은 눈물을 머금고 그의 얼굴을 올려다보았다. 그녀가 바라왔던 로맨스가 눈앞에서 펼쳐지고 있었다. 가슴 떨리도록 멋진 남자의 사랑 고백이 그녀에게도 이렇게 현실로 일어났다. 서글픈 감정과 기쁨이 뒤섞여 눈물이 소리 없이 흘러내렸다.

아진은 그에게 고백할 타이밍을 놓쳐버렸다. 놀란 가슴을 진정

시키느라 그랬다. 아진은 언제나 할 수 있는 애교를 담아 작은 손으로 태수의 가슴을 두드렸다.

"갑자기. 몰라, 정말 놀랐잖아요."

태수는 아진의 얼굴을 양손으로 감싸며 귓가에 속삭였다.

"지금 가볍게 한번 할까."

"아잉, 그런 걸 꼭 말로 해야 하나?"

어느새 타오르는 눈빛으로 아진을 뚫어지게 바라보던 태수는 아진의 허벅지를 뭉근히 비벼대며 몸을 달구었다.

"오늘은 새로운 포지션으로 가자."

"허리 조심하세요, 남자는 허리가 생명인데."

"물론. 엎드려 봐, 아진아."

태수는 종종 그녀의 새까만 눈동자를 보면 도무지 무슨 생각을 하는지 전혀 알 수가 없었다. 검은 눈동자를 가리고 있는 긴 속눈썹이 한 올 한 올 말려 올라간 채로 깜빡거릴 때면 그만 그 마술에 빠져버린다.

지금도 아진의 매력적인 눈빛에 반해서 오늘 해야 할 일도 다 잊어버리고 침대에서 뒹굴고 있었다. 그의 시야를 가득 채우고 있는 아진의 하얀 나신과 마력이 깃든 눈빛에 넋을 놓은 채 입술을 덮쳤다. 점점 깊어지는 키스는 결국 또 끝까지 자신을 흥분 상태로 몰고 갔다.

"으읍, 닳아 없어질 것 같아요. 그, 그만해요."

"하아! 미치겠다. 도저히 억제가 안 돼."

"변태! 지금 몇 번이나 했는지 알아요?"

"몰라, 아무것도 생각 안 나. 늘 안을 때마다 처음처럼 긴장되고 흥분된다."

손을 뻗어 그녀의 목덜미를 애무하고 입술로 지그시 눌렀다. 유난히 간지럼을 잘 타는 그녀는 그의 입술 촉감에 자지러질 듯 웃었다.

"간지러워요. 하하, 아잉……."

"아진아, 앞으로 나만 봐라. 아니면 나 죽는다."

한없이 진지한 얼굴로 바라보는 그를 아진은 와락 껴안았다. 그리고 태수의 귓가에 대고 속삭였다.

"얼마나 지금 위험한 소릴 했는지 모르죠? 당신도 한눈팔면 내손에 죽어요. 내가 얼마나 싸움을 잘하는지 알고 있죠?"

아진의 말에 태수는 익히 알고 있다는 듯 자연스럽게 고개를 끄덕였다. 그에게는 아진이면 되었다.

잔뜩 욕망에 심취해 있는 두 남녀는 해 떨어지는 줄도 모르고 놀이에 빠져 있었다. 그것도 몸으로 하는 야한 놀이 말이다.

"미치겠어…… 당신 너무 섹시해……."

섹시함이 성적인 매력이라면 자신에게는 최아진이 가장 매력적인 여자였다.

한편 이 비서는 마스터를 모시러 왔다가 뜨거운 교성 소리에 넋을 놓고 처량하게 돌아섰다. 백화점 쇼핑을 하러 간다더니 저러다가 언제 가게 될지 알 수가 없었다. 이 비서는 둘이 깨 볶는 냄새를 풍기자 마음이 더 싱숭생숭했다.

쉬운 여자 아니에요

사이코라도 한번 잘해볼까. 그래도 직업이 변호사인데⋯⋯.

아라를 놓고 갈등에 휩싸인 이 비서는 자꾸 머릿속에 아라의 아름다운 얼굴과 환상적인 몸매가 맴돌았다.

페일 핑크 셔츠를 입은 태수의 모습은 예전의 무채색 옷만 입던 모습과는 확연하게 달라졌다. 블링블링하면서도 달콤한 향내가 코끝을 맴도는 듯한 사랑스러운 남자처럼 완벽한 변신을 한 것이다. 패션에 남다른 감각이 있는 태수는 모델 뺨치는 자태로 주위의 시선을 단박에 사로잡았다.

"저 여자 뭐니? 도대체 어떻게 저렇게 멋진 남자를 잡은 거야?"

"어머, 웬일이니?"

백화점 쇼핑을 하는 두 사람을 뒤에서 옆에서 비웃는 사람들의 목소리가 다 들려왔다. 태수는 주변에 한눈파는 법 없이 오직 아진만을 바라보며 걷고 있었다.

"아진, 저 옷은 어때?"

"흠, 너무 심플해서 그런데요?"

헉! 젠장맞을. 레이스가 오글거리는 저 원피스를 심플하다고 하면 평상복으로는 웨딩드레스를 입을 참이냐.

이 비서는 입을 다물지를 못했다. 아진의 패션 감각은 한마디로 꽝이었다. 저런 옷은 도대체 누가 사 입을까 하는 것들만 골라서 사고 있었다. 그건 그렇고 마스터는 도대체, 왜, 최아진의 패션 감각을 저대로 묵과하는 것일까. 제대로 핵폭탄으로 써먹을 예정인 걸까.

이 비서는 아진이 언니의 반의반의 반만 닮아도 저러진 않을 거란 생각을 하면서 고개를 저었다. 갑자기 아라 생각이 나자 이 비서는 자신도 모르게 기분이 우울해졌다.

또. 라. 이. 사. 이. 코. 멘. 사.

보고 싶었다. 또라이라도 괜찮을 것 같다는 생각이 자꾸 들었다.

띠링. 띠링.

"네, 이문식입니다."

-선생님, 저 최 변호사이에요.

"아, 네, 아라 씨."

-오늘 시간 되세요?

"아, 제가 지금 높으신 분과 함께 있어서, 확실하게 말씀드리기가 그러네요."

-네, 그럼 전화 주세요. 기다릴게요.

"알겠습니다."

둘의 엽기 행각을 보고 있자니 옆구리가 점점 더 시려왔다.

헉!

미쳤다. 저건 도저히 사람이 아니었다. 어떻게 저런 옷을 입을 수 있단 말인가. 옆에서 좋다고 엄지를 추켜올리는 마스터! 이 비서는 손에 든 쇼핑백을 다 집어 던지고 싶었다.

"저, 마스터. 도대체 형수님께 왜 저런 옷을 권하십니까."

"신경 꺼, 이 비서. 고개 돌려라. 감히 누굴……."

"그러니까 너무하다는 거 아닙니까, 저렇게 시선을 끌도록 옷을 사 입히시면 마스터에게도 불리하실 텐데."

"밤에만 입힐 거다, 걱정 붙들어 매라."

"과연 마스터이십니다, 대단하십니다."

마스터의 취향이 저런 줄 꿈에도 몰랐다. 그러니 텐프로의 아가씨가 달라붙어도 나 몰라라 했지. 마스터의 취향이 저토록 고상할 줄이야.

드디어 지겹던 쇼핑이 끝나고 아파트로 향했다. 태수는 건설업체 일로 사람을 만나러 갔고, 이 비서는 그녀를 모시고 집으로 돌아왔다.

디리릭. 달각.

"이 비서님, 수고하셨어요. 덕분에 편하게 쇼핑했어요."

"별말씀을 다 하십니다, 형수님. 안목이 정말 탁월하십니다."

"고마워요."

이 비서는 아파트를 나온 뒤 아라에게 전화를 걸었다. 마스터와 아진의 엽기적인 모습을 본 뒤 마음이 영 허전해서 참을 수가 없었다.

"저, 아라 씨, 접니다."

-어머, 선생님. 안 그래도 연락이 없어서 제가 직접 찾아가야 하나 어쩌나 하던 참이었어요.

"오늘 술 한잔하시겠습니까."

-저야 좋죠, 그럼 강남 텐프로에서 볼까요?

"아, 그쪽은 제 나와바리가 아니라서……."

-네? 뭐라고요? 와바리요?

"아닙니다. 그럼 메르시보꾸 바(BAR)에서 봅시다."

-네, 지금 출발할게요.

어두침침한 조명과 선정적인 붉은색이 실내를 밝히고 있었다. 재즈 음악이 흐르는 곳. 나와바리 중에서도 가장 품격이 높다고 평이 나 있는 곳이었다. 긴 테이블 바에 앉은 이 비서를 먼저 알아본 웨이터는 진 토닉을 만들어서 앞에 놓아주었다.

"독한 걸로 부탁해."

"알겠습니다."

이 비서는 술잔을 앞에 놓고 조금씩 입술을 적시듯 마셨다. 겉모습은 조인성 뺨치는 지성과 외모를 가진 이 비서는 바에 있는 여자들의 시선을 사로잡았다. 이미 여자들의 시선을 의식한 이 비서는 우수에 찬 눈빛으로 천장을 바라보며 한숨을 내쉬며 온갖 폼을 다 잡기 시작했다.

"이 선생님, 저 왔어요."

아라는 상큼한 미소를 지으며 그에게 인사를 건넸다. 섹시하면서도 청순한 이미지를 함께 겸비한 그녀는 정말 아름다웠다. 멘사 조직원만 아니라면 어떻게 해볼 만한데.

"앉아."

아라가 또라이 집단 소속이란 생각이 머릿속에 박혀버리자 거만한 자세로 아라를 대하기 시작했다. 결코, 그러고 싶진 않았지만, 본인도 모르게 흘러나오는 태도는 한없이 시건방졌다. 반 토막 말이 자연스럽게 흘러나왔다.

"오신지 오래됐어요?"

"으음, 금방 왔어."

"전 블랙러시안 주세요."

"네, 손님."

조폭이 어떻게 저렇게 예쁜 아가씨를 만났을까 궁금해진 웨이터는 유심히 아라를 바라보았다. 하지만 아라의 시선은 오로지 이 비서를 향해 있었다.

"저, 어디 불편하세요?"

"아, 아니."

이 비서는 호흡이 차츰 곤란해지기 시작했다. 폼 잡는다고 양주를 마신 게 화근이었다. 더운 것 같기도 하고, 식은땀이 흐르는 것 같기도 하고, 아래가 근질거리는 것 같기도 하고. 뜨거운 숨결이 저절로 뿜어져 나왔다.

벌건 얼굴은 다행히 어두운 조명 탓에 눈에 띄진 않았다. 손은 자동으로 아라의 허벅지 위를 배회하기 시작했다. 나사 하나는 풀린 눈동자로 아라를 바라보며 아라의 귀에다가 뜨거운 입김을 뿜어냈다.

눈치 빠른 아라는 그가 무엇을 원하는지 알아채고 흔쾌히 고개를 끄덕였다.

"우리, 나갈까요?"

"그럼 일어나지."

아라는 이 비서의 팔짱을 끼고 바를 빠져나왔다.

자꾸 팔꿈치에 와 닿는 아라의 폭신폭신한 가슴이 신경이 쓰였다. 아라는 작정하고 이 비서의 몸에 달라붙었다.

"우리, 빨리 가까워지는 방법을 한번 찾아볼까요?"

"그게 뭐지?"

"몸으로 하는 대화, 그것보다 빠른 건 없잖아요. 수많은 학자도 스킨십의 중요성에 대해서 말하고 있죠. 즉, 친밀감의 형성은 스킨십과 함께 이루어질 경우 그 효과는 배가 넘게 되는 거죠."

아라는 이 비서의 귓가에 숨결을 내뿜으며 속삭였다. 신발 밑창에서부터 열이 훅 끼쳐 올라오며 온몸에 솜털이 곤두서는 느낌에 뒷덜미가 오싹했다.

"으윽! 아라 씨."

"하아! 어때요? 오늘 밤?"

금방 발아래로 무너져 내릴 것처럼 끈적끈적한 목소리로 유혹하는 아라였다. 이 비서는 이 여자의 위험성에 대해 모르는 바는 아니었지만, 적극적으로 나오는 여자 때문에 흥분으로 피가 솟구치는 것 같았다.

"날 뜨겁게 안아줘요, 선생님!"

과연 멘사 조직원다웠다. 또라이든 사이코든 모르겠다.

이 비서는 아라의 손을 꼭 잡고 호텔로 향했다. 아라의 얼굴에는 회심의 미소가 어렸다. 호텔 룸으로 들어간 둘은 뜨겁게 서로 바라보았다.

"제가 먼저 샤워하고 올게요."

아라가 먼저 샤워실로 들어갔다. 그리고 아라가 나오자마자 이 비서도 욕실로 향했다. 아라는 그가 샤워하러 들어가는 것을 본 뒤

쉬운
여자 아니에요

선정적인 붉은색의 와인을 잔에 부어 목을 축였다.

소파에 앉아서 그를 기다리던 아라는 너무 오래 걸리는 건 아닌가 하는 생각에 자리에서 일어났다.

우당탕탕!

"이게 무슨 소리지? 이 선생님? 선생님!"

욕실로 다가가서 문을 두드렸다. 분명 욕실에서 나는 소리였는데, 아무런 기척이 없었다. 아라는 조심스럽게 문을 열었다.

헉!

술에 취한 이 비서는 그만 비누를 밟고 장렬하게 바닥에 대자로 뻗어 있었다. 이미 맛이 가버린 상태였다.

119에 실려서 인근 병원으로 이송된 이 비서는 가벼운 뇌진탕 외엔 크게 다친 곳은 없었기에 입원실로 올라가지 않고 응급실에 누워 있었다. 그의 곁에서 간병을 하다가 응급실에서 당직을 서고 있던 오빠 아술과 마주친 아라는 아술이 불러내는 바람에 잠시 응급실 밖에서 이야기를 나누었다.

"너, 저 사람 누구야? 말해봐."

아술의 눈빛이 사나웠다.

"오빠, 모처럼 마음에 든 사람이야. 그런 눈으로 보지 마."

"호텔까지 같이 가는 그런 사이?"

"응, 그렇게 됐어."

아라는 숨길 생각은 추호도 없어, 솔직히 털어놓았다.

"맞다, 오빠는 연구소 어쩌고 여기서 이러고 있는 거야? 그것도 야간 당직실에서."

"그렇게 됐다. 연구 실패해서 책임지고 옷 벗었다. 너만 알고 있어라."

"알았어."

"그런데 저 사람 조폭인 거 알고 있었니?"

"뭐, 비슷한 종류라는 건 대충."

"잘 생각해서 판단해라, 아주 무식한 조폭들이던데."

"아니야, 우리 이 선생님은 얼마나 인텔린데."

아술은 아라를 한심하다는 눈빛으로 바라보았다. 헛똑똑이 여동생이 불쌍하게 느껴질 정도였다.

-최아술, 최아술 선생님께서는 응급실로 와주시기 바랍니다. 다시 한 번 말씀드립니다. 최아술, 최아술 선생님께서 속히 응급실로 와주시기 바랍니다.

"오빠 호출이다, 가봐."

"그래, 나중에 얘기해."

"웨엑! 웨엑!"

"어머, 아저씨. 여기다 토하시면 어떡해요. 말씀하셔야죠."

간호사의 잔소리가 시끄럽게 응급실에 울렸다.

"최아술 선생님, 이 환자분 상태가 이상해요. 계속 오바이트를 하네요. 아무래도 뇌진탕 후유증인 것 같은데."

응급실에는 양주 냄새가 진동했다. 젠장, 술 처먹고 오바이트 하다니!

쉬운여자아니에요

이런 새끼가 어디가 좋다고. 아술은 불쾌한 듯 무뚝뚝하게 이 비서에게 물었다.

"이문식 씨, 술 마셨습니까?"

"네."

이 비서는 다 죽어가는 목소리로 대답했다.

"김 간호사, 여기 이분 술 깨는 약 좀 주세요."

"알겠습니다."

"우웩!"

한심하다는 듯 이 비서를 바라보던 아술은 매일 밤마다 자신을 괴롭히던 조폭이 휠체어를 타고 응급실로 들어서는 것을 보며 얼굴을 찌푸렸다. 분명 같은 소속인 모양인데, 드래건인가?

"아이고, 형님. 어쩌다가 세상에. 술 먹고 자빠져서 온 모양입니다. 선상님, 우리 형님 잘 부탁합니다."

휠체어를 타고 내려온 무릎 깨진 조직원과 행동대장들 속속들이 응급실로 모여들고 있었다. 이들이 모인 이유는 이 비서의 휴대폰에 저장된 사람에게 아라가 단체 문자를 보냈기 때문에 모두 문자를 받고 몰려온 것이다.

아라는 아수라장이 되어버린 응급실을 몰래 숨어서 지켜보고 있었다. 검정 양복을 입은 시커먼 남자들이 응급실에 가득했다. 아라는 이 비서의 막강한 파워를 직접 눈으로 확인했다. 역시 이 비서는 대단한 사람임이 분명했다.

비록 침대 위를 함께 뒹굴겠다는 계획은 물거품으로 끝났지만, 이 선생이 얼마나 대단한 사람인지는 두 눈으로 확인한 거나 마찬가지였다.

이 선생님, 우리, 어른들이 나누는 은밀한 대화는 다음으로 미뤄요.

아라와 이 비서의 두 눈이 마주쳤다. 무언의 대화가 둘 사이에 오갔다. 욕망에 번들거리는 아라의 두 눈에 겁을 먹은 이 비서는 속으로 욕설을 내뱉고 있었다.

분명 나를 골로 보내기 위한 여자의 계략이야. 저 여자 웃는 눈빛을 봐도 알 수 있어. 비누를 교묘하게 바닥에 놓다니, 젠장!

이 비서는 얼른 시선을 피해버렸다.

젠장, 박 터지는 줄 알았다. 조직원 패싸움에도 무사했던 자신이 욕실에서 미끄러져 박이 터질 뻔하다니. 개가 웃을 일이었다.

드래건 파 브레인의 박이 터지는 날에는 이 조직도 끝이라고 철석같이 믿고 있는 이 비서였다.

제11화.

해보고 싶은 게 있어요

"이 비서님, 몸은 좀 어떠십니까."

"아, 좀 괜찮은 것 같은데, 아무래도 며칠은 있어봐야 정확히 알 것 같군."

이 비서는 조직원들 앞에서 늘 품위와 인격을 갖춘 소양 있는 인간으로 보이기 위해 무지 노력했다. 그 덕분에 조직원들 사이에서는 태수 다음으로 존경받는 사람이었다.

"그나저나 자네는 언제쯤 걸을 수 있는 건가."

"씨발, 내가 그 야쿠자를 잡았어야 하는 건데. 지금 단단히 벼르고 있습니다."

"지금 자네 씨발이라고 했나?"

"아, 죄송합니다. 워낙 습관이 그래서."

"그게 아니라, 물론 욕 들어 먹을 인간들한테는 그보다 더한 욕을 해도 상관 안 하겠네만, 지금 자네가 욕한 사람은 마스터의 이거라네."

이 비서가 새끼손가락을 세워 들자 조직원의 얼굴이 사색이 되었다.

"설마……. 아니, 마스터께서 뭐가 아쉬워서 그런 놈을."

"입! 입을 조심하게. 놈이 아니라 년이야, 년!"

"헉!"

"마스터께서 형수님으로 승격시켰다. 앞으로 호칭을 형수님이라고 해야 해."

"아니, 조직이 어찌 돌아가려고 그런답니까."

"그런 건 조직의 브레인인 내가 신경 쓸 테니, 자네는 생각 같은 건 할 필요도 없네."

"알겠습니다. 그럼 전 빨리 퇴원해서 지방으로 내려가겠습니다."

"지방?"

"네, 아무래도 계속 마주칠 것 같으면 껄끄러워서."

"하긴, 그게 나을지도 모르겠네. 마스터가 자네 멱따러 간다는 걸 간신히 말렸지. 내가 저 멀리 부산이나 제주도 쪽으로 알아볼 테니 일단 마음 놓고 있어."

"감사합니다."

똑똑.

아술은 회진까지 마치고 퇴근을 해야 했다. 특히 조폭들이 있는 방은 의사들이 꺼리는 바람에 힘없는 아술이 회진을 맡게 되었다.

"머리는 어떠신가요? 혹시 통증이나 구토 증세는 계속 있으신가요?"

"아닙니다, 지금은 좀 나아진 것 같은데, 며칠 있어봐야 하지 않겠습니까."

"오늘 당장 퇴원하셔도 될 것 같습니다."

"아, 갑자기 뒷골이 아파옵니다."

아술의 눈에는 꾀병으로 보였지만, 본인이 더 있길 원하니 어쩔 수 없었다. 맞은편 누워 있는 환자에게로 고개를 돌렸다.

"다리는 어떠세요?"

"말도 마쇼, 아파 죽겠으니."

아술은 드레싱을 하면서 수술 부위를 살펴보았다.

"염증은 없습니다. 하지만 뼈가 산산조각이 나는 바람에 회복이 느릴 겁니다. 걸을 수 있게 된 것만 해도 다행이라 여기세요."

"의사 양반, 그 돌머리가 세상에, 여자랍니다. 그것도 우리 조직 형수님이라는데. 아무튼, 지방에 있는 병원으로 빨리 옮겨야 하니 다른 병원 좀 알아봐주쇼."

"네에? 지금은 어디에도 못 갑니다. 자칫 뼈가 어긋나면 몇 년 더 고생해야 합니다."

"내, 다리병신이 되더라도 가야겠어. 그 여자가 조직 마스터의 애인이라는데, 눈에 띄는 날엔 살아도 산 게 아니야. 부탁해요."

"뭐, 알아보도록 하죠."

때마침 아진과 태수는 행동대장 넘버원부터 쓰리까지 대동하고 병실로 들어서고 있었다.

쉬운 여자 아니에요

"마스터! 형수님! 오셨습니까."

"헉! 마스터……!"

아술은 조직의 마스터란 사람이 누군지 호기심이 들어 얼굴을 쳐다봤다. 마스터란 남자는 조폭답지 않게 귀티가 흐르는 것이 준수하게 생긴 스타일이었다. 체격 좋고 잘생긴 외모에 자꾸만 시선이 갔다. 그나저나 옆에 있는 여자는 애인인 모양인데 뒷모습만 보였다. 작고 호리호리한 스타일에 그다지 머리가 돌처럼 보이지 않는데, 저 머리로 무릎을 아작 냈다니 기가 막혔다. 아술은 터져 나오는 웃음을 간신히 참았다.

아진은 이 비서와 인사를 끝낸 뒤 새끼 조직원을 향해 몸을 돌렸다. 그 순간 아진과 아술은 눈이 마주쳤다.

"어?"

"최아진!"

극적인 상봉이 이루어졌다.

"그럼, 네가 이 사람 무릎을 이렇게 만든 거야?"

"무슨? 내가 언제? 아니! 당신은."

"아진, 내게 좀 설명을 해주면 안 될까? 난 누가 내 여자 이름을 부르는 놈이 있으면 도저히 참을 수가 없어서 말이야."

태수는 아진의 이름을 마음대로 부르던 의사 양반을 노려보며 아진에게 말했다.

"두목, 작은 오빠 최아술이에요. 오빠 인사해, 여긴 두목, 음 그러니까……."

"안녕하십니까, 형님! 이태수입니다. 처음 인사드립니다."

"그, 그러니까 당신이 우리 아진과 무슨 관계입니까."

"네, 제가 사랑하는 여자입니다."

"어머, 태수 씨는 그렇게 노골적으로……."

아술은 멘붕 상태에 이르렀다. 아라에 이어 아진까지. 도대체 부모님이 무슨 죄를 지으셨기에 하나같이 사위를 조폭으로 맞아야 하느냔 말이다. 아술은 자신도 모르게 소리부터 튀어 나갔다.

"최아진! 결국, 네가 일을 치는구나. 조폭이라니! 우리 집안이 어떤 집안인데."

이 비서는 아술의 울부짖는 소리를 듣고서 아술에 이어 멘붕 상태에 이르렀다. 저 의사 양반이 그럼 멘사 조직원, 아라의 친오빠, 족보가 그렇게 되는 것이다.

푸하하! 또라이가 의사라니! 그럼, 쟤는 어떻게 되는 거야? 또라이한테 치료를 받았으니! 헐……. 이제 영영 회복은 물 건너간 건가? 불쌍한 놈!

가만, 그렇다면? 이 비서의 머릿속은 복잡하게 돌아가고 있었다.

헬퍼 하나 잘못 들이는 바람에 조직이 지금 개족보에 휩싸이게 된 것이다.

만약 자신이 아라와 잘된다면, 마스터는 자신의 손아래가 된다. 푸하하! 때론 개족보가 이렇게 좋을 때도 있구나. 이 비서는 자신의 스마트함에 감탄하며 회심의 미소를 지었다.

마침 아라는 꽃바구니를 들고 병실로 들어섰다. 지금 2인용 병실은 사람으로 터져나갈 지경이었다.

"어? 언니!"

"너 왔니? 오빠도 있구나."

아라는 우아하게 걸어 들어오며 식구들에게 먼저 인사를 한 뒤에 곧바로 이 비서 쪽으로 향해 갔다.

"이 선생님, 좀 어떠세요? 괜찮으세요? 너무 걱정되는 바람에 잠도 못 잤어요."

아라는 이 비서의 손을 붙잡고 안쓰러운 눈길로 바라봤다.

"흐흠, 괜찮습니다. 아라 씨, 그렇게 심각하진 않으니 걱정하실 필요 없습니다."

태수는 요란하게 차려입은 늘씬한 미녀를 유심히 바라보더니 이 비서에게 물었다. 살짝 미간을 찌푸린 모양을 봐서는 뭔가 심사가 틀린 얼굴이었다.

"이 비서, 누구지?"

"아, 마스터. 형수님의 언니 되십니다."

태수는 맞느냐는 눈빛으로 아진을 쳐다봤다.

"맞아요, 친언니예요. 변호사로 일하고 있거든요."

"아, 그렇군."

태수는 아라를 위아래로 훑어보고서는 나름대로 판단을 마쳤다는 듯 자세를 취했다. 아라는 자신을 훑어보는 남자 때문에 은근히 기분이 나빠졌다. 이 비서에게 물었다.

"누구시죠?"

"네, 저희 조직의 마스터이십니다."

"……그럼, 세상에! 우리 이 선생님이 모시는 그 높으신 분? 그리고 아진이 사귀는 사람이 바로!"

아진은 득의양양하게 아라를 쳐다봤다.

하지만 역시 저 잘난 맛에 살아가는 또라이였다.

"우리 이 선생님만큼은 아니지만, 그래도 참 외모가 준수하시군요. 우리 이 선생님 잘 부탁해요, 이 서방."

순식간에 태수와 이 비서의 얼굴이 굳어졌다.

이 서방이라니! 조직의 마스터, 아시아의 용이 순식간에 이 서방이 되고 말았다.

"그러니까, 앞으로 내가 이 선생님과 결혼하면 이 서방은 우리 이 선생님한테 형님이라고 불러야 해요. 아셨죠?"

똑똑한 멘사 회원답게 순식간에 족보 정리를 내렸다.

아진은 아랫입술을 물어뜯으며 아라를 째려보다가 얼른 태수의 팔을 잡았다.

"언니! 나 간다. 그리고 이 비서님, 저 가요."

"그럼, 이만."

태수는 아진을 뒤따라서 병실을 빠져나갔고 행동대장들도 따라나갔다.

이 비서는 아라가 그렇게 멋져 보일 수가 없었다. 태수를 한 방에 누른 정의의 여신처럼 보였다.

"최 변호사님! 저, 병원은 갑갑해서 퇴원하고 싶은데……."

"안 돼요, 아직 다 낫지도 않았는데. 그럼 퇴원하시고 집에서 제가 병간호해드릴까요?"

"흐흠, 그래 주신다면 저야 고맙죠."

"알겠어요, 잠시만 기다리세요. 제가 얼른 퇴원수속 밟고 올게 요."

아라는 신 나서 병실을 뛰어 나갔다.

맞은편의 새끼 조직원은 허옇게 얼굴이 질려 있었다.

"이 비서님! 정말 대단하십니다. 그냥 마스터를 한 방에 누르셨 네요. 역시 브레인이십니다요."

"하하하! 뭘. 자고로 남자란 여자를 잘 만나야 하거든. 하하! 아, 그리고 지금부터 마음 단단히 먹고 내 말 잘 들어. 자네 재수술해 야 할지도 모르니까 재빨리 다른 병원으로 조용히 옮겨. 내가 의리 가 있어서 하는 말인데, 저 의사 양반, 멘사 조직원이다. 그러니까, 조용히 떠."

"그, 그게 뭡니까, 이 비서님."

새끼 조직원은 지금 자신이 잘못 들은 건 아닌지 재차 확인하는 눈길로 이 비서를 쳐다봤다. 고개를 끄덕이던 이 비서는 새끼 조직 원을 향해 안타깝다는 눈빛으로 바라보았다.

"깊이 알면 다쳐, 알겠지?"

"알겠습니다, 젠장!"

이 비서는 아주 안쓰러운 얼굴로 조직원을 바라봤다.

검은색 리무진 안에서는 태수와 아진이 심각한 얼굴로 앉아 있 었다.

"아진, 말해봐. 언니와 사이가 그렇게 안 좋은가?"

"아니에요, 뭐…… 그럭저럭? 워낙에 입이 무거라서 그렇죠. 봤잖아요, 대번에 이 서방이라고 하는 거. 그렇다니까요."

"나, 이 서방 하고 싶어, 최아진."

"……태수 씨."

태수는 한없이 깊고 진지한 시선으로 아진을 바라보았다. 아진을 품에 끌어당기고 자연스럽게 입술을 겹쳤다. 서로의 입술이 맞물리고 태수의 혀가 들어왔다. 상큼한 박하 향이 나는 태수의 입술을 받아들이며 아진은 기분 좋은 신음을 흘렸다.

"으응."

태수는 아진의 얼굴을 더욱 끌어당기며 깊게 혀를 밀어 넣었다. 빠른 숨이 흩어지고 그녀의 허벅지 위를 쓰다듬는 손길에는 다급함이 묻어났다. 하지만 지금 여기는 차 안이었다. 최대한의 인내를 하며 자제했다.

"아진아, 누구 만나볼 사람이 있어. 내겐 부모님과 같은 분이시다. 같이 가줄래?"

"누구……?"

"차 실장님이라고 있어. 지웅 건설에 근무하고 계셔. 아 참, 지웅 건설에 관해선 내가 말 안 했지? 아버지가 설립한 회사가 지웅 건설이야. 지금은 내가 사장이고."

"조폭 두목뿐만 아니라 건설회사 사장이라고요?"

놀란 눈으로 그를 바라보자 태수는 고개를 끄덕였다.

"앞으로 드래건 파는 지웅 건설 쪽으로 흡수할 거야. 조직들도 서서히 정리하고 있어. 그것 때문에 많이 바빴는데, 이제 정말 끝이 보이는 것 같아."

쉬운 여자 아니에요

"대단해요."

"하하, 대단한 건 아니고."

"그래도 어떻게 그런 생각을."

"만약 내 아들이 아빠 직업을 조폭이라고 하면 곤란하지 않겠어? 좋은 아빠가 될 거야."

"태수 씨……!"

"분명 아진은 좋은 엄마가 될 거야. 그렇지?"

아진은 태수의 허리를 끌어안으며 가슴에 얼굴을 기대었다. 이 사람과 있으면 정말 좋은 아내, 좋은 엄마가 될 수 있을 것 같았다.

"네, 만나러 가요, 그분. 언제든지."

"고마워."

태수는 아진의 머리를 쓰다듬으며 정수리에 얼굴을 기대었다.

여전히 우아한 차림의 부인이 가운데 앉아 있고, 좌우로 남자 3명, 여자 1명이 앉아 있었다. 아진의 집에서 가족회의가 열리는 포지션이다. 오늘 회의는 아술의 발언으로 소집된 것이었다. 이 집안의 미운 오리 새끼가 빠진 지금은 완전 연예인 군단이다.

우아한 중년 여성은 치마의 주름을 펴면서 아들을 바라보며 입을 열었다.

"아술, 할 말이 있다고 하지 않았니?"

심각한 표정의 얼굴로 앉아 있던 아술이 입을 열었다.

"충격 받지 마시길 바랍니다."

"우리가 어지간한 일로 충격받을 사람들이니. 말해."

"아라와 아진이 사귀는 사람이 있습니다."

"그래? 정말 뜻밖이구나, 아진도?"

"네, 드래건 파라는 조직인데 그 조직의 두목과 아진이 사귀고 있습니다."

"난 걔가 일낼 줄 알았다. 그 두목은 사람 보는 눈이 있다니? 혹시 어디가 아프진 않고?"

"멀쩡합니다, 제가 보기엔 그 조직도 아주 탄탄하더군요. 일개 조폭이 아니라 제3금융권에서는 독보적이더군요. 그리고 지웅 건설사 대표이기도 합니다. 그 사람 부친이 지웅 건설을 운영하다가 조직에 빼앗기는 바람에 그 아들이 회사를 다시 찾아오기 위해 지금 조직으로 들어간 모양입니다."

"호호호, 그게 무슨 충격 받을 일이니? 샴페인을 터트려야겠는 걸. 그렇게 훌륭한 사람을 사귀다니."

"여보, 아무리 그래도 그렇지. 아진이 뭐가 모자라서 깡패 두목과 결혼을 시킨단 말이야."

"여보! 입을 삐뚤어져도 말은 똑바로 하랬다고. 아진이가 정상은 아니잖아요. 솔직히 말해서 짚신도 제 짝이 있다고 나타났을 때 보냅시다."

"뭐, 그렇긴 하지만……."

두 분의 대화 사이에 아술이 다시 입을 열었다. 역시 아진에 대한 반응은 예상대로였다.

부디 아라에 대한 반응은 예상대로 흘러가지 않길 바랄 뿐이었다.

쉬운 여자 아니에요

"아라가 사귀는 사람은 그 두목의 비서랍니다."

"뭐? 최아라, 똑바로 말해봐. 맞아?"

엄마는 당장 넘어가기라도 할 것처럼 소리를 질렀다.

"응, 엄마도 만나보면 당장 반할걸?"

"아, 머리야. 여보, 청심환 좀 갖다 줘요."

"어, 어. 그래."

"너 미쳤니? 깡패랑 결혼하겠다는 거야? 지금? 당장 헤어져."

"엄마가 아무리 그래도 못 헤어져. 이미 우린 갈 데까지 갔거든, 그리고 피임도 안 했어."

입을 굳게 다물고 있던 큰오빠의 입이 열렸다.

"그럼 이미 결정 난 거나 다름없네요. 어머니께서 포기하시죠. 전 도대체 왜 이런 가족회의를 하는지 모르겠습니다. 피곤해서 이만 들어가서 쉬겠습니다."

"그 깡패들 다 불러 모아. 당장!"

"엄마! 약속을 잡을게. 그 사람들 얼마나 바쁜지 알아? 내일이든 모레든 약속 잡을 테니까, 진정해, 제발."

"여보, 청심환 여기 있어. 우리 방에 들어가자."

아술은 아라에게 협박을 받았다. 이번 연구소에서 잘린 걸 엄마한테 불겠다는 협박 때문에 어쩔 수 없이 드래건 파의 남자들에 대해서 입을 열게 된 것이다. 비교적 그 풍파가 가볍게 지나갔다. 아마 큰형에게도 아라가 무슨 수를 썼으리라. 그런 게 아니고선 이렇게 쉽게 손을 들 리가 없었다.

"오빠, 수고했어."

아라의 미소에 소름이 돋았다. 아진은 순진한 구석이라도 있지. 아라는 너무 영악해서 인간미가 없었다.

"두말하면 죽는다, 최아라."

"설마, 내가 그럴 리가 있겠어?"

아라는 신이 난 듯 콧노래를 부르며 방으로 들어갔다.

화려한 샹들리에 조명이 홀을 비추는 7성급 호텔. 드래건 파가 운영하는 호텔이었다. 정확히 말하면 이태수가 대주주다. 그리고 자신은 이 호텔의 이사로 올라 있었다. 그런 이유로 이 비서는 일단 아라의 어머니를 이곳에서 뵙기로 했다. 자신이 살길은 오직 아라뿐이라 생각하며 서둘러 추진했던 것이다.

아라는 김 여사를 모시고 호텔 커피숍으로 향했다. 여전히 못마땅한 얼굴의 김 여사는 아라를 보며 한숨을 내쉬었다. 잘나가는 변호사로 장래가 촉망되는 딸이 조폭과 결혼을 한다니 그 속이 어떠하겠는가. 하지만 여전히 당당한 아라는 전혀 구김 없는 얼굴로 김 여사를 이끌었다.

"엄마, 이쪽으로."

"재촉하지 마. 별로 기분 좋지 않으니까."

"여기 호텔이 누구 건지 알아?"

"내가 어떻게 아니."

퉁명스럽게 받아치는 엄마를 쳐다보던 아라는 어깨를 으쓱거리며 뽐내듯 말했다.

"엄마, 이 선생님이 여기 이사로 있다고 하던데."

"흐흠. 뭐, 제법 자산은 있나 보구나."

"그러니까 엄마가 너무 어깨에 힘줄 필요 없다는 얘기야. 만약 엄마 때문에 이 선생님한테 차이거나 하면 평생 엄마 원망할 거야."

"저, 철없이 하는 말 좀 들어봐. 정말 못 살겠네."

룸 안으로 들어서자 훤칠한 미남이 자리에서 벌떡 일어났다. 얼마나 인물이 훤한지 김 여사의 입이 떡하니 벌어졌다.

"오시느라 고생 많으셨습니다. 이리로 앉으시지요."

머리끝부터 발끝까지 스캔을 마친 김 여사의 얼굴에는 환한 미소가 감돌았다. 조폭이라고 해서 깡패들처럼 우락부락 사나울 거로 생각했는데, 인물도 훤한 것이 보통이 아니었다. 매너 있는 태도와 품격을 갖춘 외양은 김 여사의 마음에 쏙 들었다. 더군다나 이 호텔의 이사라고 하지 않았던가.

김 여사의 표정을 살피던 아라는 만족스러운 미소를 지으며 편안하게 자리에 앉았다.

"이 선생? 만나서 반가워요."

"네, 진작 찾아뵀어야 하는데, 인사가 늦었습니다. 이문식이라고 합니다."

"우리 아라가 나 닮아서 예쁘긴 하지만, 이 선생도 참 외모가 바람직하게 생겼네요."

"좋게 봐주시니 감사합니다. 아무리 그래도 어머님만큼은 아니지 싶습니다. 어머님 정말 아름다우십니다."

"어머, 호호호. 칭찬 듣기 좋네요. 그래, 우리 아라 어디가 그렇게 마음에 들던가요?"

"일단, 제 눈에 안경이라고 모자란 데 없이 다 좋습니다."

"흐흠. 하긴 얘가 워낙에 부족함이 없어요. 외모나 머리나 모든 것이 완벽하긴 해요."

이 비서는 최대한의 예의를 갖춰서 김 여사를 대했다. 자신의 구명줄이나 다름없으니 살 방법은 이것뿐이라고 나름의 판단을 내렸다. 아부의 신이라고 불려도 무방할 정도로 아부에 천부적인 소질을 타고난 이 비서는 마음껏 실력을 발휘하고 있었다.

"저, 어머니. 오늘 처음 뵙는데 작은 선물을 준비했습니다."

"어머, 뭐 이런 걸."

김 여사는 날름 선물을 받아 들고서는 포장을 뜯었다. 고급스러운 케이스에는 아름다운 흑진주 세트가 들어 있었다.

"어머, 잘 받을게요."

"앞으로 잘 모시겠습니다."

"호호호, 인연이야. 하늘이 맺어준."

이 비서는 김 여사와 아주 쿵 짝이 들어맞았다. 아라는 속으로 안도의 한숨을 내쉬고 둘을 흐뭇하게 바라봤다.

"엄마, 고마워. 우리 잘 살게."

"그래, 곧 날 잡자."

"감사합니다."

화기애애한 분위기 속에서 자리가 끝나고 아라와 문식은 앞날에 대한 의논을 시작했다. 문식은 기회가 되면 아라에게 자신의 처지에 대해 그럴듯하게 포장해서 비서 자리 되찾는 것을 도와달라

부탁할 생각이었다. 이 비서의 돌 굴러가는 소리가 요란하게 울려 퍼졌다.

　

태수와 아진은 거실에 나란히 앉아서 TV를 보고 있었다. 아진이 태수를 주도면밀하게 살펴보더니 조용히 귀에 대고 속삭였다.

"해도 돼요?"

"뭘?"

"섹스, 하고 싶어요."

아진의 입에서 나온 소리에 태수는 숨을 들이켰다. 물어보나 마나 한 소리. 듣던 중 가장 반가운 소리였다. 태수는 습관처럼 집에서는 옷을 잘 입지 않기 때문에 가운 안에는 팬티만 걸치고 있었다. 아들내미는 서서히 기립을 준비하기 시작했고, 마른침부터 삼켰다. 아진은 TV를 끄고서는 그를 바라보았다.

"있잖아요, 궁금한 게 있어요."

초롱초롱한 눈빛으로, 물론 태수 눈에 유독 그렇게 보였다. 물어오는 아진이 귀엽기도 하고, 오늘은 어떤 일로 사람을 놀라게 할지 조금 겁이 나는 것도 사실이었다.

"뭐가 그렇게 궁금할까?"

"해보고 싶은 게 있어요. 동영상을 봤는데, 입으로 하면 정신을 못 차리던데, 정말 그래요?"

아진은 얼굴을 붉히며 조심스럽게 물었다. 순간 당황한 태수는 터질 것 같은 심장을 누르며 고개를 끄덕였다.

"아마…… 그럴지도……."

뭔들 좋지 않을까, 최아진.

"저, 그러니까 그렇게 좋나요?"

아진은 앵두 같은 입술을 오물거리면서 살짝 눈을 내리떴다. 수줍은 듯 뺨을 붉히며 말해오는 아진을 당장이라도 눕히고 싶어진 태수는 최대한의 인내를 하며 아진의 말을 끝까지 들어보기로 했다.

"그러니까 오럴 섹스를 하고 싶다는 말이지?"

아진은 말없이 고개를 끄덕였다.

하! 미치겠다, 정말.

더 이상 참을 수 없어진 태수는 가운을 벗어 던지고 아진을 달랑 들어서 소파에 눕혔다. 그러자 아진이 그의 가슴을 밀치고 일어나더니 오히려 태수 다리 사이에 자리를 잡았다.

눈을 치켜뜨고 요염하게 바라본다. 야하다, 정말 야하게 생겼다. 우리 최아진.

"저, 해요."

윽! 아진!

세상에!

아진이 태수의 팬티를 내리더니 그것을 붙잡고 혀로 할짝댔다. 아진의 숨결이 가랑이 사이에서 느껴지자 심장이 펄떡이기 시작했다. 작은 입술로 비비고 입안에 삼키는 모습을 내려다보았다. 가장 친밀한 행위를 용기 내어 힘들게 하고 있는 그녀를 보자 가슴이 찡했다. 비록 서툴고 제대로 하지 못해도 태수는 그 어느 때보다 만족감이 컸다.

쉬운 여자 아니에요

"맛이 이상해요."

태수는 짧고 격한 호흡으로 간신히 조절하며 아진의 새까만 머리카락을 쓰다듬었다.

아진은 침을 꼴깍 삼켜가면서 입에 넣었다 뺐다를 반복했다. 이마에 땀이 송골송골 맺혀 있었다.

"이제, 그만. 그만해. 아진아."

태수는 아진을 일으켜 세우려 했다.

"싫어요, 끝까지 갈래."

그런데 너무 깊게 넣었나 보다. 한차례 헛구역질을 하던 그녀는 빨갛게 부푼 입술과 달아오른 뺨을 한 채 그를 올려다보았다. 보석 같은 눈물을 머금고 있는 눈동자…… 정말 아름다웠다.

"하아, 일어나. 아진아."

태수는 아진을 일으켜 그의 무릎에 앉혔다. 가쁜 숨을 내쉬며 그의 목덜미에 얼굴을 묻어왔다.

"미안해요. 잘할 수 있었는데."

아진의 말에 태수는 웃음을 터트렸다.

"하하하! 최아진, 정말 최고다!"

태수는 아진을 그대로 끌어안고 소파에 눕혔다.

"일단, 한번 하자."

"있어 봐요. 다시 해요. 이젠 잘할 수 있을 거 같아요."

"쉿! 아진, 가만히 있어."

호기심은 많아서 하고 싶은 대로 다 해보자고 하는데, 그렇게 어설플 수가 없었다. 태수는 아진의 도발에 매번 넘어가고, 죽을 만큼 흥분했는데, 오늘은 끝까지 해볼 생각인 모양인지 고집을 부린다.

"그럼, 연습해볼까?"

"네."

태수는 나름 고민한 끝에 아이스크림으로 핥아 먹는 연습을 시켜야겠다는 생각에 이 비서에게 전화했다.

"이 비서, 다시 비서 자리로 돌아오고 싶으면 내가 시키는 대로 잘해라."

-알겠습니다, 마스터! 정말 감사합니다.

"그럼, 지금 당장 아이스크림 사와."

-아이스크림은 어떤 걸로? 떠먹는 걸로 사 갈까요?

"바나나처럼 생긴 걸로 사와."

-바나나처럼요? 그런 게 어딨어요.

"이 비서, 내 말에 언제부터 토를 달았지?"

-아, 아닙니다. 그래도 그런 모양은 없는데.

"젠장, 최대한 네 거시기랑 닮은 걸로 사와!"

전화를 끊고 난 뒤 이 비서는 어이가 없어 헛웃음을 쳤다.

뭐지? 내 거시기 닮은 거라면, 번데기를 사오란 말이야?

우리나라에 번데기 닮은 아이스크림이 어디 있냐고! 시킬 걸 시켜야지.

젠장, 더러워서. 비서 자리 주기 싫으면 싫다고 하던지.

그나저나 어딜 가야 있는 거야, 젠장!

쉬운
여자 아니에요

이 비서는 자가용을 몰고 이태원으로 향했다.

"사람이 말이야 빈틈이 있어야 하는데. 이렇게 철두철미해서야. 나 원, 이러면 세상 살아가기 힘든데……."

이 비서는 혼잣말을 내뱉으면서도 아주 흡족한 미소를 지었다.

디리릭. 찰칵.

"마스터! 이 비섭니다."

"어머, 비서님께서 이 늦은 시간에 어쩐 일로 오셨나요?"

"형수님! 마스터께서 이것이 필요하다고 하셔서. 제가 정말 어렵게 구해왔습니다. 한번 보시겠습니까."

이 비서는 아진 앞에 내밀었다. 아이스박스에 들어 있는 것은 엄지만 한 번데기 모양의 아이스크림이었다.

"어머, 이게 뭐예요?"

아진은 날름 1개를 잡아서 입안에 넣었다.

"맛있다."

"저, 형수님. 그건 마스터께서 필요하다고 하셔서 가져온 건데. 그렇게 마음대로 드시면, 크흠. 그건 말입니다. 제 거시기……. 뭣이냐. 흐흠……. 거시기 모양으로 된 아이스크림을 가져오라고 해서. 그런데 그걸 그렇게 한입에 드시면. 제가 조금…… 그러니까. 쪼매 거시기합니다, 형수님."

"뭐라고 하시는 거예요? 못 알아듣겠네. 그런데 참 맛있다. 어디서 사셨어요?"

"뭐, 워낙에 제가 맛이 좋긴 하지만, 그 아이스크림은 아무 데서

나 안 팔아요."

"그래요? 맛있다. 1개만 더 먹어봐도 돼요?"

"헉! 더 이상은 곤란합니다."

"뭐가 곤란하다는 거지?"

낮게 울려 퍼지는 목소리. 태수가 거실로 나왔다.

"마스터! 간신히 구해왔습니다. 제가 이걸 찾느라 무지 고생했습니다. 총 10개를 구해왔는데, 1개는 형수님께서 드셨습니다."

이 비서는 태수에게 아이스박스를 내밀었다. 아이스박스를 열어본 태수의 눈썹이 꿈틀 위로 치켜 올라갔다.

"이게 뭐지?"

"네? 뭐라뇨? 닮은 걸로 가져오라고 하셨잖습니까."

"그래서?"

"이걸 찾느라고 얼마나 고생한 줄 아십니까. 마침 일식집에 근무하는 칼잡이한테 가서 멜론 맛 아이스크림을 그 모양으로 다듬어달라고 부탁해서 간신히 만든 것입니다. 부끄럽게 거시기까지 보여주면서……."

스스로가 대견하다는 듯 어깨를 으쓱거리며 태수에게 칭찬받을 자세를 취하는 이 비서였다.

태수는 이 비서의 바지 허리춤을 한번 쳐다보고, 상자 안을 다시 쳐다보더니 아이스박스를 집어 던졌다.

"젠장, 그걸 세우고 만들었어야지. 이건 뭐, 도대체가. 너무……잖아."

태수는 차마 입으로 내뱉지는 못하고 말끝을 흐렸다.

"어머, 이 맛있는 걸 왜 집어 던져요?"

아진은 박스 안에서 아이스크림을 꺼내서 또 날름 입안에 집어 넣었다. 그 꼴을 보자 태수는 아진에게 달려가더니 턱을 움켜쥐고 입안에 든 아이스크림을 끄집어냈다.

"우, 윽. 뭐 하는 거예요?"

"뱉어, 먹지 마, 기분 나빠. 절대로 먹지 마."

태수의 손에는 아이스크림이 녹아 뚝뚝 떨어지고 있었다.

황당한 눈으로 태수를 바라보던 아진은 이 비서와 눈이 마주치자 이 비서는 이유를 모르겠다는 듯 어깨를 으쓱했다. 태수는 눈을 가늘게 뜨고 이 비서를 쳐다보며 물었다.

"그런데…… 말이야. 자네, 고래 안 잡았나?"

"헉!"

"내 말 잘 들어. 당장 가서 고래 잡고, 세워서 만들어 와. 크기는 2배로 더 키워서."

"아, 알겠습니다."

이 비서는 아이스크림 박스를 품에 안고 잽싸게 아파트를 빠져나왔다.

젠장! 말을 제대로 하던지. 작은 것도 서러운데 구박이라니.

이 비서는 땅이 꺼지라고 한숨을 내 쉬고 있었다. 보다 못한 아라는 이 비서에게 애원조로 말해보라며 졸라댔다.

"이 선생님, 도대체 왜 그러고 계세요? 네에?"

"아라 씨, 저 혼자 있고 싶습니다. 정말 죄송합니다. 오늘은 먼저 들어가세요."

"그게 무슨 말씀이세요? 저에게 뭐 숨기는 것 있으세요?"

"하, 지금까지 고수해온 나의 신념을 버려야 한단 말인가. 정녕 이것이 살길인가. 신체발부 수지부모 불감훼상 효지시야이건만."

무식이 하늘을 찌르는 이 비서의 입에서 고사성어가 터져 나왔다. 이 비서가 알고 있는 유일한 고사 성어였다.

아라는 그의 유식함에 탄복한 듯 존경 어린 시선으로 바라보며 다시 조용히 물었다.

"혹시, 어디 아프세요? 아니면 다치시기라도 하셨어요? 갑자기 왜 그런 말씀을 하세요?"

"아닙니다, 아라 씨. 혼자 있고 싶습니다."

지금까지 자신의 거시기가 그렇게 작으리라 생각지도 못했었는데, 태수의 말 한마디에 존심이 상해버린 것이다. 수술도 겁이 나긴 했지만, 세상에 자신의 두 배로 만들어 오라니. 그게 어디 사람 거시기냐?

이참에 보형물까지 넣어버려? 아프겠지? 아니야, 생긴 대로 살아야지. 그래도 마스터는 내 두 배라는데, 어쩌지?

이 비서는 머리를 쥐어뜯으며 고민에 휩싸였다. 아라는 이 비서의 그 모습을 매우 안타깝게 쳐다보며 자신이 도와주지 못해 발을 동동 굴렀다. 아라는 아술에게라도 진찰을 받도록 해야겠다는 생각을 하며 집으로 돌아갔다.

아라가 돌아가고 난 뒤 이 비서는 컴퓨터 인터넷 창을 열었다.

그래, 이왕 버린 몸, 마스터보다 크게 만든다. 두고 보자.

이 비서는 눈물을 머금고 비뇨기과 검색에 나섰다. 웹서핑의 달인 이 비서의 광마우스 질이 시작됐다.

행동대장 넘버원은 담배를 피우기 위해 복도를 나오다가 힘없이 걸어오는 이 비서와 마주쳤다. 병팔은 이 비서를 보자 반갑게 달려가서 인사를 했다.

"이 비서님, 오랜만입니다."

병팔이 악수를 하기 위해 다가가자 이 비서가 팔을 휘저으며 뒷걸음질 쳤다.

"으, 다, 다가오지 마. 저어 멀리 떨어져!"

힘들게 걸어오던 이 비서는 덩치가 산만 한 행동대장이 덤벼들자 기겁을 했다.

"아니, 왜 그러십니까. 누구한테 까였습니까. 어느 놈이 그랬습니까. 갑시다, 젠장!"

어디 건수 없나 눈이 시뻘건 병팔은 이 비서의 팔을 잡고 흔들었다.

"으악! 조심! 조심하라니까."

"세상에, 우리 조직의 브레인을 누가 이 꼴로. 완전 좆을 까버린 모양인데, 갑시다. 형님."

"그게 아니라. 고래 잡았어, 젠장!"

눈물을 머금고 고래를 잡았다고 이실직고를 하는 이 비서를 보며 병팔은 배를 잡고 웃기 시작했다.

"푸하하하! 아니, 형님. 나이가 몇 갠데. 하하하! 함 봅시다. 형님!"

"놔! 이거 왜 이래!"

기겁하며 이 비서는 뒤로 물러섰다.

통! 또르르르…….

그때 복도 바닥을 구르는 것은 한국야쿠르트 빈 병이었다.

"주, 주워와. 어서!"

이 비서는 소리를 질렀다. 조금 과격하게 움직인 탓에 빠진 것이다.

"아니, 형님. 세상에 이 조그만 걸로 거길…… ?"

이 비서의 똥 씹은 표정 앞에서 병팔은 차마 웃을 수가 없어, 혀를 깨물고 미친 듯이 옥상으로 뛰었다.

제12화.
같이 살자, 평생토록

정기총회는 전국에 있는 드래건 파의 조직원 중 간부급들이 모이는 연말 행사였다. 드래건 파가 운영하는 각 사업장의 사장들도 함께 참석했다.

거대한 규모의 연회장은 파티 플래너에 의해 화려하면서도 아름답게 꾸며졌다. 조폭들의 모임이라고는 상상할 수 없을 정도로 우아하고 격조 있는 연회였다. 클래식이 잔잔히 흐르며 성장을 한 사람들이 속속들이 모여들었다.

국내에서 내로라하는 아티스트들이 모여서 합동 작품으로 아진을 완성했다. 검은색의 이브닝드레스는 치파오 스타일로 동양적인 이미지를 강조하면서도 섹시한 매력을 풍겼다. 아담한 아진이 치파오를 입자 홍콩 여배우처럼 강렬한 매력이 뿜어져 나왔다.

완벽한 메이크업으로 눈매를 강조하자 쌍꺼풀 없는 눈이 고혹

적으로 빛이 났다. 윤기 나는 머리카락은 클레오파트라처럼 앞머리를 일자로 잘라서 귀여움을 더했고, 스커트는 허벅지 깊이 파여 있어서 걸을 때마다 속살이 드러났다. 짧은 소매의 치파오를 입은 아진은 태수의 팔에 손을 얹고 홀 중앙으로 들어섰다.

태수와 함께 서 있는 아진은 어떻게 보면 중국 무술영화에 나오는 소공녀처럼 깜찍하고 요염했다. 가느다란 눈매에 붙인 긴 속눈썹이 차양을 드리운 듯 아련하게 나풀거렸다. 완벽한 변신이었다. 환골탈태에 가까운 변신은 화려한 조명과 어우러져 신비스럽기까지 했다.

"이 비서님, 정말 형수님 맞습니까? 역시 돈이 좋긴 좋습니다요."

행동대장 넘버원의 말에 이 비서는 안도의 한숨을 내쉬었다.

"자네가 보기에도 그렇게 보이나? 정말 다행이네. 사실 이번에 실패하면 가만 안 두겠다는 마스터의 협박이 있었거든. 국내에서 제일 잘나가는 아티스트를 모시느라 죽을 뻔했다니까."

"역시 이 비서님이십니다. 야수를 미녀로 만드셨으니, 보고도 믿기지가 않습니다요."

"병팔이, 고맙네. 그리고 야쿠르트, 끝까지 비밀로 해줘서 고마워."

"풋, 뭘, 그런 걸로. 크흠."

병팔은 간신히 잊고 있던 것을 상기시키는 이 비서를 원망하며 다시 혀를 깨물기 시작했다.

아무튼, 세상은 공평하긴 했다. 저 완벽한 외모에 야쿠르트라니.

병팔은 애국가 1절은 가능할까 싶은 생각에 속으로 애국가 1절을 부르기 시작했다.

동해물과 백두산이 마르고 닳도록…… 우리나라 만세.

젠장, 아무래도 힘들겠다. 어쩌냐, 이 비서, 크큭.

병팔은 터지는 웃음을 참기 위해 허벅지를 꼬집고 또 꼬집었다.

이 비서와 병팔이 삽질하는 사이, 미묘하게 연회 홀의 공기가 바뀌고 있었다. 지극히 자연스럽고 즐거워야 할 오늘 모임이 전쟁 선포 할 때처럼 무거운 정적 감이 감돌기 시작했다. 이 비서와 병팔 역시 조직원들의 분위기가 경직됨을 느끼고 태수 옆으로 다가왔다.

"저, 마스터. 도대체 분위기가 이게 무슨 징조인지. 아무래도 수상합니다."

태수는 이미 각 지역의 어른들을 만난 상태였다. 드래건 파의 공식적인 해체 선언에 대한 동의를 얻었고, 이들은 모두 지난 회한에 사로잡혀 기분이 가라앉은 상태였다. 조직원들 대부분을 건설 회사로 넣기로 하고 건실한 기업을 사들여 조직원들을 그곳에 취업시키기로 했다. 명분 없는 조직의 존립은 사실상 없느니만 못한 것이었다.

태수의 끈질긴 설득에 다들 동의를 했고, 오늘 그 발표를 남겨 둔 상태였다.

단상에 오른 태수는 극비로 진행해온 일들을 차분하게 설명하기 시작했다.

"안녕하십니까, 드래건 파 이태수입니다. 우선 여기에 모여주신

분들에게 감사의 인사를 전합니다. 오늘부터 우리 드래건 파는……."

태수의 설명이 쭉 이어졌다. 오늘부터 서서히 조직 정리에 들어가겠다는 말이 모두에게 충격을 주었다. 조직원들의 술렁임이 대단했다. 당장이라도 들고 일어날 것처럼 거칠었고 난폭했지만, 태수의 카리스마 있는 한마디에 장내의 술렁임은 조용해졌다.

"만약, 지금 여기서 1명이라도 움직이거나 연장을 쓸 경우 내 목숨을 걸고 살려두지 않을 겁니다, 명심하십시오."

태수 옆에 있던 아진이 주위를 쭉 둘러보며 눈을 빛냈다. 다들 그런 아진을 보며 침을 꿀꺽 삼켰다. 사실 태수보다 그 옆에 있던 정체 모를 여자의 기운이 더 살벌했던 것이다.

생김새부터가 수상했다. 끝을 알 수 없는 내공의 깊이가 느껴졌다. 날카로운 눈매는 화장으로 감추려고 했으나 그 기세를 숨길 수가 없었다. 검은색의 치파오는 무술 하는 여자들처럼 활동하기 편하도록 허벅지 깊이 트여 있었고, 그 사이로 언뜻 비치는 다리 근육은 육상선수처럼 탄탄했다. 무수한 훈련을 거친 자만이 가질 수 있는 근육이었다. 또한, 얼마든지 연장으로 사용 가능한 12센티미터의 킬힐은 강력한 살상력을 지닌 무기로 사용된다. 역시 마스터의 여자다웠다.

태수는 설명을 마친 뒤 다들 연회를 즐기라는 마지막 말을 남기고 무대를 내려왔다. 아마 크고 작은 반발이 생길지도 모른다. 하지만 생각보다 조용했고 차분한 분위기 가운데 마칠 수 있었다. 간부와 조직원들은 매년 술을 마시고 취해 떠들던 분위기와는 천지 차이로 입에 술도 대지 않고 마스터의 눈치만 보면서 조용히 움직이고 있었다.

앞으로 서서히 조직을 축소하고 기업체로 전화시킨다는 말에 어쩌면 희망을 품는지도 몰랐다. 태수는 이미 시작을 했으니 제대로 하겠다는 각오였다.

그것은 아진과의 약속이었다. 그리고 아버지와의 약속이기도 했다.

오늘 연회장에 차 실장도 참석했다. 태수는 아진을 데리고 차 실장에게 다가갔다.

"실장님, 전에 말씀드렸던 최아진입니다."

"아, 반가워요, 아진 씨."

아진은 아주 상냥하게 인사를 건넸다.

"반갑습니다. 말씀 많이 들었습니다, 그동안 우리 태수 씨 곁에서 큰 힘이 되셨다고 들었어요. 고맙습니다."

"하하, 제가 뭘 했다고 그러십니까. 그나저나 우리 사장님 제대로 임자를 만난 것 같습니다. 두 분 보기 좋습니다."

"고맙습니다."

"외롭고 힘들게 사셨습니다. 사장님 행복하게 해드리세요. 부탁드립니다."

차 실장이 눈물을 글썽이며 말하자 아진은 그의 손을 잡으며 고개를 끄덕였다.

"네, 말씀 편하게 하세요, 그리고 제가 잘하겠습니다. 평생 이 사람 하나만을 위해 살겠습니다."

"허허, 이거 원. 우리 사장님 정말 좋으시겠습니다."

차 실장은 아진의 눈빛을 보며 단번에 심성이 고운 여자라는 것을 알아챘다. 비록 화려한 화장을 했지만, 그 이면에 감춰진 마음씀씀이나 행동거지가 요즘 아가씨답지 않게 진중하니 내조를 아주 잘할 것 같았다.

"사장님, 저는 이제 마음 놓아도 되겠습니다. 떡두꺼비 같은 아들이나 어서 보시지요."

"그게 어디 마음대로 되나요."

"보아하니 아들 낳을 관상이십니다."

"그렇습니까, 제 결혼식에는 차 실장님이 주례를 봐주셔야 합니다."

"그러지요."

"차 실장님 마음에 드신다니 다행입니다. 사실 마음에 안 드신다면 어쩌나 은근히 걱정했습니다."

태수가 싱긋 웃으며 말하자 차 실장이 귓가에 대고 속삭였다.

"보아하니 전 회장님처럼 애처가가 되실 것 같습니다."

"네, 지금도 좋아 죽습니다."

태수는 아진을 보며 환한 미소를 보냈다. 아진은 그의 미소에 화답하며 손을 잡았다. 이 여자를 평생 사랑하고 사랑하겠다는 다짐을 하며 잡은 손을 놓지 않았다. 아진은 태수의 마음을 고스란히 느끼며 잡은 손에 힘을 꼭 주었다.

에필로그. 결혼식

아진은 우아한 신부 화장을 하고 몸에 딱 맞는 순백의 웨딩드레스를 입었다. 여자는 남자의 사랑을 받으면 예뻐진다는 것은 만고의 진리인 모양이었다. 아진을 보던 조직원들은 입을 떡하니 벌린 채 숨을 삼켰다. 신부 대기실에서 얌전히 앉아 있는 아진은 누가 보더라도 감탄사가 나올 만큼 예뻤다.

한편, 턱시도를 입고 준비를 다 마친 태수는 훤칠한 미남의 신랑감이란 소리가 사방에서 터져 나왔다.

속속들이 몰려드는 하객들을 향해 인사를 하던 태수는 장모님의 자상한 미소에 수줍은 미소를 지었다. 맞은편에 서 있는 장모의 입가에는 웃음이 떠나질 않았다.

상견례 이후 아진의 집에선 새로운 권력 구도가 형성되었다. 태수와 아진은 장남이 앉던 자리로 승격되었는데, 이것은 장모의 전

폭적인 지지 때문이었다.

태수를 보자마자 한눈에 반한 장모는 태수를 극진히 대우했고, 따라서 아진의 대우도 달라졌다. 언니보다 먼저 식을 올리게 된 아진은 아라의 질투를 견뎌내야만 했다.

화창한 날씨에 어울리는 버진 로드가 야외 푸른 잔디밭에 설치되었고, 그 앞에 아진과 태수가 나란히 섰다. 오케스트라의 협연으로 결혼행진곡이 울리고 둘은 손을 잡고 버진 로드를 걸었다.

하객들의 박수 소리와 축하 속에 무사히 결혼식을 마친 그들은 곧바로 신혼여행을 떠났다.

태수는 수행원들을 모두 물리치고 오로지 아진과 단둘이서 떠났다. 차창에 팔꿈치를 올린 채 핸들을 잡고 여유롭게 해안가를 달리는 태수는 바다처럼 푸른 웃음을 터뜨리며 아진을 바라보았다. 저 멀리 펼쳐진 바다를 보며 아진은 눈을 떼질 못했다. 서울을 떠나본 적이 별로 없는 아진은 바다에 시선을 빼앗겨버렸다.

"바다, 너무 아름다워요."

"젠장, 나는 바다도 질투하는 놈인가 보군. 오늘 처음 알았는걸."

태수는 바람에 날리는 아진의 머리카락을 쓰다듬으며 작게 속삭였다.

"설마, 그렇게 속이 좁진 않겠죠?"

"그러게 말이야."

"쿡."

"바다가 보이는 별장에서 너랑 내내 둘만 있을 거야."

태수의 말에 아진이 살짝 눈을 흘기며 말했다.

"내내 침대 위에 있겠단 소린 아니죠?"

"설마, 우리가 할 수 있는 곳은 침대뿐만이 아니지."

"그 말이 그 말이잖아요."

아진이 아프지 않게 그의 팔을 때리자 태수는 아진의 손을 꽉 잡으며 깍지를 꼈다.

"고마워, 나랑 결혼해줘서."

"저도요."

"사랑해."

"저도 사랑해요."

"죽도록 사랑해."

"저도 죽도록 사랑해요."

해안도로를 따라가던 차는 우회전을 해서 소나무가 우거진 곳으로 한참을 들어갔다. 다시 좌회전해서 돌아가자 바로 코앞에 바다가 있었다. 해안가를 따라 별장들이 띄엄띄엄 있었고 그중에서 가장 예쁘게 지어진 별장으로 차를 몰고 갔다. 붉은색 벽돌로 지어진 유럽식 별장은 아치형의 출입구가 중앙에 놓여 있었다. 태수는 그곳으로 아진을 데리고 갔다. 별장 입구는 대문이나 담벼락 같은 건 없었다. 집 주변을 소나무가 울타리처럼 둘러싸고 있었다. 마당을 지나 앞으로 가면 바로 백사장이었다.

프라이빗 펜션처럼 지어진 이곳은 다른 나라에 와 있는 듯한 착각이 들 만큼 아름다웠다.

"마음에 들어?"

"네."

내부도 고풍스럽고 아름다웠다. 깔끔한 실내는 금방 청소를 마친 것처럼 깨끗했다. 2층으로 된 건물은 1층 내부에 나선형으로 된 계단이 연결되어 있었다. 2층에 올라간 아진은 발코니로 나가 밖을 내다보았다. 바다가 금방이라도 덮쳐올 것처럼 가까웠다. 햇빛이 은가루를 뿌린 것처럼 반짝이는 바다는 은빛 비늘을 두른 전설의 거대한 물고기처럼 천천히 움직이고 있었다.

"가끔 여기 와서 아무 생각 없이 둘만 있으려고 준비한 곳이야."

등 뒤에서 아진을 끌어안고 속삭이는 태수의 목소리는 아진만큼이나 들떠 있었다.

"지금 바다에 들어가면 춥겠죠?"

"글쎄, 한낮에는 괜찮을걸. 만약 바다가 춥다면 별장 뒤에 풀장이 있어. 거기 가볼까?"

"네."

아진은 아이처럼 눈을 빛내며 좋아했다. 태수는 아진의 이마에 입술을 내리며 쪽 소리 나게 키스했다.

"가보자."

"배고프지 않아요?"

"저런, 좋아. 오늘은 내가 직접 요리를 해줄게."

"그것보다 여기가 더 급한 거 같은데, 아니에요?"

아진이 눈을 치켜뜨며 그를 유혹하듯 손을 내렸다. 태수는 오는 내내 참았던 것을 건드리자 숨을 훅 들이켜며 아진의 팔목을 움켜잡았다.

"감당할 자신 있다 이거지?"

"단단해요."

아진의 눈빛도 서서히 젖어 들었다. 태수는 발코니 난간 쪽으로 아진을 돌려세운 뒤, 뒤에서 끌어안으며 속삭였다.

"잡아, 여기."

아진의 엉덩이 사이로 그의 꿈틀대는 욕망이 고스란히 전해져 왔다. 아진은 눈앞에 펼쳐진 바다를 보며 그를 받아들였다.

"아흑!"

"하아, 아진!"

귓가에 속삭이는 뜨거운 입김과 안에서 끊임없이 자극하는 뜨거운 분신 때문에 정신을 차릴 수가 없었다. 파도가 일렁일 때마다 그녀의 심장도 일렁였다.

자잘하게 등에 키스를 퍼부으며 가슴을 움켜쥐던 그는 아진이 흐느끼며 매달릴 때까지 멈추지 않았다. 유두를 손가락에 끼운 채 가슴을 강하게 주물렀다. 아진의 가냘픈 허리가 더욱 휘어지자 단단히 허리를 받치며 손을 앞으로 내렸다. 굵은 엄지가 클리토리스를 자극하자 아진은 아찔한 느낌에 눈물을 머금으며 고개를 돌려 그를 바라보았다.

태수는 입술을 내려 아진의 뒷목을 빨아 당기며 붉은 흔적을 남겼다.

"아앙……. 그, 그만, 제발……."

난간을 잡은 아진의 손마디가 하얗게 불거졌다. 태수는 아진의 얼굴을 당겨 입술을 겹치며 혀를 빨아 당겼다. 뜨겁고 짜릿한 쾌감이 척추를 따라 머리끝까지 치솟았다.

아진은 자지러질 듯한 신음을 흘리며 절정으로 치달았다.

태수는 아진이 충분히 느끼도록 움직임을 멈춘 채 이를 악물고 버텨냈다.

흐물흐물 녹아내리는 아진을 다시 돌려 안으며 침대에 눕혔다.

검은 숲은 이미 애액으로 흠뻑 젖어 있었다. 태수는 그녀의 숲으로 고개를 숙여 속살을 혀로 핥았다. 부드럽고 단단한 혀가 한곳을 누르며 비벼대자 아진은 허리를 튕기며 흐느꼈다.

"아흑!"

"하아, 충분히 느껴."

아진은 그가 주는 자극에 엉덩이를 튕겨 올리며 신음했다. 이미 그녀의 몸을 꿰뚫고 있는 태수는 천천히 애태우듯 자극했다.

클리토리스에 입술을 묻고 혀로 튕겨 올리자 아진의 깊은 곳에서 뜨거운 액체가 흘러나왔다. 태수는 남김없이 핥고 삼키며 그녀가 절정으로 치닫는 것을 지켜보았다.

몽롱한 시선으로 그를 올려다보는 아진 위로 몸을 겹치며 그의 분신을 깊숙이 묻었다.

봉긋 솟은 가슴이 그의 입술을 기다리듯 눈앞에서 흔들리고 있었다. 태수는 아진의 가슴을 입안에 삼키는 것과 동시에 허리를 밀어 더욱 깊숙이 파고들었다.

"아!"

"하아, 뜨거워. 아진."

태수는 허리를 세운 뒤, 움직이기 시작했다. 손을 뻗어 가슴을 어루만지고 옆구리를 쓸어내리며 엉덩이를 움켜쥐었다.

뇌를 녹일 듯한 짜릿함이 서서히 번져왔다. 그를 물어뜯을 것처럼 조여오는 아진은 또다시 찾아오는 절정에 허리를 튕기며 허벅지에 힘을 주었다.

"하아, 미치겠다. 좋아, 아진."

태수는 그를 힘껏 끌어안으며 파르르 떠는 그녀를 받쳐 들 듯 안았다. 그도 더는 참을 수 없는 격렬한 쾌감에 뜨거운 것을 뿜어냈다.

격렬한 정사 뒤에 그는 아진을 놓아줄 생각을 않고 계속해서 가슴을 쓰다듬고 주무르며 자극해왔다. 아진은 그와 나누는 후희에 만족스러운 신음을 내며 품에 쏙 안겨들었다.

"이제 진짜 배고픈데."

"그래, 누워 있어. 금방 해줄게."

그는 아쉬운 듯 이마에 키스하고 몇 번이나 더 가슴을 주무른 뒤에 일어났다.

아진은 그의 등 뒤에 그려진 용 문신을 사랑스러운 눈빛으로 바라보았다. 처음 그를 보고 놀랐던 기억을 떠올리며 씩 웃음 지었다.

누가 뭐라고 해도 그는 이제 그녀의 남편이었다. 미운 오리 새끼를 우아한 백조로 만들어준 유일한 남자. 내 남자.

아진은 시원하게 불어오는 바람을 맞으며 스르르 잠이 들었다.

아래층에선 그녀를 위해 맛있는 냄새를 풍기며 요리하는 남자가 있었다.

3년 뒤, 이곳 유럽식 별장에는 사내아이의 까르르 웃는 소리가
함께 울려 퍼졌다.

외전

조직원 중에서 유난히 외모가 특출한 놈이 있다는 소릴 듣고 태수는 그 조직원을 불러들였다.

사실 이번 작전에 필요한 인물은 외모도 중요하지만, 특히 밤 기술이 뛰어난 놈이어야 했다. 태수가 흡수하기로 한 몬스터파의 마스터가 여자였기 때문이다.

현재 서울 강남 지역에 뿌리를 내리기 시작한 신생조직인 몬스터 파는 특이하게도 조직원들의 절반 이상이 여자였다. 핵심 간부들은 모두 여자였고, 행동대원들이 남자들로 이루어진 것이다.

한참을 기다리자 이문식이라는 조직원이 들어왔다. 외모는 조인성 뺨치게 생겼는데, 과연 하는 짓은 어떨지 몹시 궁금했다. 주뼛주뼛거리며 들어오는 품도 영 어설펐다. 조금만 갈고

쉬운 여자 아니에요

닦으면 외모는 단연 빛을 발할 것처럼 보였지만, 관건은 밤 기술이었다.

여자를 어떻게 녹여낼지, 태수는 날카로운 눈빛으로 아래위를 샅샅이 훑었다.

"가까이 오도록, 여기 앉아."

아주 조심스럽게 다가와서 얌전하게 자리에 앉았다. 떨고 있는 것이 눈에 보일 정도였다.

느긋하게 앉은 태수의 상체가 들리고 손으로 턱을 받치며 문식에게 명령했다.

"어이, 이문식. 고개를 들어."

"네, 넵. 마스터!"

너무 떤다. 이래선 아무것도 안 된다.

"좀 더 큰 소리로 대답해."

"넵! 마. 스. 터!"

의외로 목소리는 좋다. 여자들이 혹할 음성이다.

"편하게 앉아."

"넵! 마. 스. 터!"

한 번 지적한 것은 반드시 지키고야마는 성격. 그것도 마음에 든다.

태수는 문식을 바라보는 시선이 점점 우호적으로 변해가고 있었다. 이제 본격적인 질문에 들어가야 한다.

"너 여자와 관계를 잘하나?"

"넵! 마스터!"

참나, 무조건 넵이다. 이러면 곤란하지, 이문식.

"좋아. 네 말대로 그렇다면, 어떤지 말해봐."

"일단 여자들은 제 얼굴에 깜빡 죽습니다."

"그래? 그건 인정한다. 그다음은?"

"이단, 몸매가 좋습니다. 그리고 삼단, 힘도 끝내줍니다."

"호오, 힘도 끝내준다?"

"넵. 전 한번 서면 1시간도 끄떡없습니다."

"대단하군, 계속 그 상태로 있을 수 있단 말이지?"

"넵, 마스터!"

자신만만하게 대답하는 걸로 봐서는 거짓말을 할 위인은 아닌 걸로 보이는데, 과연 믿을 수 있을지 의심스러웠다. 상대는 조직의 대표다.

"네가 상대해야 할 여자가 누군지 알고 있나?"

"전혀 모릅니다."

"그래? 넌 천하의 카사노바처럼 여자를 휘어잡아야 해. 그것도 네 아들내미로 말이야. 가능하겠나?"

"네, 자신 있습니다. 변강쇠가 울고 갈 정도로 오래갈 자신 있습니다."

그것은 정말 사실이었다. 사실, 문제라고 하면 크기가 문제지만 말이다.

자신은 거짓말을 하진 않았으니, 죽이진 않겠지라고 생각했다.

"흠, 좋아. 여자가 더욱 좋아하겠군."

쉬운 여자 아니에요

"넵, 그렇습니다."

"좋아, 그럼 일단 준비를 해. 이번 일만 잘 성사시킨다면 네 자리도 보장하지."

"감사합니다, 마스터! 맡겨만 주십시오."

태수의 눈에는 문식의 기백도 마음에 들었다. 더군다나 선 상태에서 1시간이라, 그 정도면 괜찮을 듯싶었다.

"자세한 사항은 행동 대장한테 듣고 일을 잘 해내도록. 빠른 시일 내에 끝내야 한다. 알겠나?"

"넵, 마스터!"

"나가 봐."

문식은 오금이 떨려 왔지만, 무조건 넵이라고 대답했다. 그것만이 살길이라는 것을 주위에서 주워들었던 것이다. 눈치 빠른 자로는 문식을 따라갈 자가 없었다.

태수는 명동 사거리 파에서 시작해서 드래건 파로 이름을 개칭하고 서서히 영역을 넓혀 가던 시기였다. 어릴 적 구두닦이부터 앵벌이까지 안 해본 일이 없었다. 하지만 운도 따랐던지 명동 사거리 파의 보스를 양아버지로 두게 되면서 서서히 실권을 장악해 나가기 시작했다.

현재, 일본과 중국 쪽으로도 점차적으로 발을 뻗을 정도로 세력을 확장시켜가고 있지만, 우리나라에 작은 신생조직들이 우후죽순 격으로 생겨나는 바람에 골치가 아팠다. 아마, 몬스터 파를 제압하고 나면 신생조직들을 휘어잡는 데 큰 도움이 될 것이다.

이문식, 과연 잘해낼 수 있을까. 턱을 문지르며 생각에 잠기는 태수였다.

1달 후.

두두두두. 후다다닥.

쾅쾅.

마스터!

마스터!

전쟁이라도 난 것일까. 왜 이렇게 시끄럽지? 태수는 미간을 찌푸리며 문을 밀치고 들어 온 행동대장 병팔을 노려봤다. 별일 아니면 뒈진다, 병팔이.

"헥헥! 마스터! 드뎌, 몬스터 파가 손을 들었습니다."

"뭐?"

태수는 지금 자신이 잘못 들은 건 아닌지 귀를 의심했다.

"몬스터 파를 이문식이 제압했습니다. 마스터!"

"문식이가? 하, 정말인가? 이렇게 쉽게?"

"네, 마스터. 정말 대단한 놈입니다. 대단합니다."

"자세히 설명해. 알아듣기 쉽게, 천천히."

"넵, 마스터."

병팔의 말에 따르면 그랬다. 몬스터 파의 두목 오영자는 문식을 보자마자 한눈에 반해버려서 지금 문식의 말이라면 죽는시늉이라도 한다는 것이었다.

어떻게 구워삶았기에 그럴까. 과연 밤 기술이 그 정도로 대단했단 말인가?

들리는 말은 그게 다였다. 오영자를 유인해서 호텔에 들어간 뒤 3시간 만에 멀쩡한 모습으로 문식은 룸을 빠져나왔고, 오영자는 다음 날 녹초가 되어서 나왔다는 것이다.

그 뒤 문식을 찾아 헤매던 영자는 조직도 버리고 문식을 찾아 드래건 파에 와서 결국 항복을 한 것이다.

일개 조직을 그 정도로 허무하게 무너뜨리다니. 과연 대단했다.

문식은 앞으로 조직에 크게 쓰일 인물이라는 생각에 태수는 가까이 두기로 했다. 그래서 지금의 이 비서가 탄생하게 된 것이었다.

현재.

"이 비서, 지금도 궁금한 게 있는데 말이야. 도대체 그 몬스터 파의 오영자를 어떻게 요리를 한 거지?"

"헉! 아니, 그때 얘긴 왜 꺼내고 그러십니까? 아라 씨 귀에 들어가면 전 죽습니다."

"아니, 궁금해서 말이야. 나도 아진에게 잘 보여야 하지 않겠어?"

"그, 그건 극비입니다."

"극비라, 그럼 내가 직접 오영자 얘길 아진에게 해도 되겠군."

"치사하게 협박하십니까?"

"협박이 아니라 그 비기를 알려달라는 거지."

292

문식은 그날의 악몽을 떠올리며 고개를 저었다.

오영자는 아동변태성욕자였다. 자신의 번데기를 보더니 두 눈을 희번덕거리면서 덤벼드는데 죽을 뻔했다. 결국에는 옆에 놓여 있던 재떨이로 머리를 내리쳐서 기절시킨 뒤 정확하게 3시간 뒤에 방을 빠져나왔다.

지금도 생각하면 온몸에 소름이 돋는다. 사실 그런 여자가 있다는 사실을 자신도 처음 알았다. 그때 천운이 따랐던 거다.

"마스터, 사실 제가 거시기가 힘이 좋은 편입니다. 아주 오래가지요. 네버다이, 아십니까? 네버다이 건전지라고. 제 성능이 그 정도로 좋기 때문입니다."

이 비서가 끊임없이 말을 이어갔다.

"전에 말씀드렸잖습니까. 필요하시면 좋은 약방 알려드린다고, 팍팍팍! 행동대장도 어찌나 조르던지 그 약방 소개해줘서 약 먹은 뒤 황 마담이 넘어갔잖습니까. 필요하시면 구해다드리겠습니다. 팍팍팍!"

"팍, 처맞기 전에 꺼져!"

태수는 은근히 자존심이 상했다. 네버다이라, 참나. 그런 신통한 재주가 있을 줄. 역시 남자는 오래가야 한단 말이지.

태수는 아진의 탱탱한 엉덩이를 떠올리며 군침을 삼켰다. 아무래도 일찍 집으로 가야 할 것 같다. 서둘러 자리를 털고 일어났다.

한편, 이 비서는 행동대장 병팔을 찾아 헤매고 있었다.

혹시나 마스터한테 야쿠르트 이야기가 들어가면 자신은 죽은 목숨이다. 뭐 빠지게 황 마담 가게로 달려가면서 병팔을 애타게 찾았다.

아라는 자신과의 거사를 미루는 이 비서를 미행하고 있었다. 분명 다른 여자가 있거나, 무슨 이유가 있다고 생각한 것이다. 집에는 거짓말을 해놨는데, 사실 이 비서와는 손만 잡아봤을 뿐이었다. 오늘은 반드시 그 이유를 알아내리라 마음먹었다.

일단 드래건 빌딩 앞에서 문식이 나오기를 몰래 숨어서 기다렸다.

"아, 저기 나온다."

아라는 문식의 차 뒤를 밟았다. 검은색 선글라스를 쓰고 머리에 보자기를 둘러썼다.

이러면 못 알아보겠지? 정말 멘사 회원인지 의심스러운 아라의 행동. 아라는 공부 외에는 잘하는 것이 아무것도 없었다. 반대로 아진은 공부 빼고는 그나마 다 잘하는 편이었기에, 둘을 제대로 섞었어야 했다.

문식은 뒤에 아라가 따라오는지 꿈에도 모르고 황 마담에게로 가고 있었다. 혹시나 병팔이 입을 잘못 놀리는 날에는 자신은 죽은 목숨이다. 더군다나 밤일로 거짓말을 한 걸 알면 생각만 해도 끔찍했다.

어? 차가 들어가는 곳이 술집이다. 아라의 두 눈이 사납게 휘어졌다. 문식이 차에서 내린 뒤 급하게 뛰어가는 모습을 보며 차 안에 앉아 있었다.

"어쩜, 뛰는 모습도 저리 멋질까. 정말 끝내준다."

금세 이 비서의 외모에 반해 넋두리해댄다.

이 비서는 황 마담을 찾아서 병팔에게 달려갔다.

아니나 다를까, 황 마담의 가슴에 안겨서 앵앵거리는 병팔이 보였다.

"아니, 이 비서님. 어떻게 여기까지 찾아오셨습니까?"

놀란 병팔은 이 비서를 보자 얼른 황 마담의 품에서 떨어져 나왔다.

"긴히 할 얘기가 있네."

"전쟁 났습니까? 어느 씨방새들이!"

"아, 아니네. 그게 아니란 말이야. 혹시 야쿠르트 얘긴 절대로 마스터한테 하면 안 되네."

"아, 그거요? 물론이죠."

"호호, 이 비서님 야쿠르트 말씀이죠?"

"아니, 황 마담이 어떻게 그걸 알고 있지?"

문식은 당황한 나머지 재빨리 황 마담에게 다가가서 입을 막았다.

"제발 부탁이야, 이렇게 사정하네. 내 부탁을 들어줘. 어디에도 말하면 안 돼, 알겠지?"

"으읍."

"제발, 내가 이렇게 애원하네."

이 비서는 황 마담에게 엎어져서 아예 매달렸다.

쾅!

"야이, 나쁜 놈. 지금 뭐 하는 거야?"

아라는 이 비서가 황 마담을 끌어안고 있는 것을 보고 눈이 뒤집어졌다. 누가 보더라도 아름답고 육감적인 황 마담.

아라는 배신감에 치를 떨면서 이 비서에게 핸드백으로 내리쳤다.

"내가 좋다고 해놓고, 딴 여자를 만나? 이렇게 끌어안고?"

놀란 두 남자와 여자는 단번에 상황파악을 끝내고 아라를 쳐다봤다.

"호호, 그게 아니라, 아가씨. 뭔가…… 으!"

이 비서는 또다시 황 마담의 입을 틀어막았다. 절대로 아라가 알아서는 안 된다. 이미 비뇨기과 의사와 수술 날짜를 잡아놓은 상태였다. 이제 일주일만 있으면 거물로 다시 태어나는데. 지금 밝히면 안 된다, 절대로.

상황을 지켜보던 병팔은 황 마담에게 너무 한다 싶어서 거들고 나섰다.

"아니, 이 비서님! 지금 뭐 하시는 겁니까. 해도 해도 너무하시는 거 아닙니까. 지금 갑자기 쳐들어와서 이게 뭐 하시는 짓입니까요, 네?"

"자네까지."

"이 선생님, 정말 너무해요, 흑."

아라는 눈물을 터트리며 룸을 뛰쳐나갔다. 이 비서는 아라를 따라가면서 다시 한 번 당부했다.

"쉿! 절대로 비밀이야, 쉿!"

"야쿠르트 좋아한다고 말하면 큰일 나는 거예요? 도대체 왜 저래요?"

"황 마담, 이리 와. 다시 하자고."

"아이, 몰라. 진짜."

워낙 외모가 출중해서 그다지 구애받진 않았지만, 아라를 위해 만족스러운 첫날밤을 기대하며 그 고통을 참고 참았다. 말 그대로 뼈를 깎는 고통과 맞먹는 아픔을 이겨내고 자랑스러운 거물을 얻었다.

거울을 연신 들여다보며 만족스러운 미소를 짓는 이 비서. 그렇다고 그 사이즈가 절대 크진 않았다. 간신히 정상인의 사이즈를 맞추게 된 것이다.

"감사합니다, 선생님. 이 은혜를 어떻게 갚아야 할지."

"뭐, 은혜까지. 부작용으로 감각이 조금 둔해질 수가 있습니다. 그렇게 되면 약간의 부작용이 있을 수 있습니다. 모쪼록 사용해보시고 문제가 있다 싶으면 찾아오십시오. 그럴 땐 보형물을 조금 뺄 수밖에 없습니다."

"저, 부작용이라면 어떤 건지."

"네, 아무래도 감각이 둔해지다 보니 오래갑니다. 아마 2시간은 너끈히 갈지도 모르겠습니다. 사람마다 체력에 따라 그걸 견딜 수 있는 사람도 있고, 없는 사람도 있는데. 선생님께서는 어떠실지."

"전 평소에도 1시간은 기본으로 가는데, 헉! 총 3시간?"

"그럼, 심각하군요. 조금 뺍시다."

"빼다니요, 괜찮습니다, 선생님. 오래갈수록 좋은 거 아니겠습니까. 걱정하지 마십시오. 그럼 이만 가보겠습니다."

아석은 당당하게 어깨를 펴고 나서는 이 비서를 보면서 흐뭇한 미소를 지었다. 저 환자처럼 매우 만족해하는 모습을 볼 때마다 의사로서 보람을 느꼈다. 전문의 과정을 들어갈 때 집에서 반대가 극심했었다. 평생 남자 거시기만 보고 살고 싶냐고 얼마나 타박을 받았던가. 하지만 인류의 절반이 남자고, 남자들의 성기능 향상을 위해 일하는 것은 종족보존에 커다란 기여를 하는 일이기 때문에 이보다 더 값진 일은 없다 생각했다.

부모님은 자신의 행동이 집안의 장남으로서 동생들에게 모범을 보여야 한다며, 특히 아술에게 치명적인 영향을 미칠지도 모른다며 우려의 소리를 냈었다. 물론 그러긴 했다. 아술은 산부인과를 전공한다는 걸 어머니께서 5박 6일 가출을 감행한 뒤 종결지을 수 있었다. 불쌍한 동생에게 형으로서 끝까지 도와주지 못한 점은 지금도 내내 가슴이 아팠다.

조금 전 환자도 평생 억울하게 살다 갈 뻔했다. 아마 평생토록 자신에게 고마움을 느끼며 살 것이다, 그 기능이 살아 있는 한, 그날까지 말이다.

아석은 수화기를 들었다.

"박 간호사, 잠시만 들어와요."

-네, 원장님.

"언니, 불러. 들어가 봐."

이 간호사는 측은한 시선으로 박 간호를 바라보며 고개를 저었다. 사실 박 간호사를 좋아하는 아석은 가슴 벅찬 기쁨은 항상 좋아하는 사람과 나누길 원했다.

"부르셨어요?"

"박 간호사, 이리 와. 내 품에 안겨봐."

진짜, 술이 웬수다. 정말 저 또라이와 첫날밤을 보내지만 않았어도. 박 간호는 입술을 깨물고 또라이의 품에 안겼다. 기억력과 눈치는 얼마나 비상한지 조금만 싫은 내색을 해도 금방 알아챘다.

"박 간호, 나 오늘 한 건 했다. 우리, 저녁에 오붓하게 술이나 한잔할까?"

"네에?"

"왜 그렇게 놀라지?"

이것 봐라. 눈치 하나는 진짜 끝내준다.

"하하, 그게 아니라 너무 기뻐서, 기뻐서 그러는 건데요."

"내 기쁨은 박 간호의 기쁨이라 그건가? 좋았어, 그럼 오늘 일찍 셔터 내릴까?"

박 간호가 느낀 것은 부끄러움도 당혹감도 아닌 진정 두려움이었다.

진짜 돈만 많이 안 벌어도…….

돈 앞에 버려진 청춘이었다.

"아, 그리고 이번 수술 촬영자료 잘 챙겨뒀어?"

"네, 그런데 그건 왜요?"

"왜긴, 이번 학회에 보고하면 큰 센세이션을 일으킬 거야."

아석은 이번 수술 사례를 학회에서 발표하기로 마음먹었다. 결과적으로 이 비서는 대한비뇨기과학회에 지대한 공헌을 한 셈이었다.

아무것도 모르는 이 비서는 병원을 나오면서 아는 사람에게 소개해준다고 명함을 챙겨 들고 왔다. 좋은 것은 공유해야지 혼자 독식하는 건 자기 스타일이 아니었다. 만족스러운 수술 결과에 기분이 날아갈 것 같았다.

콧노래를 부르며 건물 안으로 들어서는 이 비서와 행동대장들이 마주쳤다.

이 비서는 한 손으로 이들의 인사를 대충 받고서는 허리에 뒷짐을 지고 팔자걸음으로 걸어 들어갔다. 이 비서의 확 달라진 태도에 병팔은 떨떠름한 표정을 지으며 이 비서를 불러 세웠다.

"이 비서님, 어째 조금 달라 보입니다."

"헉! 정말 표가 나나?"

사람을 뭐로 보고 진짜. 그럼 벌써 눈빛만 봐도 거만하게 변했는데, 그걸 몰라보면 사람이 아니지. 진짜 누굴 바보로 아는 거야 뭐야? 마스터와 사돈지간이 된다고 해도 그렇지. 젠장, 사람 무시하고 있어, 진짜.

이미 마스터와 이 비서의 관계가 조직 내에 소문이 나기 시작했다. 그래서 그런지 오늘따라 더욱 행동이 거슬리는 이 비서였다.

"뭐, 뭐 모르면 바보죠."

"그 정도로 표가 난단 말이지."

아놔, 뚜껑 열리게 만드네.

"아니, 이 비서님 딱 봐도 알겠는데, 누굴 바보로 아십니까, 예?"

"그게 아니라, 암튼 뭐 자네도 그쪽으로 관심이 많으니까 그런 거겠지?"

"예에?"

"자, 이거. 아무한테나 안 주는 거야. 자네 지난번 약도 효과 봤지? 여기 한번 가봐. 끝내주니까."

이 비서는 병팔의 손에 아석의 명함을 꼭 쥐여주고서는 손등도 토닥토닥 두드려준 뒤 다시 배를 쭉 내밀고 걸어갔다.

"야, 넘버투."

"넵, 형님."

"나 완전 야마 돌게 생겼다. 이 명함 좀 봐라."

"……풋, 크읍!"

"요즘 안 그래도 시원찮아서 황 마담이 은근히 피하는 눈치던데, 누구 약 올리나."

"형님, 혹시 지난번 약 드신 이후로 그러신 거 아닙니까?"

"……맞아, 제기랄."

"역시 브레인입니다요. 형님, 조심합쇼. 이 비서님이 아주 교묘하게 사람 피 말려 죽입니다요."

"그런 걸까? 그, 그래야겠지?"

명함에는 이렇게 적혀 있었다.

<고개 숙인 남성 대환영, 확대, 축소 모두 다 가능>
최아석 비뇨기과 전문의
네버다이 비뇨기과

아무튼, 그 이후로 네버다이 이 비서 때문에 아라는 홍콩 왕복
을 서너 번 했다는 이야기가 들려왔다.

-마침-

작가 후기

안녕하세요? 독자님.

화창한 봄에 이렇게 로코물을 가지고 올 수 있어서 기쁘게 생각합니다.

『쉬운 여자 아니에요』는 2013년 초에 '엽기적인 가정부'란 이름으로 연재를 했던 작품입니다.

쓰면서도 즐거웠고, 종이책 작업을 하면서도 웃으면서 작업할수 있었습니다. 독자님의 피곤하고 지친 일상에 가벼운 웃음을 선물할 수 있는 글이 되었으면 합니다.

한없이 가볍고, 기가 막힐 만큼 웃기시더라도 너그러이 이해해주시기 바랍니다.

연재 당시 '엽기적인 가정부'는 원래 그런 작의를 가지고 썼기 때문에 그 부분은 변함이 없습니다. 모쪼록 많은 사랑 부탁드립니다.

사랑하는 나의 하나님 아버지! 항상 감사드립니다.

글을 쓰다 보면 많은 작가님에게 고마움을 느낍니다. 특히 안정은 작가님께 이 자리를 빌려 고마운 마음을 전합니다. 킵 하신 제목을 선뜻 내주신 은혜, 평생 잊지 않겠습니다.

와이엠북스와 작업을 함께할 수 있어 무척 기뻤습니다. 김 팀장님, 고생 많으셨습니다.

잔인한 4월을 보내고, 빨리 5월을 맞이하고 싶네요.

-2015. 4. 조민정 올림.